M.C. Poets

Traum. Wald. Tod.

Thriller

DAS BUCH

In der endlosen Weite Norwegens lebt der Eigenbrötler Morten. Seit er denken kann, träumt er davon, eine Frau zu fesseln und echte, tiefe Angst in ihrem Blick zu sehen. Als er eines Abends heimlich ein Touristenpaar auf einer Kanutour beobachtet, erwacht sein alter Traum zu neuem Leben. Am nächsten Morgen liegt der Mann tot am Fuße eines Felsens, und die Frau muss auf sich allein gestellt ihren Weg durch die unwirtliche Natur finden. Morten sieht seine Chance gekommen und bietet der Frau seine Hilfe an.

Zusammen machen sie sich auf den Weg, und Morten glaubt, ein leichtes Spiel mit seinem ahnungslosen Opfer zu haben. Doch Sina van Megen, eine gefragte Künstlerin, ist nicht die verweichlichte Städterin, für die er sie hält. Genau wie er selbst verbirgt sie ihre wahren Absichten, was er jedoch erst durchschaut, als es fast zu spät ist.

DIE AUTORIN

M.C. Poets hat mehr als vierzig Romane aus dem Englischen ins Deutsche übersetzt. Seit 2013 veröffentlicht sie ihre eigenen Texte als Selfpublisherin. Ihr Thriller *Berechnung* wurde ein Bestseller und zählte 2014 zu den meistverkauften E-Books bei Amazon.
Mehr Informationen unter www.mcpoets.de

M.C. POETS

TRAUM. WALD. TOD.

THRILLER

Bibliografische Information der Deutschen Nationalbibliothek: Die Deutsche Nationalbibliothek verzeichnet diese Publikation in der Deutschen Nationalbibliografie, detaillierte bibliografische Daten sind im Internet über http//dnb.dnb.de abrufbar.

Lektorat: Werner Irro www.wortinstitut.de
Korrektorat: Kirsten Gleinig
Umschlaggestaltung: www.formlabor.de
unter Verwendung eines Fotos von Thoralf Rumswinkel
www.wildernesslife.no

Herstellung und Verlag: BoD – Books on Demand, Norderstedt
ISBN: 978-3-739-22979-9

Für meinen Bruder

1

Der Mann war ihm völlig egal, doch die Frau war genau das, wovon er schon immer geträumt hatte.

Lange, dunkle Haare, ein schlanker, kräftiger Körper, der Blick wach. Seit die beiden ihr Kanu auf den Strand gezogen hatten, beobachtete er sie von seinem Versteck hinter einem Felsen aus. Er hatte nicht damit gerechnet, auf andere Menschen zu treffen, aber andererseits war es Sommer, die einzige Zeit, in der sich Touristen hierher verirrten. Der See war nur über eine einzige Straße zu erreichen, es gab hier weder Hotel noch Campingplatz. Am Ufer standen niedrige Fjellbirken, Moltebeeren, Moose und Heidekraut bildeten ein stellenweise undurchdringliches Gestrüpp. Der Untergrund war felsig, nur hier und da eigneten sich schmale Sandstrände oder kleine Buchten zum Anlegen.

Der Lagerplatz der beiden war vom Seeufer aus nicht zu sehen, ein schmaler, steiler Pfad führte vom Strand zu ihm hinauf. Das Feuer knisterte leise, die Löffel kratzten auf dem Campinggeschirr, als der Mann und die Frau ihr Abendessen verzehrten. Sie sprachen wenig, schienen jedoch gut aufeinander eingespielt zu sein. Jeder Handgriff saß, sie hatten nicht lange gebraucht, um das Zelt aufzubauen, Wasser und Feuerholz zu holen und die Mahlzeit zuzubereiten. Trotzdem herrschte eine fast feindselige Spannung zwischen den beiden, die er sogar hier von seinem Versteck aus spürte. Immer wieder warf der Mann der Frau verstohlene Seitenblicke zu, auch jetzt hob er den Kopf und musterte sie. Das lange Haar verdeckte ihr Gesicht wie ein weicher Vorhang, sie schien nicht zu bemerken, dass der Mann sie beobachtete. Durch den Feldstecher konnte er mühelos den mahlenden Kiefer des Mannes erkennen, die angespannten Züge. Zwischen den beiden schien es nicht zum Besten zu stehen.

Sein linkes Bein begann einzuschlafen. So geräuschlos wie möglich versuchte er, sein Gewicht zu verlagern. Dabei schreckte er ein paar Wacholderdrosseln auf, die sich ganz in seiner Nähe in einer Fjellbirke niedergelassen hatten. Keine zwanzig Meter vor ihm schaute die Frau auf, als die Vögel davonflatterten, und zog ihre Jacke fester um sich. Sein Herz schlug schneller. Hatte sie Angst?

Natürlich hätte er gleich am Anfang hinter seinem Felsen hervorkommen sollen, sofort, als er die beiden am Ufer gesehen hatte. Er hätte sich ihnen vorstellen können, *hei, ich bin Morten und bin einem Bären auf der Spur, aber lasst euch nicht stören.* Doch er hatte sich gefallen in der Rolle des Beobachters und Voyeurs, und er gefiel sich noch darin.

Als die Frau ganz in seiner Nähe im Gebüsch verschwand, um sich zu erleichtern, verlor er vor Erregung beinahe das Gleichgewicht. Es war nicht das erste Mal, dass er eine Frau mit Blicken verfolgte, doch noch nie hatte er einer bei solchen intimen Verrichtungen zugeschaut. Durch den Feldstecher war die Frau ihm ganz nah, als stünde sie direkt vor ihm, und er meinte fast, ihre Ausdünstungen riechen zu können. Schweiß, Seewasser und Rauch, vielleicht auch Erregung, die Erregung einer Frau. Sie sah ihn direkt an, freilich ohne es zu wissen, und die braunen Augen schienen sehnsüchtig nach ihm zu suchen. Nervös trat er von einem Fuß auf den anderen, und prompt zerbrach ein kleiner Zweig mit einem vernehmlichen Knacken. Die Frau starrte in das Unterholz, offensichtlich konnte sie nicht lokalisieren, woher das Geräusch gekommen war. Sie sprang auf, zog sich hastig die Hose hoch und eilte zum Lagerplatz zurück.

Sie setzte sich neben den Mann, nahm den Becher entgegen, den er ihr reichte, und sagte etwas, das er nicht verstand. Der Mann blickte auf und starrte ebenfalls ins Unterholz. Die Dämmerung war bereits weit fortgeschritten, und das Gesicht der Frau wurde nur noch vom Schein des Feuers erhellt. Er sah ihre dunklen Augen, die aufmerksam in seine Richtung blickten. Sie wirkte verunsichert, aber nicht übermäßig ängstlich. Vermutlich wussten die beiden nicht, dass hier in der Gegend ein Bär unterwegs war, der alle paar Tage auf einer der Almen weiter oben ein Schaf riss, etwas daran nagte und den Kadaver anschließend liegen ließ. Normalerweise griffen Bären keine Menschen an, aber Touristen neigten zu übertriebener Furcht, was die angeblichen Gefahren der Natur anging. Er schnaubte verächtlich.

Er musterte den Mann genauer. Hochgewachsen, blond, drahtig. Ein Marathonläufer vielleicht. Wie die Frau trug auch er diese moderne Funktionskleidung, die teuer war, aber auch nicht besser funktionierte als seine Wolljacke und die Lederstiefel. Die Frau schätzte er auf Mitte dreißig, der Mann war deutlich älter, Mitte vierzig bis fünfzig. Erneut schnaubte er verächtlich. Verweichlichte Städter, die das große Abenteuer wagten.

Der Wind frischte auf, und der Mann griff nach der Hand der Frau, doch sie riss sich mit einer heftigen Bewegung los. Er hielt den Atem an und presste sich an den Felsen. Der raue Stein kühlte sein erhitztes Gesicht. Vielleicht würde der Kerl die Frau weiter bedrängen, dann könnte er ihr zu Hilfe eilen. Sie würde glücklich sein über sein Erscheinen und ihm vertrauen und keinerlei Verdacht schöpfen.

Doch der Mann unternahm keinen weiteren Versuch, sich der Frau zu nähern. Missmutig legte er frisches Holz nach, und erst jetzt, als die Flammen höher schlugen, sah Morten den Ring am Finger der Frau aufblitzen. Mit dem Feldstecher suchte er die Hand des Mannes ab und entdeckte dort das Pendant. Er verspürte einen scharfen Stich, Eifersucht vermutlich, obwohl er selbst wusste, dass es lächerlich war. Vielleicht war es auch gar keine Eifersucht, sondern Hass, Hass auf den Menschen, der dieses wunderbare Geschöpf sein Eigen nennen durfte.

Er konnte den Blick nicht von ihr lassen, und erneut ging die Fantasie mit ihm durch. Die Haare hingen ihr ins Gesicht, und er stellte sich vor, wie sie gefesselt aussehen würde, nackt und ausgeliefert, seinen Blicken und seinen Händen. Einen Tagesmarsch von hier gab es eine abgelegene Jagdhütte, das wäre der ideale Ort, um ungestört mit ihr zu sein.

Geräuschlos bückte er sich und zog seine Wasserflasche aus dem Rucksack, ohne das Paar aus den Augen zu lassen. Jetzt war es die Frau, die den Mann mit einem verstohlenen Seitenblick musterte. Die beiden schienen Geheimnisse voreinander zu haben, so wie die sich belauerten. Die Blicke, mit denen sie einander bedachten, sprachen Bände, doch das konnte ihm egal sein. Ihn interessierte nur die Frau.

Sie war schön. Die Haut ihres Gesichts war glatt, die Haare fielen ihr weich und locker über die Wangen. Die schlanken, gepflegten Hände wirkten erstaunlich kräftig. Er stellte sich ihre Augen vor, weit aufgerissen, wenn sie ihn ansah, voller Angst und Schmerz. Es geschah nicht zum ersten Mal, im Gegenteil. Bei jeder Frau, die ihm gefiel, geschah es unweigerlich, dass dieses Bild vor seinem geistigen Auge auftauchte: Die Frau war wehrlos und sah ihn an, mit diesem Blick, der seine Fantasie beherrschte, seit er denken konnte.

Jetzt hatte er die Chance, nicht nur vom angstvollen Blick einer Frau zu träumen, sondern ihn zu erleben – und noch dazu bei dieser Frau. Hier, fernab der nächsten Ortschaft, in einer Gegend ohne Handyempfang, die er kannte wie seine Westentasche, bot sich ihm eine einmalige Gelegenheit.

Sein Blick fiel auf sein Gewehr, das neben dem Rucksack am Felsen lehnte. Er könnte den Mann töten und die Frau für sich nehmen, wie es zu allen Zeiten unzählige Male geschehen war: Ein Mann erschlägt den anderen, um an die begehrte

Beute zu gelangen. Sein Mund wurde trocken, als er sich ausmalte, was er mit ihr machen könnte, stundenlang, tagelang, wenn er wollte. Hier in der Einöde gäbe es keine Zeugen, wer weiß, ob man die Leichen der beiden jemals finden würde. Die Witterung würde die Spuren der beiden rasch verwischen.

Er spürte, wie seine Hose eng wurde.

2

Der Pfad war schmal und steinig, langsam und mit gleichmäßigen Schritten stieg sie bergan, wobei sie sich hin und wieder eine Träne aus den Augen wischte.

Auf den See hinaus hatte sie sich nicht getraut. Über Nacht war der Wind aufgefrischt, und sie war erfahren genug, um zu wissen, dass es ihren sicheren Tod bedeutet hätte, sich bei diesen Wellen allein ins Boot zu setzen. Also hatte sie beschlossen, zu Fuß zu der Alm zu laufen, die auf der Karte eingezeichnet war. Ein Pfad, der ganz in der Nähe ihres Lagerplatzes verlief, führte direkt dorthin.

Im Moment war der See nicht zu sehen, denn der Weg führte mitten durch dichten Wald aus Kiefern, Fichten und Birken. Der Boden war fast überall mit Beerensträuchern und Farnen bedeckt.

Zwischen den Bäumen hindurch warf sie einen Blick auf den grauen Himmel. Im Moment war es trocken, doch vermutlich würde es bald wieder anfangen zu regnen. Wie jeden Tag bisher – ein Umstand, der ihre Stimmung nicht gerade verbessert hatte.

Sie dachte an Felix, und für den Bruchteil einer Sekunde klopfte ihr Herz hoch oben in der Kehle. Sie sah ihn vor sich, seinen toten Blick, mit dem er wie erstaunt in den Himmel starrte. Eine Wunde war nicht zu sehen gewesen, und beinahe hätte man meinen können, er schliefe nur. Energisch schob sie den Gedanken beiseite. Sie durfte jetzt nicht daran denken, was heute Morgen geschehen war, sie musste ihre ganze Aufmerksamkeit darauf richten, aus dieser Wildnis herauszukommen.

Als sie gegen einen Stein stieß und stolperte, schrie sie vor Schreck kurz auf. Sie hatte sich nicht verletzt, trotzdem hielt sie einen Moment inne. Der Wind war mittlerweile noch kräftiger geworden, und außer dem Rauschen der Bäume war nichts zu hören. Unbehaglich schaute sie sich um. Der Wald umfing sie ein Labyrinth aus düsteren Mauern, nirgendwo auch nur die Spur einer Menschenseele. Wenn sie sich hier ernsthaft verletzte, wäre das vermutlich ihr Todesurteil. Entweder würde sie verhungern, verdursten oder in den kalten Nächten erfrieren. Vorsichtig lief sie weiter.

Die Alm musste etwa zwanzig Kilometer entfernt sein, eine Entfernung, die sie normalerweise problemlos an einem Tag schaffte. Trotzdem hatte sie das Zelt und ihren Schlafsack dabei, denn zwanzig Kilometer durch die Wildnis waren nicht dasselbe wie zwanzig Kilometer über gut befestigte Wanderwege, wie sie sie aus Deutschland kannte.

Als sich der Weg gabelte, blieb sie stirnrunzelnd stehen. Der linke Pfad führte wieder näher zum See, war jedoch ziemlich schmal. Der andere Weg schien der Hauptpfad zu sein, bog aber scharf rechts ab, fort vom See. Sie durfte nicht das Risiko eingehen, sich zu verlaufen, also kauerte sie sich zum Schutz gegen den einsetzenden Nieselregen unter einen Felsüberhang und öffnete den Rucksack. Die Kapuze der gefütterten Regenjacke hielt die Nässe ab, trotzdem spürte sie, wie die Kälte durch jede Ritze kroch. Mit klammen Fingern tastete sie nach der Karte, doch so sehr sie auch suchte, sie fand sie nicht. Ihre Bewegungen wurden hektischer, sie wühlte zwischen den Lebensmitteln und der Ersatzkleidung herum, doch die Karte blieb verschwunden. Auch dann, als sie den Rucksack Stück für Stück leerte und am Ende sogar mit der Taschenlampe hineinleuchtete.

Gestern Abend hatten sie zusammen auf die Karte geschaut, und dabei hatte sie diesen Pfad entdeckt. Gemeinsam mit Felix war sie noch einmal die Route für den nächsten Tag durchgegangen, anschließend hatte er die Karte wieder zusammengefaltet und in seinem Rucksack verstaut. Heute Morgen hatte sie noch daran gedacht, dass sie die Karte unbedingt einstecken musste, doch dann war sie völlig aufgewühlt gewesen und hatte es vergessen.

Sie blickte auf und fixierte die Weggabelung vor sich. Ihr blieb nichts anderes übrig, als umzukehren. Ohne Karte weiterzulaufen, wäre Wahnsinn. Sie war vollkommen allein, hier gab es weit und breit niemanden, den sie nach dem Weg fragen konnte. In den fünf Tagen, in denen sie jetzt mit dem Kanu in dieser norwegischen Wildnis unterwegs waren, waren sie keinem einzigen Menschen begegnet. Nur jeder Menge Vögel, ein paar Mäusen und eines Abends einem Fuchs.

Es widerstrebte ihr umzukehren, dorthin, wo Felix' Leiche lag, obwohl sie im Unterholz so gut wie gar nicht zu sehen war. Sie erschauderte, als sie daran dachte, wie sie ihn zurückgelassen hatte, so allein und schutzlos. Es würde nicht lange dauern, und wilde Tiere würden sich über das hermachen, was von ihm übrig geblieben war, und das würde alles nur komplizierter machen. Deshalb musste sie so schnell wie möglich zu dieser Alm, zurück in die Welt der Menschen.

Ein Regentropfen traf sie über dem Auge. Missmutig schaute sie auf die dunklen Wolken. Der feine Regen, der ihr Gesicht benetzte, war kalt.

Sie hatte keine Wahl. Sie musste umkehren und die Karte holen.

Der Lagerplatz sah noch genauso aus, wie sie ihn zurückgelassen hatte. Die Feuerstelle war von Steinen eingefasst, dort, wo das Zelt gestanden hatte, war das Heidekraut platt gedrückt, und hier und da waren auf dem Boden Fußabdrücke zu erkennen, die sie und Felix hinterlassen hatten. In ein paar

Tagen würde vermutlich nichts mehr darauf hindeuten, dass hier zwei Menschen gezeltet hatten, Regen und Wind würden alle Spuren verwischen.

Sie schaltete ihr Smartphone ein, das natürlich keinen Empfang hatte, und sah auf die Uhr. Keine Stunde war seit ihrem Aufbruch vergangen. Um den bereits ziemlich schwachen Akku zu schonen, stellte sie das Gerät sofort wieder aus. Sie streifte ihren Rucksack ab und kroch durch das Dickicht zu Felix' Rucksack, den sie im Schutz eines Felsens zurückgelassen hatte. In der Seitentasche entdeckte sie die Karte und seufzte erleichtert. Sie sah sich um. Gestern Abend hatte sie sich ein paar Mal beobachtet gefühlt, als würde da etwas im Unterholz lauern. Felix hatte sie natürlich nicht ernst genommen und das als Einbildung abgetan, als übertriebene Ängstlichkeit.

Dabei war sie alles andere als ängstlich, war es nie gewesen. Felix und sie hatten im Laufe der Jahre viele Reisen unternommen, von denen einige sie in weit gefährlichere Gegenden geführt hatten. Sie waren im Himalaya gewesen, sogar im Basiscamp für die Everest-Besteigungen, sie hatten im Landrover die Sahara durchquert, in Kenia frei lebende Löwen und Elefanten beobachtet und waren tagelang durch die kargen Gebirgszüge Feuerlands gewandert. Eine Kanutour durch das ausgedehnte Seengebiet im Landesinneren von Norwegen war für sie nichts Außergewöhnliches – nur dass sie bisher stets beide unversehrt nach Hause zurückgekehrt waren.

In Sachen Einsamkeit konnte es diese Gegend durchaus mit einigen der abgelegensten Orte der Welt aufnehmen. Eine einzige Schotterpiste führte zu dem kleinen Fischerdorf am anderen Seeufer, in dem Felix jemanden aufgetrieben hatte, der ihnen ein Kanu vermietet hatte. Rund um das Dorf standen ein paar Hütten, in einiger Entfernung gab es mehrere Almen. Doch vor allem gab es hier eines: Wildnis. Unfreundliche, abweisende Wildnis, in die sich kaum ein Mensch verirrte.

Sie warf einen letzten Blick in ihren Rucksack, um sich zu

vergewissern, dass sie alles dabei hatte. Sämtliche Lebensmittelvorräte, das Campinggeschirr, ihr Messer, einen warmen Pullover, ein Paar Socken, frische Unterhosen. Ihre Papiere steckten in der Innentasche, genau wie ihr Flugticket. Felix' Papiere steckten in seinem Rucksack.

Ihre Wasserflasche war fast leer. Ehe sie den schweren Rucksack erneut schulterte, lief sie durch das Unterholz zu dem kleinen Bach, an dem sie sich gestern Abend gewaschen hatte. Und wie gestern hatte sie auch jetzt wieder das Gefühl, beobachtet zu werden. Das Unterholz war hier nicht besonders dicht, doch es gab genügend Felsen, hinter denen sich jemand verstecken konnte.

Sie dachte an das Kanu, das Felix und sie gestern ans Ufer gezogen und umgedreht hatten, damit es über Nacht nicht vollregnete. Heute Morgen hatte sie es mühsam allein umgedreht, als sie noch davon ausgegangen war, sie würde mit dem Kanu weiterziehen. Nachdem sie es sich anders überlegt hatte, hatte sie das Boot an dem kleinen Sandstrand lediglich ein Stück höher gezogen. Vom Wasser aus war es gut zu erkennen, was die Suche nach Felix' Leiche sehr vereinfachen würde. Doch der Wind hatte noch weiter zugenommen, und sie fürchtete, das Boot könnte auf den See hinausgezogen werden. Vielleicht sollte sie es zusätzlich noch vertäuen. Mit der vollen Wasserflasche lief sie zum Pfad, der vom Lagerplatz hinunter zum Wasser führte, doch auf halber Strecke erstarrte sie.

Das Kanu war verschwunden.

Sie war zu spät gekommen, Wind und Wellen hatten es bereits aufs offene Wasser hinausgezogen. Reichte das Wasser nicht höher den kleinen Strand hinauf als heute Morgen? Sie suchte den See ab und entdeckte weit draußen die kleine, rote Nussschale auf den Wellen. Wie gebannt starrte sie auf das Wasser. Mit der nächsten hohen Welle richtete sich das Boot auf und überschlug sich, sodass es kieloben auf dem Wasser trieb. Versinken würde es nicht, trotzdem war es für sie genauso unerreichbar, als läge es auf dem Grund des Sees. Sie biss sich in die Fingerknöchel, die sie reflexhaft vor den Mund gehalten hatte, um nicht zu schreien.

Im Unterholz hinter ihr knackte es laut, und sie wirbelte herum.

Nichts.

Ihr Herz klopfte bis zum Hals. Sie musste los, sie hatte noch einen langen Weg vor sich. Diese Bucht würde sie wohl auch ohne das Kanu wiederfinden, Felix hatte gewissenhaft sämtliche Lagerplätze auf der Karte markiert. Unwillkürlich wanderte ihr Blick in die Richtung, wo Felix' Leiche lag. Nach kurzem Zögern kämpfte sie sich über Felsen und Beerensträucher voran, getrieben von dem Gefühl, einen letzten Blick auf ihn werfen zu müssen. Oder wollte sie sich nur vergewissern, dass er wirklich tot war? Hier, vor der steilen Felswand, hatte sie Felix zum letzten Mal gesehen. Doch dort, wo er gelegen hatte, befand sich jetzt nur ein Felshaufen.

Hatte sie sich geirrt, und dies war gar nicht die Stelle, an der er abgestürzt war? Oder war er womöglich gar nicht tot und kroch jetzt schwer verletzt durchs Unterholz? Nein, das konnte nicht sein. Sie hatte nach seinem Puls getastet, sie hatte seinen schlaffen Arm angehoben, und er war schwer und plump zu Boden gefallen. Seine Augen waren weit geöffnet gewesen, doch sehen konnten sie nichts mehr.

Sie schaute sich um, auf der Suche nach einer anderen, ähnlich hohen Felswand, doch diese hier war die einzige, die infrage kam. Sie betrachtete den Felshaufen genauer und stellte fest, dass es eher Steine als Felsen waren, Steine, die erst vor Kurzem hier aufgeschichtet worden waren. Sie trat einen Schritt näher, und richtig, jetzt sah sie es zwischen den Steinen rot aufleuchten. Felix hatte heute Morgen ein rotes Hemd angezogen, ehe er aufgestanden war und das Zelt verlassen hatte.

Hinter ihr knackte ein Zweig. Es klang, als sei jemand absichtlich darauf getreten.

Langsam drehte sie sich um.

Der Mann trug eine derbe Hose und Stiefel, dazu eine Wolljacke. Sein Bart war kurz gestutzt, die hellblauen Augen waren klar und wach. Er hielt ein Gewehr in der Hand und trug einen alten Rucksack auf dem Rücken.

Keiner von ihnen regte sich, stumm musterten sie einander. Sie war viel zu verblüfft über das Auftauchen des Fremden, um ein Wort herauszubringen. Der Mann schien sich viel im Freien aufzuhalten, seine Haut war kräftig gebräunt, das Gesicht wie der ganze Körper waren schmal und hager. Sie schätzte ihn auf etwa sechzig Jahre, aber es konnten auch gut zehn Jahre mehr oder weniger sein.

Wo kam er so plötzlich her? Sie umklammerte die Wasserflasche, bis ihre Finger wehtaten.

Der Mann brach den Bann, indem er zu dem Steinhaufen blickte, unter dem Felix begraben lag.

„Kennst du den Toten?", fragte er.

Sie nickte. „Ja. Felix … mein Mann. Er ist heute Morgen hier heruntergestürzt, als er … du weißt schon, sich erleichtern wollte."

Der Mann nickte. „Die Felsen sind tückisch hier."

Beide schauten zu dem Steinhaufen mit dem Toten darunter. Ein unangenehmes Schweigen breitete sich aus. Sie biss sich auf die Lippen, ihre Gedanken überschlugen sich. Wie lange war der Mann schon hier in der Nähe? Sie dachte an gestern Abend, an ihr Gefühl, beobachtet zu werden.

„Hast du die Steine auf ihn gelegt?"

„Ja. Gegen die wilden Tiere."

Sie blickte auf den See hinaus, auf dem weit draußen das kleine Boot in den hohen Wellen tanzte. „Wir waren mit dem Kanu unterwegs, aber die Strömung muss es auf den See hinausgezogen haben."

Der Mann nickte erneut. „Der See ist auch tückisch." Er schwieg kurz. „Woher kommt ihr?"

„Aus Deutschland."

Er wirkte überrascht. „Du sprichst gut Dänisch."

„Meine Mutter ist Dänin." Ihr Vater hatte ihre Mutter bei einem Dänemarkurlaub kennengelernt, und Bente hatte darauf bestanden, dass ihre Tochter zweisprachig aufwuchs. Dänen und Norweger verstanden einander ohne größere Probleme, die Schriftsprache war nahezu identisch. Doch sie wollte nicht über ihre Familie reden. „Und du? Stammst du hier aus der Gegend?"

„Ich komme aus dem Dorf auf der anderen Seite des Sees."

Dann blickte er demonstrativ zum grauen Himmel hoch. Im Moment war es trocken, aber sie wagte nicht zu hoffen, dass es so blieb. Sie zog ihre Regenjacke fester um sich.

„Komm", sagte der Mann. „Ich bringe dich hier weg." Er hob eine Hand, als wollte er ihren Arm ergreifen, verharrte jedoch mitten in der Bewegung, als sie zurückwich. „Du brauchst keine Angst zu haben. Bei mir bist du in Sicherheit."

3

Woher war dieser Mann so plötzlich aufgetaucht?

Widerstrebend folgte sie ihm den schmalen Trampelpfad hinauf zur Lichtung. Sie sollte froh sein, ihn getroffen zu haben und nicht allein durch die Wildnis irren zu müssen, trotzdem konnte sie ein gewisses Unbehagen nicht abschütteln.

„Ein Stück weiter oben führt ein Weg durch den Wald zu einer Alm", sagte der Mann und deutete in die Richtung, aus der sie gerade gekommen war. „Da steht mein Wagen."

Er lächelte sie an, doch ihr war nicht nach Lächeln zumute, also nickte sie nur und sagte: „Ich weiß, dorthin wollte ich."

Mit seiner Hilfe würde sie unbeschadet aus dieser Einöde herausfinden, verlaufen würde sich dieser Waldschrat hier gewiss nicht. Außerdem hatte er Felix' Leiche gesehen, er würde die Stelle, an der er lag, ganz sicher wiederfinden.

Wie war er eigentlich auf die Leiche gestoßen? Ein zufälliger Wanderer käme doch nie auf die Idee, im Unterholz nachzusehen, ob dort irgendwo vielleicht ein Toter herumlag.

Nachdenklich betrachtete sie den Rücken des Mannes, der sich auf der Lichtung umschaute, während sie ihren Rucksack schulterte. Sie dachte an den Schrei, den Felix im Fallen ausgestoßen hatte, laut und gellend, wie sie es ihm niemals zugetraut hatte. Hatte der Mann diesen Schrei gehört? Dann hatte er die Nacht womöglich ganz in der Nähe verbracht.

Und das wiederum bedeutete, dass er auch ihr Feuer gesehen, ihre Stimmen gehört haben musste. Erneut dachte sie daran, dass sie gestern Abend ein paar Mal das Gefühl gehabt hatte, beobachtet zu werden. War es tatsächlich nur Einbildung gewesen, wie Felix gemeint hatte, oder war dieser Mann ganz in der Nähe gewesen? Aber welcher normale Mensch schlich abends durch die Wildnis und beobachtete zwei harmlose Touristen? Schließlich hatten Felix und sie gestern nichts Besonderes gemacht, nur das Zelt aufgebaut und eine Kleinigkeit gegessen. Sie hatten sich weder gestritten noch Sex gehabt. Nein, vermutlich war dieser Kauz einfach schon so früh auf den Beinen gewesen, dass er bereits eine ganze Strecke zu Fuß zurückgelegt hatte. Immerhin war die Sonne schon vor Stunden aufgegangen.

Trotzdem, ein Gefühl des Unbehagens blieb.

Sie marschierten los. Nach wenigen Minuten hatten sie den Pfad erreicht, und der Mann legte ein rascheres Tempo vor. An einem kleinen Bach machte er kurz Halt und trank etwas Wasser aus der hohlen Hand. Sie trank ebenfalls.

„Wie heißt du?", fragte er, ohne sie aus den Augen zu lassen. „Ich bin Morten", fügte er hinzu.

„Sina", erwiderte sie und sah sich um. Weiden und Erlen bildeten eine dichte, grüne Wand. Irgendwo in der Ferne ertönte die blecherne Glocke eines Mutterschafs, ein Windstoß ließ Regentropfen auf sie herunterprasseln. Mit einer unwirschen Geste wischte sie sich übers Gesicht, warf einen verstohlenen Blick auf den Mann und stellte fest, dass er sie interessiert musterte. Aus hellblauen Augen starrte er sie fast ohne zu blinzeln an.

Sie wusste, dass sie auf viele Männer attraktiv wirkte, aber so unverhohlen wurde sie selten taxiert. Er schien zu merken, dass er ihr zu nahe getreten war, und wandte den Blick ab.

„Wir müssen weiter", sagte er und richtete sich auf. „Der Weg ist weit, und heute Abend wird es einen Sturm geben."

Schweigend liefen sie durch den Wald, der nur hier und da

von Lichtungen und sumpfigen Wiesen aufgelockert wurde. Der schwere Rucksack drückte unangenehm, schon bald hielt sie das hohe Tempo nicht mehr durch. Der Mann vor ihr schien nicht zu merken, wie sich der Abstand zwischen ihnen immer weiter vergrößerte, was ihr ganz recht war. Ein, zwei Mal dachte sie sogar daran, sich vor ihm zu verstecken und ihn einfach weiterlaufen zu lassen. Irgendwie würde sie es auch ohne ihn zur Alm und von dort ins Dorf schaffen.

Schließlich hielt er doch inne und drehte sich um. Er stand auf einem Felsvorsprung, deutlich hob sich seine Silhouette vom grauen Himmel ab. Er hielt sich sehr aufrecht, beide Beine fest auf dem Boden, das Gewehr locker in der Hand. Einen Moment lang stockte ihr der Atem bei dem Anblick: Dieser Mann gehörte hierher, in diese Wildnis, hier war er zu Hause. Ihr wurde klar, wie albern es wäre, sich vor ihm zu verstecken. Natürlich würde er sie finden.

Als sie ebenfalls stehen blieb, kam er zu ihr zurück.

„Brauchst du eine Pause?"

Sie schüttelte den Kopf, holte tief Luft und lief weiter. Als sie die Weggabelung erreichten, an der sie heute Morgen umgekehrt war, schlug Morten den kleinen Pfad ein, der näher am See entlangführte.

Ohne auf ihn zu achten, blieb sie stehen, setzte den Rucksack ab und holte die Karte hervor.

„Du brauchst keine Karte", sagte er. „Ich kenne den Weg."

„Ich weiß gerne, wo ich bin", erwiderte sie, während sie die Karte aufschlug. Rasch hatte sie sich orientiert und ihren Standort gefunden. Der Weg, den er eingeschlagen hatte, führte wieder fast an den See heran und endete schließlich im Nirgendwo. Nur der andere Pfad, der nach rechts abzweigte, führte zur Alm.

Sie hob den Kopf und sah Morten an. „Müssen wir nicht hier entlang?" Sie tippte mit dem Finger auf die Karte.

Morten schüttelte den Kopf. „Das ist ein Umweg. Glaub mir, ich kenne mich hier aus."

Zweifelnd blickte sie abwechselnd auf die Karte und die beiden Pfade. Die norwegischen Karten waren in der Regel ausgezeichnet, präzise Militärkarten, in denen alle Landmarken und sogar einzelne Gebäude verzeichnet waren. Andererseits schien dieser Mann zu wissen, wovon er sprach. Sie spürte seinen Blick und hob den Kopf. Die hellblauen Augen übten eine fast hypnotische Wirkung auf sie aus. Er kam näher, so nah, dass sie seinen Geruch wahrnahm, nach Feuer und Schweiß und Mann, und beugte sich neben ihr über die Karte. Sein Oberarm streifte ihre Schulter. Mit dem kräftigen Zeigefinger deutete er auf einen kleinen Punkt unweit des Seeufers, direkt neben dem Pfad, den er einschlagen wollte.

„Hier, siehst du? Eine Jagdhütte. Dort können wir die Nacht verbringen." Er blickte demonstrativ zum Himmel. „Ein schweres Unwetter zieht auf, bis zur Alm schaffen wir es heute nicht mehr. Morgen gehen wir zur Alm. Es gibt einen Weg, er ist nur nicht eingezeichnet. Hier." Er zeigte ihr die Route von der Jagdhütte zur Alm.

Es war wirklich nur ein kurzes Stück, aber sie würden einen ziemlichen Höhenunterschied bewältigen müssen. Was, wenn der Weg unvermittelt vor einer steilen Felswand endete? Sie hatte nichts als das Wort des Mannes, dass es einen Weg gab.

„Tut mir leid, aber das ist mir zu gefährlich", sagte sie und machte einen Schritt zur Seite.

Morten legte den Kopf schräg. „Ich kenne mich hier aus. Der Weg ist etwas steil, aber sicher." Er zögerte kurz, ehe er hinzufügte: „Vertrau mir!"

Sie schaute noch einmal auf die Karte. Der Weg, den sie vorzog, war wesentlich länger. In einem großen Bogen führte er um das Felsmassiv des *Gråhøgda* herum, das grau und abweisend direkt vor ihnen lag. Ein Großteil der Strecke verlief oberhalb der Baumgrenze über den *Storskardet,* den Großen Pass, wo sie Wind und Regen schutzlos ausgesetzt wären. Der andere Weg hingegen lag tiefer und war somit geschützter. Er verlief zunächst fast parallel zum Seeufer und später über die Südwestflanke des *Gråhøgda* bis zum *Lille Skardet,* dem Kleinen Pass, der zwischen den beiden Gipfeln des Massivs hindurchführte.

„Also gut", sagte sie, faltete die Karte zusammen. Die Vorstellung, mit diesem Mann eine Nacht in einer einsamen Hütte zu verbringen, gefiel ihr überhaupt nicht, andererseits waren die Nächte hier eiskalt, da konnte sie froh sein über vier halbwegs feste Wände um sich herum.

Hinter der Gabelung wurde der Weg beschwerlicher und führte wieder bergab. Hin und wieder ging ein Regenschauer nieder, doch unter den Bäumen waren sie leidlich geschützt. Manchmal verlor sich der Pfad in einem Meer aus niedrigen Sträuchern und Felsbrocken, und sie kamen nur langsam voran. Wenn das ein offizieller Pfad sein sollte, wollte sie nicht wissen, wie die Strecke aussah, die sie morgen vor sich hatten. Fast bereute sie ihre Entscheidung, Morten zur Jagdhütte zu folgen. Was hinderte sie daran, kehrtzumachen und allein zur Alm zu laufen? Sie hatte ein Zelt und genügend zu essen dabei, was sollte ihr schon passieren? Doch sie zögerte die Entscheidung immer weiter hinaus, bis ihr klar wurde, dass sie sich längst entschieden hatte.

Morten bewegte sich sicher und gewandt durch das Gelände, achtete aber darauf, dass der Abstand zwischen ihnen nicht wieder größer wurde. Am frühen Nachmittag machten sie an einem der zahlreichen Bäche Rast. Erschöpft ließ sie sich auf den Boden sinken und lehnte sich an einen Felsen. Ihr Magen knurrte, und sie wühlte in ihrem Rucksack nach etwas zu essen. Morten beobachtete sie, als sie gierig die Verpackung eines Energieriegels aufriss und ihn verschlang. Er selbst aß nur eine Handvoll Trockenfrüchte.

Sie dachte an Felix, der darauf bestanden hatte, bei jeder größeren Pause ein Feuer zu machen und sich einen frischen Espresso zuzubereiten. „Outdoor deluxe" hatte sie seine Art des Trekkings spöttisch genannt, weil es so absurd war: seine vorgebliche Naturverbundenheit und Abenteuerlust bei gleichzeitigem Beharren auf seinen Gewohnheiten. Und zu diesen Gewohnheiten gehörte, dass er, wann immer möglich, frisch zubereiteten italienischen Espresso trank. Für ihn war es schon ein gewaltiges Zugeständnis, dass er fertig gemahlenes Kaffeepulver dabeihatte, anstatt sich wie zu Hause die Bohnen jedes Mal frisch von seinem ultramodernen Kaffeeautomaten mahlen zu lassen.

Felix, der Snob.

Kennengelernt hatten sie sich auf einer Vernissage. Es war nicht ihre erste Ausstellung gewesen, aber bei Weitem die wichtigste. Zusammen mit Sofie hatte sie neben ihren Skulpturen gestanden und versucht, sich nicht von der allgemeinen Nervosität ihrer Kommilitonen anstecken zu lassen. Wer hier einem Galeristen oder Kunstkritiker auffiel, hatte gute Karten, nicht als einer von unzähligen erfolglosen Künstlern zu enden, die der Kunstbetrieb Jahr für Jahr ausspuckte.

Als der schlanke, braun gebrannte Mann in Jeans, weißem Hemd und schwarzem Jackett ihre Werke aufmerksam betrachtete, tippte sie zunächst auf Journalist. Zu unkonventionell für einen Kurator, zu wenig gediegen für einen etablierten Galeristen.

„Interessant, sehr interessant", hatte er gemurmelt, dann den Blick gehoben und sie angeschaut. Sie war schlank, ohne mager zu sein, die kastanienbraunen Haare trug sie offen, sodass sie ihr locker über den Rücken fielen. Sie schminkte sich nie, und ihre Finger waren von der Arbeit mit dem Holz ganz rau. Ihr schwarzes Kleid war schlicht und schnörkellos. Anscheinend gefiel ihm, was er sah, denn er lächelte sie auf eine Weise an, die sie auf der Stelle dahinschmelzen ließ. „Wenn ich nicht wüsste, dass wir hier auf der Jahresschau der Kunsthochschule sind, würde ich glatt denken, wir wären in der Tate Modern."

Ja klar, sonst noch Fragen? Der Mann baggerte sie offensichtlich an, dass es wehtat. Sie war gut, das wusste sie, aber genauso gut wusste sie auch um die Unberechenbarkeit des Kunstmarktes. Sie lächelte spöttisch.

„Das ist mein nächstes Etappenziel."

Der Mann lachte. „So ist es richtig. Think big!" Suchend sah er sich im Saal um und winkte schließlich einem hageren Mann zu. „Pieter! Kommst du bitte mal?"

Am anderen Ende des Saales entschuldigte sich der Mann bei seiner Gesprächspartnerin, der Dozentin für Aktmalerei, und kam zu ihnen herüber. Er trug einen schlecht sitzenden Anzug, sein Gesicht war blass und das mausgraue Haar spärlich, obwohl er nicht älter als Anfang dreißig sein konnte. Er würdigte Sina kaum eines Blickes, betrachtete stattdessen eingehend ihre beiden Holzskulpturen und die Metallplastik. Schließlich nickte er.

„Sehr gut." Erst jetzt wandte er sich Sina zu, ohne ihr in die Augen zu schauen.

„Arbeiten Sie vor allem mit Holz?", fragte er so leise, dass sie Mühe hatte, ihn zu verstehen.

„Es ist mein liebster Werkstoff, aber ich experimentiere auch gerne herum. Marmor und Granit finde ich spannend, bei Metall bin ich mir noch nicht sicher."

Wieder nickte der Mann, als wüsste er genau, was sie meinte. Oder als wäre es genau das, was er hören wollte. Seine Schüchternheit war nicht zu übersehen, und obwohl er ihr an jenem Abend noch weitere Fragen stellte, rang er sich erst ganz am Ende ein kurzes Lächeln ab. Dabei errötete er so heftig, dass er Sina beinahe leid tat.

„Sehr schön." Dann sah er den Mann an, der ihn auf Sina aufmerksam gemacht hatte. „Kümmerst du dich darum?" Ohne eine Antwort abzuwarten, verschwand er wieder in der Menge.

Der andere Mann lachte, als er Sinas verdutztes Gesicht sah.

„Bitte entschuldigen Sie, ich habe mich noch gar nicht vorgestellt", sagte er und reichte ihr eine Visitenkarte aus echtem

Büttenpapier mit Prägedruck. „Ich bin Felix van Megen, und das gerade war mein Partner Pieter Janssen."

Sina starrte ihn an wie ein Wesen von einem anderen Stern. Das Wesen lächelte.

Kunstkontor van Megen. Natürlich kannte sie den Namen der erfolgreichen Galerie, die dafür bekannt war, einen Riecher für die kommenden Stars am Kunsthimmel zu haben. Über Pieter Janssen erzählte man sich, er habe einen untrüglichen Blick für Farben, Formen und Proportionen, aber absolut kein Geschick im Umgang mit Menschen – was Sina nach der kurzen Begegnung voll und ganz bestätigen konnte. Sein Partner Felix van Megen schien in diesem Punkt das genaue Gegenteil zu sein. Mit strahlenden Augen lächelte er sie an und plauderte mit ihr, bis sie das Gefühl hatte, ihn schon ewig zu kennen. Von dem Glas Sekt, das er ihr reichte, wurde ihr Kopf ganz leicht, und als er ihr leise zuflüsterte, er habe Pieter selten so euphorisch erlebt – euphorisch? –, ahnte sie, dass aus dieser Sache vielleicht mehr werden würde als eine flüchtige Affäre.

„Wir müssen weiter."

Die Stimme des Mannes riss sie aus ihren Erinnerungen. Als sie den Kopf hob und in ein Paar strahlend blaue Augen blickte, glaubte sie für den Bruchteil einer Sekunde, Felix vor sich zu sehen. Doch Felix hätte sich nie dazu herabgelassen, so eine alte Wolljacke zu tragen oder einen Bart, der zwar ordentlich gestutzt war, dem man aber ansah, dass er noch nie einen Friseur gesehen hatte.

Morten stand vor ihr und reichte ihr die Trinkflasche, die er gerade frisch aufgefüllt hatte. Das Blau seiner Augen war einen Tick dunkler als bei Felix, wodurch sie wärmer wirkten. Ein Sonnenstrahl kämpfte sich durch die Wolkendecke und tauchte den Wald um sie herum in weiche Farben.

Dieser Mann war nicht Felix.

Lächelnd nahm sie die Flasche von ihm entgegen.

Der Mann lächelte ebenfalls.

4

Sie vertraute ihm!

An der Weggabelung hatte er kurz befürchtet, sie würde sich weigern, ihm zur Jagdhütte zu folgen. Er hatte gesehen, wie es in ihr arbeitete, wie sie das Für und Wider abwog. Doch dann hatte wohl doch die Furcht, allein in unbekanntem Terrain unterwegs zu sein, über ihr Unbehagen gesiegt.

War es die Angst vor ihm, die sie bisweilen veranlasste, ihn misstrauisch zu beäugen, wenn sie glaubte, er würde es nicht merken? Mehr als einmal hatte er ihren Blick gespürt, als versuche sie herauszufinden, was er vorhatte.

Aber woher sollte sie von seinen Träumen wissen?

Träume hin oder her, für den Abend waren schwere Sturmböen angesagt, Eile war geboten. Der Himmel war bereits seit Tagen mit dichten Wolken in den unterschiedlichsten Grautönen verhangen, der Wind hatte in der letzten Nacht zugenommen, immer wieder gingen Schauer nieder.

„Weiter, wir müssen zur Hütte", drängte er die Frau jedes Mal, wenn sie anhielt, um zu Atem zu kommen, und ein, zwei Mal auch, wenn sie stehen blieb, um den Ausblick über den See in sich aufzunehmen.

In diesen Momenten schien sie vergessen zu haben, dass ihr Mann erst vor wenigen Stunden tödlich verunglückt war. Sie stand da, die Augen geschlossen, die Züge gelöst und entspannt. Dann riss sie die Augen auf, als fiele ihr plötzlich wieder ein, was geschehen war, sie presste die Lippen zusammen oder wischte sich verstohlen über die Augen.

Sie hätte ihn beinahe überrascht, als er gerade dabei gewesen war, die Steine auf den Leichnam zu schichten. Nur weil sie Lärm machte wie eine Elchkuh, hatte er sie rechtzeitig gehört und konnte sich im Unterholz verstecken. Gut, dass sie ihn nicht dabei erwischt hatte, wie er das Kanu ins Wasser gestoßen und zugesehen hatte, wie es auf den See hinausgezogen wurde. Sein Märchen, die Strömung habe das Kanu fortgerissen, hatte sie ohne mit der Wimper zu zucken geglaubt. War sie wirklich so naiv? Oder war sie nach dem Unglück am Morgen einfach nur völlig durcheinander?

Er trat aus dem Wald hinaus auf eine kleine Lichtung. Hinter sich hörte er die Frau, sie atmete tief durch, als sie kurz stehen blieb. Nur wenige Meter vor ihnen kauerte die Jagdhütte, überragt von mehreren düsteren Fichten. Die dunklen Holzbalken versprachen Schutz vor Wind, Kälte und Regen, vor den winzigen Fenstern hingen schlichte Gardinen. Im rechten Winkel zur Hütte stand der Schuppen, ein Stück entfernt hinter einer Fjellbirke verbarg sich das typische kleine Häuschen. Ganz in der Nähe plätscherte ein Bach. Ein Trampelpfad führte zum nahe gelegenen Seeufer und weiter zum *Lille Skardet* hinauf.

Morten sog tief die frische, kühle Abendluft ein.

Hier war er zu Hause, vielleicht noch mehr als auf *Gammelgården,* dem Hof, auf dem er vor dreiundsechzig Jahren geboren worden war und wo er heute noch lebte. An dem Balken unter dem Vordach tastete er nach dem Schlüssel und schloss die Tür auf. In der Hütte roch es vertraut nach Feuerholz, nach angebranntem Kaffee, nach Schweiß. Er kannte diesen Geruch, seit er ein kleiner Junge war. Das erste Mal hatte sein Vater ihn kurz nach seinem sechsten Geburtstag mitgenommen, doch seit Tore Johansens Tod kam Morten allein hierher. Natürlich wurde die Hütte auch von anderen genutzt. So war das hier, in einem Land, in dem es selbst im Sommer gelegentlich Nachtfröste gab, in dem der Mensch die Natur nicht vollständig unterworfen hatte und es auch niemals schaffen würde.

Die Hütte war schlicht und nur mit dem Nötigsten ausgestattet. Vom kleinen Windfang gelangte man direkt in die Wohnküche mit dem Herd, dem langen Holztisch und den Bänken, die im Notfall auch als Schlaflager dienten. Die schweren Deckenbalken ruhten auf dicken Pfosten, der Boden, die Wände, die Möbel – alles war aus Holz. Links und rechts vom Raum zweigte je ein Zimmerchen ab, kleine Kammern mit jeweils zwei Stockbetten. In eine Kammer führte er jetzt die Frau und zeigte auf eines der Betten.

„Hier kannst du schlafen", sagte er. „Ich nehme den anderen Schlafraum."

Erleichtert ließ sie den Rucksack von den Schultern gleiten und nickte. „Gibt es hier eine Dusche?"

Beinahe hätte er laut aufgelacht. Eine Dusche! Doch er wollte sie nicht verärgern und schüttelte nur den Kopf.

„Du kannst dich am Bach waschen. Oder dir Wasser auf dem Ofen warm machen, dort steht ein großer Kessel."

Sie begriff immer noch nicht. „Und wo ist das Badezimmer?"

Er schüttelte den Kopf. „Gibt es nicht. Du kannst dich in der Wohnküche waschen. Oder du lässt es bleiben."

Unwillkürlich blähte er die Nasenflügel, als wollte er ihre Witterung aufnehmen. Sie roch nach Schweiß, aber das war ihm nicht unangenehm, da es den Geruch ihres Deos oder ihrer Seife fast überdeckte.

Sein schroffer Tonfall hatte sie erschreckt. Mit großen Augen sah sie ihn an, und er spürte, wie er hart wurde. Unwillkürlich hob sie die Arme und verschränkte sie vor der Brust, als stünde sie bereits nackt vor ihm und wollte sich schützen. Langsam schob sie einen Fuß zurück, kaum mehr als die Andeutung einer Bewegung, vielleicht war ihr nicht einmal bewusst, dass sie vor ihm zurückwich.

Er unterdrückte ein Stöhnen.

„Du kannst dir natürlich auch warmes Wasser in einer Schüssel mit hierher nehmen", sagte er.

Es dauerte ein, zwei Sekunden, bis sie reagierte. Ihre Gesichtszüge entspannten sich, und sie hob einen Arm, um sich an einem der oberen Stockbetten abzustützen.

„Gute Idee", sagte sie. „Das mache ich."

Er blieb noch einen Moment in der Tür stehen, obwohl es keinen Grund gab, noch länger hier herumzulungern. Sie sahen sich an. Ihre Brust hob und senkte sich deutlich, obwohl sie versuchte, ganz ruhig zu atmen. Trotzdem wich sie seinem Blick nicht aus. Es war ganz still, selbst der Wind schien ihnen für ein, zwei Sekunden zu lauschen. Schließlich, ehe das Schweigen und die Stille und der Augenblick sich in die Länge zogen und alles zerstörten, nickte er wortlos und verließ den Raum.

In der Wohnküche entzündete er ein Feuer im Ofen und holte frisches Brennholz und Wasser herein. Sobald das Feuer brannte, füllte er Kaffeepulver in die Blechkanne und wartete, bis das Wasser im Kessel kochte. Er starrte aus dem Fenster, ohne etwas zu erkennen. Stattdessen sah er *sie* vor sich. Ihre Augen waren braun mit winzigen grünen Einsprengseln. Die Haut war glatt und weich, die dunklen Haare waren zu einem lockeren Pferdeschwanz zurückgebunden. Er erinnerte sich an ihren verschreckten Blick, als er ihr vorgeschlagen hatte, sich in der Wohnküche zu waschen. Was sie wohl in diesem Moment gedacht hatte? Hatte sie eine Ahnung davon bekommen, was in ihm vorging? Fürchtete sie sich vor der Nacht, die sie allein mit ihm in dieser Abgeschiedenheit verbringen würde? Wieder spürte er, dass er hart wurde, und dieses Mal gestattete er sich ein leises Stöhnen.

Hinter seinem Rücken klappte eine Tür, dann hörte er ihre Schritte. Langsam drehte er sich um.

Sie trug nur einen leichten Pullover, unter dem sich ihre

Brüste deutlich abzeichneten, und ihre Hose. Die klobigen Wanderstiefel hatte sie durch Sandalen ersetzt. Sie schaute sich im Raum um und lächelte.

„Gemütlich", sagte sie. Dann sah sie ihn an. „Wo finde ich eine Schüssel für das Wasser?"

Stumm deutete er auf das Regal, in dem sich das Küchengeschirr stapelte, angeschlagene Teller und Tassen, verbeulte Kochtöpfe, sogar zwei verstaubte Gläser hatten hier überlebt. Seit Jahren schon hatte er nicht mehr richtig ausgemistet, weshalb ungestört ein buntes Durcheinander hatte entstehen können.

In einer geschmeidigen Bewegung bückte sich die Frau, um die größte Schüssel hervorzukramen, die es gab. Sie richtete sich wieder auf und sah sich erneut um, bis ihr Blick auf den Kessel fiel, in dem das Wasser gerade zu sieden begann.

„Kann ich mir davon etwas nehmen?", fragte sie.

Wieder sagte er kein Wort, sondern nickte nur stumm.

Sie nahm das alte Handtuch, das ihm als Topflappen diente, goss etwas heißes Wasser in die Schüssel und tat kaltes aus dem großen Vorratstopf hinzu. Dann verschwand sie, ebenfalls wortlos, in ihrer Kammer.

Das Wasser kochte schon eine ganze Weile, ehe er sich zusammenriss und den Kaffee aufbrühte. Angestrengt lauschte er, doch außer einem leisen Rascheln und Plätschern war aus ihrer Kammer nichts zu hören.

Er sah sich im Raum um. Die Deckenbalken waren stark genug, um einen ganzen Elch daran aufzuhängen. Die Frau würden sie ohne Probleme tragen. Er schätzte ihr Gewicht auf nicht mehr als sechzig, fünfundsechzig Kilo, und er hatte schon mehr als das gestemmt. Drei alte, rostige Haken gab es, zwei direkt über dem Herd und einen dritten mitten im Raum. Er wusste gar nicht mehr, wofür der einmal gedient hatte. Er stand auf und streckte sich, hakte den Zeigefinger in den Haken und belastete ihn, indem er sich mit seinem gesamten Gewicht daran hängte.

Der würde halten.

Er dachte an das fein säuberlich aufgerollte Seil im Schuppen. Sollte er es jetzt schon holen? Oder erst später, sobald sie sich schlafen gelegt hatte? Er sah sich noch einmal um. Nein, er würde noch warten, sonst würde sie womöglich Verdacht schöpfen, wenn hier plötzlich ein Seil herumlag. Vielleicht ahnte sie ohnehin schon etwas – so richtig wohl in ihrer Haut fühlte sie sich jedenfalls nicht, allein mit ihm in der Hütte.

Er schenkte sich einen frischen Kaffee ein und starrte aus dem Fenster, doch er bekam die Frau einfach nicht aus dem Kopf. Wie sie wohl nackt aussah?

Nach kurzem Zögern stellte er den Kaffeebecher auf den Tisch und schlich zu ihrer Kammertür. Das Holz war alt und verzogen, und an der rechten Seite gab es einen schmalen Spalt, gerade groß genug, damit er hindurchspähen konnte.

Sie hatte die Wasserschüssel auf den kleinen Schemel vor das Fenster gestellt und stand nackt zwischen den beiden Betten. Im Gegenlicht sah er kaum mehr als ihre Silhouette. Den schmalen, aber kräftigen Rücken, die festen Pobacken und die etwas zu stämmigen Waden. Sie fühlte sich unbeobachtet und führte den Waschlappen mit langsamen, fast sinnlichen Bewegungen zunächst über ihre Arme und dann über den Oberkörper. Sie spülte den Lappen aus und wischte die Seife mit ebenso langsamen Bewegungen ab, dann stellte sie ein Bein auf eines der Betten und strich fast zärtlich über den Oberschenkel, die Wade, das Schienbein, den Fuß. Sie wechselte das Bein und wiederholte die Prozedur. Als sie so dort stand, die Beine leicht geöffnet, meinte er, einen Hauch ihres dunklen Flaumes erkennen zu können, und ihm stockte der Atem. Halt suchend griff er nach dem Türrahmen.

Sie schien seine Anwesenheit zu spüren, oder vielleicht hatte sie ein Geräusch gehört, seinen schweren Atem womöglich, denn mit einer abrupten Bewegung stellte sie den Fuß auf den Boden und schaute über die Schulter zur Tür.

Er hielt den Atem an.

Sie stand da und lauschte, dann griff sie zum Handtuch und begann, sich zügig abzutrocknen. Das scharfe Licht, das dem Sturm voranging, fiel durch das Kammerfenster und zeichnete die Konturen ihres Körpers nach. Regungslos verharrte er hinter der Tür, unfähig, sich zu rühren, und starrte sie an. Auf den Oberarmen hatte sie Gänsehaut, und aus den hochgesteckten Haaren, die sie nicht gewaschen hatte, lösten sich ein paar Strähnen und fielen ihr ins Gesicht.

Sie war wunderschön.

Und niemand wusste, dass sie hier bei ihm war.

Später, als er am Tisch in der Wohnküche saß und an seinem Kaffee nippte, öffnete sich die Tür zur Kammer, und sie trat herein. Ahnte sie, dass er sie beobachtet hatte? Sie ging vor die Hütte, um das Waschwasser auszuschütten und die Schüssel auszuspülen. Anschließend stellte sie sie ins Regal zurück.

Sie trug denselben Pullover und dieselbe Hose wie vorhin, doch sie roch nach Seife, aufdringlich und künstlich, ein Geruch, der ihm zuwider war.

Er deutete auf die Kaffeekanne.

„Es gibt frischen Kaffee."

Sie lächelte, und es wirkte aufrichtig. Sie nahm einen Becher aus dem Regal, tat Kaffee und etwas Zucker hinein, den sie auf dem Brett überm Herd entdeckt hatte. Dann kam sie zum Tisch und setzte sich zu ihm.

„Was ist das für eine Hütte?"

„Mein Vater hat sie erbaut, zusammen mit seinem Vater. Als Unterschlupf beim Jagen." Er dachte an die Streifzüge, die er zusammen mit seinem Vater unternommen hatte, um Elche oder Birkenwild zu jagen. An die Tage, an denen Tore einfach nur seine Ruhe haben wollte. Allein sein Sohn durfte ihn dann begleiten, denn Morten verlor genauso wenig Worte wie sein Vater, schon als kleiner Junge.

Interessiert schaute sie sich um, und er überlegte, ob jemals eine Frau diese Hütte von innen gesehen hatte. Seine Mutter war niemals hier gewesen, und er selbst war Junggeselle. Manchmal, wenn sie einen Jagdtrupp zusammenstellten, kamen sie mit mehreren hierher, allesamt Männer von den umliegenden Almen und Gehöften. Gelegentlich suchten auch Wanderer hier Schutz, doch das war in den letzten Jahren nur zwei, drei Mal vorgekommen. Diese Gegend zählte nicht zu den touristischen Höhepunkten Norwegens, gottlob. Er konnte also davon ausgehen, dass sie ungestört sein würden, zumindest heute Abend. Wer hier draußen unterwegs war, hatte bei diesem Sturm längst Schutz gesucht, oder er war lebensmüde.

„Unglaublich", sagte sie und umklammerte den Kaffeebecher mit beiden Händen. „Draußen dieser Sturm und Wind, und mittendrin diese … Oase." Lächelnd sah ihn an. Für den Bruchteil einer Sekunde hatte er den Eindruck, ihr Blick habe etwas Lauerndes. Verbarg sie etwas vor ihm? Hatte sie ein Geheimnis, das sie nicht preisgeben wollte? Er hatte nicht einmal Zeit, die Stirn zu runzeln, da war dieser Moment schon wieder verflogen. Er hatte sich wohl geirrt, was wusste er denn schon von den Menschen.

„Vielen Dank", sagte sie, „dass du mich mitgenommen hast. Ohne dich …"

Ohne ihn würde sie jetzt irgendwo auf der baumlosen Hochebene versuchen, ihr Zelt aufzubauen. Sie musste so etwas wie einen rettenden Engel in ihm sehen.

Er nickte stumm.

Sie blickte auf ihren Kaffeebecher, und er merkte ihr an, dass ihr eine Frage auf der Zunge lag.

„Sag mal … wie hast du eigentlich meinen Mann gefunden?", fragte sie schließlich, nachdem es ein paar Sekunden ganz still in dem düsteren Raum gewesen war. Nur der wütende Wind draußen und das leise Knistern des Feuers im Ofen hatten verhindert, dass die Stille sich unangenehm zwischen ihnen ausdehnte.

„Ich habe heute Morgen einen Schrei gehört. Dann habe ich euren Lagerplatz gefunden und mich umgeschaut." Er machte eine Pause, um sich die Worte zurechtzulegen. „Ich sah das Kanu, das sich losgerissen hatte, und dachte: Da stimmt was nicht. Dann habe ich gesucht." Aufmerksam beobachtete er ihre Reaktion. Mit gesenktem Kopf hatte sie ihm zugehört, jetzt nickte sie langsam. Sie fragte nicht nach, warum er so früh am Morgen schon in der Nähe gewesen war, ohne sich den beiden Fremden zu erkennen zu geben. Aber woher sollte sie auch wissen, dass es hier in der Wildnis nicht üblich war, sich aus dem Weg zu gehen? Dies war keine Stadt, in der die Menschen den Blicken der anderen auswichen, in der man der drangvollen Enge nur entgehen konnte, indem man die anderen ausblendete. Hier in der Wildnis zählte ein Mensch allein nichts, man war darauf angewiesen, einander zu helfen. Wer hier achtlos am anderen vorbeiging, konnte im nächsten Moment die Hilfe desjenigen brauchen, dessen Gruß man nicht erwidert hatte. Hier draußen konnte das Leben davon abhängen, den Menschen, denen man begegnete, nicht auszuweichen.

Doch genau das hatte er getan.

Nicht weit vom Lagerplatz der Touristen entfernt hatte er im Schutz eines Felsens campiert. Stundenlang hatte er wach gelegen und dem auffrischenden Wind und später dem monotonen Regen gelauscht. Morgens hatte er gerade sein karges Mahl aus Brot und Trockenfleisch verzehrt und dazu Wasser aus dem nahen Bach getrunken, als er den Schrei hörte.

Ein einzelner Schrei, den man leicht mit dem Schrei eines Tieres hätte verwechseln können. Doch er kannte sich aus, er wusste, dass es ein Mensch gewesen war, der da geschrien hatte. Ein Mensch in höchster Not.

Hastig hatte er seine Sachen zusammengepackt und war aufgebrochen. So schnell wie möglich war er zur Lichtung zurückgekehrt, wo er die Frau allein vorfand, die gerade dabei war, sämtliche Habseligkeiten der beiden Touristen in den Rucksäcken zu verstauen. Das Zelt war bereits abgebaut, Unmengen von Gepäck lagen verstreut um sie herum. Sie wirkte aufgewühlt, ab und zu wischte sie sich mit der Hand übers Gesicht. Er verbarg sich hinter demselben Felsen wie am Vortag und beobachtete sie.

Ihr Gesicht war bleich, ihre Bewegungen wirkten fahrig. Er starrte auf ihre schmalen Handgelenke, und augenblicklich stellte er sich vor, ein Seil darum zu schlingen, fest und sicher, damit sie auf immer ihm gehörte. Nur mit Mühe war es ihm gelungen, den Gedanken beiseitezuschieben.

Wo war der Mann? Er war sich sicher, dass er den Schrei ausgestoßen hatte, nicht die Frau.

Sie hatte inzwischen die Rucksäcke fertig gepackt, jetzt nahm sie einen davon und schleifte ihn in das dichte Unterholz. Kurz darauf tauchte sie wieder aus dem Dickicht auf und schulterte den zweiten Rucksack. Ein letztes Mal schaute sie sich auf der Lichtung um, dann schlug sie zielstrebig den Weg zum Pfad ein.

Kurz erwog er, ihr etwas zuzurufen, doch dann blickte er ihr nur nachdenklich nach. Sie würde ihm nicht entkommen, nicht mit diesem schweren Rucksack. Er folgte ihr mit seinem Blick, bis sie zwischen den Bäumen verschwunden war.

Dann machte er sich auf die Suche nach dem Mann. Auf der Lichtung rührte sich nichts außer ein paar Seidenhähern, die an der Feuerstelle neugierig nach Essensresten suchten. Er schlug den Weg zum Strand ein, an dem das Kanu lag. Das Unterholz war an dieser Stelle besonders dicht, und der steile Pfad nahm seine gesamte Aufmerksamkeit in Anspruch. Es dauerte eine Weile, bis er die Leiche entdeckte. Sie lag unterhalb des Lagerplatzes, direkt vor einer schroffen, an dieser Stelle etwa sechs Meter hohen Felswand. Der Mann lag auf dem Rücken, die geöffneten Augen blickten starr in den Himmel. Auf den ersten Blick war ihm keine Verletzung anzusehen, doch als er den Toten vorsichtig untersuchte, entdeckte er die blutige Wunde am Hinterkopf. Vermutlich hatte der Mann im morgendlichen Halbschlaf das Gleichgewicht verloren, war abgestürzt und unglücklich auf einem der unzähligen Felsblöcke gelandet, aus denen der Boden hier bestand. Kein Wunder, dass die Frau aufgewühlt gewesen war. Trotzdem hatte sie noch klar genug denken können, um das Nötigste einzupacken, anstatt in wilder Panik davonzurennen.

Er wusste, dass er Hilfe holen musste. Sein Blick fiel auf das Kanu, das ganz in der Nähe auf dem schmalen Sandstreifen lag. Gestern Abend hatten die Touristen es umgedreht, damit es nicht von der Strömung fortgerissen werden konnte, doch jetzt lag es richtig herum am Strand, unvertäut und fertig zum Aufbruch. Die Wellen leckten bereits gierig daran.

Sollte er mit dem Kanu zum Dorf am anderen Ufer fahren? Nein, bei diesem Wind wäre das der reinste Selbstmord. Er machte ein paar Schritte auf das Boot zu, um es höher zu ziehen und sicher zu vertäuen, doch dann stockte er und blieb stehen.

Was ging ihn das Boot an?

Es gehörte Fritjoff, das erkannte er an der Kennzeichnung des Kanus, aber der würde den Verlust eines Bootes verkraften können.

Er drehte sich um und starrte hinauf zum Lagerplatz. Nur wenige Meter dahinter verlief der Pfad, den die Frau eingeschlagen hatte.

Sie war allein.

Langsam ging er zum Kanu. Die Wellen hoben das Heck bereits leicht an. Ein leichter Tritt genügte, und es trieb hinaus aufs offene Wasser. Er wusste, dass sich der See das Boot früher oder später ohnehin geholt hätte, trotzdem hatte er das Gefühl, mit diesem Tritt Fakten geschaffen zu haben, die alles veränderten.

5

Nach der stundenlangen Wanderung taten ihr die Waden und Füße weh. Die Matratze in dem Stockbett war leidlich bequem, aber besser als die Isomatte, auf der sie die letzten Nächte verbracht hatte. Die Katzenwäsche mit dem warmen Wasser hatte ihr gutgetan, auch wenn ihr eine Dusche oder, noch besser, ein heißes Bad lieber gewesen wäre. Jetzt hielt sie einen Becher mit dampfenden Kaffee zwischen den Händen und war froh, bei diesem Wetter kein Zelt aufbauen zu müssen. In der kleinen Wohnküche war es warm, draußen zerrte der Wind an den Bäumen und trieb den Regen gegen die einfach verglasten Fenster. Die Petroleumlampe über dem Tisch tauchte den Raum in ein weiches Licht.

Es hätte behaglich sein können, wäre da nicht dieser Mann gewesen, der sie unverhohlen musterte, als hätte er noch nie eine Frau aus der Nähe gesehen. Erst als sie ihm direkt in die Augen starrte, wandte er den Blick ab, doch sein Schweißgeruch und die leisen, gepressten Atemgeräusche bedrängten sie unverändert. Sie war sich sicher, dass er sie vorhin, als sie sich gewaschen hatte, durch einen Türspalt beobachtet hatte. Was für ein armseliger Wicht! Ehe sie die Kammer verlassen hatte, hatte sie ihr Messer eingesteckt. Es war nur ein einfaches Taschenmesser, und es war uralt. Sie hatte es von ihrem Großvater geschenkt bekommen, als er ihr das Schnitzen beigebracht hatte, und der warme Holzgriff lag ihr vertraut und tröstlich in der Hand.

Ihr Magen begann, vernehmlich zu knurren.

„Soll ich uns etwas kochen?", schlug sie vor, schon allein um der Nähe dieses Waldschrats zu entkommen. Zwischen dem Tisch und dem Herd lagen mindestens zwei Meter. „Ich könnte Spaghetti mit Soße machen."

„Gut", sagte Morten.

Aus ihrem Rucksack holte sie die Zutaten, die sie aus Deutschland mitgebracht hatte. Als sie in die Wohnküche zurückkehrte, lag ein Stück Schafskäse neben dem Herd.

„Nimm das dazu", sagte Morten. Während sie am Herd stand und die Soße zubereitete, saß er am Tisch und beobachtete sie. Einmal stand er auf, um Holz nachzulegen.

„Aus welcher Gegend in Deutschland kommt ihr?", fragte er, als sie nicht mehr tun musste, als hin und wieder die Soße umzurühren.

„Aus Hamburg."

„Wie lange wart ihr schon mit dem Kanu unterwegs?" Die tiefe Stimme war rau und kratzig, und seine Fragen hatten einen leicht herrischen Unterton. Sie spürte Ärger in sich aufsteigen. Was sollte das? Er war schließlich nicht von der Polizei, oder?

Demonstrativ hob sie den Deckel und schnupperte an der Soße, dann testete sie die Nudeln mit einer Gabel. Es war ihr unangenehm, dass dieser Kerl sie ausfragte, andererseits war es wohl besser, sie stellte sich gut mit ihm. Wer weiß, was er sonst alles der Polizei erzählte. Außerdem konnte sie sich so auf die Fragen vorbereiten, die unweigerlich kommen würden. Sie richtete sich auf und drehte sich um. „Fünf Tage. Die ganze Tour sollte zehn Tage dauern."

„Wie seid ihr hergekommen? Mit dem Auto?"

„Ja. Es steht in dem Fischerdorf am anderen Ufer."

Der Mann musterte sie scharf, als hätte sie etwas Falsches gesagt. Anscheinend mochte er keine Touristen, die hier in der Einöde den Einheimischen die Parkplätze wegnahmen.

„Warum bist du nicht mit dem Kanu zurückgefahren?"

„Zu gefährlich."

Er nickte langsam und sah sie nachdenklich an. Ehe er oder sie noch etwas sagen konnten, waren die Spaghetti fertig, und sie stellte den Topf mit dem dampfenden Essen auf den Tisch.

Sie aßen schweigend, anschließend bereitete Morten einen Tee aus Birkenblättern zu, der bitter schmeckte, aber wohltuend heiß war. Eine Weile herrschte eine angenehme, friedliche Stille im Raum.

„Es kann ziemlich gefährlich sein, hier in der Wildnis", sagte Morten unvermittelt. „Dein Mann hat die Gefahr wohl unterschätzt."

Im ersten Moment glaubte sie, er wollte sie aus der Reserve locken, doch dann wurde ihr klar, dass er nur an ihr Gespräch vor dem Essen anknüpfte. Woher sollte er auch wissen, was geschehen war? Er hatte doch selbst gesagt, er sei erst durch den Schrei alarmiert worden.

„Es war ein Unfall", erklärte sie. „Felix wollte sich erleichtern, aber er war noch sehr verschlafen, und dann … Er muss gestolpert sein. Ich habe nur seinen Schrei gehört, danach bin ich …"

Ihr Herz klopfte bis zum Hals, als sie daran dachte, wie sie ihm zur Felskante gefolgt war, mit einem Gefühl der Neugierde, ob sie tatsächlich zu so einer Tat fähig sein würde, und dann, als er ziemlich hilflos mit heruntergelassener Hose dagestanden hatte, einfach zugestoßen hatte. Ein kurzer Stups, mehr war nicht nötig gewesen. Felix hatte sich nie verschämt irgendwo an einen Felsen oder einen Baum gestellt, um sein Geschäft zu erledigen, im Gegenteil, er hatte es geliebt, sich so offen wie möglich zu präsentieren und ein möglichst großes Revier zu markieren: Seht her, ich bin der Größte!

Sie schluckte. „Danach habe ich ihn dort unten gefunden, aber ich konnte nichts mehr für ihn tun."

Morten hielt den Blick unverwandt auf sie gerichtet. Nur vom Schein der Petroleumlampe erhellt, wirkten die Augen noch dunkler, dunkler und, anders als heute Nachmittag im

Sonnenlicht, kälter. Wie konnte das sein? Reines Blau war eine kalte Farbe, die durch leichtes Abdunkeln wärmer wurde, doch diese Augen waren wie ein Brunnen, aus dem es, war man einmal hineingestürzt, kein Entkommen mehr gab.

Sie fröstelte und versuchte, das Gefühl abzuschütteln, das sie beschlichen hatte, eine unbestimmte Angst. Hatte er mehr gesehen, als er zugab? Spielte er mit ihr? Diese Blicke, mit denen er sie bedachte – nachdenklich, forschend und zugleich scheu. Er trug keinen Ring, war also wahrscheinlich unverheiratet und hatte wohl auch sonst nur wenig Kontakt zu Frauen. Vermutlich, versuchte sie sich zu beruhigen, war er deswegen so wortkarg und unbeholfen – das absolute Gegenstück zu Felix.

Felix gehörte zu den Menschen, die sofort alle anderen für sich einnehmen konnten, zumindest war es früher so gewesen. Sein strahlendes Lächeln, sein Geschick, Komplimente zu machen, die einzigartig klangen, seine Gabe zuzuhören, ohne sich anzubiedern. Er liebte Luxus, und er teilte ihn gern mit anderen. Er führte Sina in teure Restaurants aus, und mehr als einmal wurde die Runde spontan vergrößert, wenn er an der Bar noch ein paar Bekannte traf. Er hatte Geschmack, wie es sich für einen Kunstmenschen ziemte, sein riesiges Haus schien einem Designmagazin entsprungen. Egal ob Küche, Schlafzimmer, Bad – als er Sina das erste Mal herumführte, konnte sie sich gar nicht sattsehen. Die Räume waren großzügig gestaltet, ohne kahl zu wirken, harmonisch, ohne süßlich zu sein, gemütlich, ohne in Kitsch abzugleiten. Dabei behauptete Felix, von Kunst und Gestaltung keine Ahnung zu haben.

„Dafür ist Pieter zuständig", erklärte er. „Mein Gebiet sind die Finanzen. Und die Verhätschelung von Kunden und Künstlern", fügte er lachend hinzu.

„Ach, ich werde also gerade verhätschelt?", fragte sie. Es sollte spöttisch klingen, damit er nicht merkte, dass sie verletzt war.

Er lachte, trotzdem entging ihr nicht der leichte rote Schimmer auf seinen Wangen. „Aber selbstverständlich." Mit dem Champagnerglas in der Hand machte er eine weit ausholende Geste. „Natürlich zeige ich allen potenziellen Kunden und jedem dahergelaufenen Künstler mein Schlafzimmer und meine Badewanne."

Sie musste ebenfalls lachen.

Die Monate nach der Vernissage wurden die turbulenteste und aufregendste Zeit ihres Lebens. Natürlich war sie auch früher schon verliebt gewesen, hatte das Kribbeln im Bauch und dieses Gefühl der Leichtigkeit erlebt, doch das war kein Vergleich zu dem Taumel, den sie in der ersten Zeit mit Felix durchlebte. An seiner Seite reiste sie um die Welt und besuchte alle Museen, von denen sie bislang nur geträumt hatte – den Louvre in Paris, die Tate Modern in London, das Guggenheim Museum und das Museum of Modern Art in New York, das Getty Museum in Los Angeles, die Eremitage in St. Petersburg, die Uffizien in Florenz … All diese wunderbaren Orte und ihre Magie sog sie förmlich in sich auf, lief tagelang wie betrunken durch die Straßen und verbrachte die Nächte mit Felix in einem einzigen, niemals endenden Rausch. Sie genoss Felix' Charme, seine weltmännische und unverkrampfte Art, seine Fähigkeit, sie zum Lachen zu bringen. Und sie genoss seine Bewunderung für ihre Arbeit. Bei ihm klang es, als sei sie eines dieser großen Talente, um deren Werke sich in wenigen Jahren alle Welt reißen – und dafür Höchstpreise zahlen – würde. Gewiss, seit das Kunstkontor van Megen sie vertrat, hatte sie bereits die eine oder andere Arbeit verkauft, doch ihrer Meinung nach hatte sie das vor allem dem guten Ruf der Galerie und Felix' Verkaufstalent zu verdanken. Sie hatte eine Glückssträhne, die wie bei einem Spielautomaten jeden Moment zu Ende sein konnte. Als Felix ihr zum ersten Mal freudestrahlend erzählte, er habe einen Käufer für eine ihrer Holzplastiken gefunden, einen einflussreichen amerikanischen Sammler, lachte sie. Sie freute sich über ihren Erfolg, aber sie war überzeugt, dass er nicht von Dauer sein konnte. Nimm mit, was du kriegen kannst – wer weiß, was morgen kommt.

Eines Abends schlug Felix ihr vor, sie könne sich im Gartenhäuschen auf seinem Grundstück ein eigenes Atelier einrichten. Sprachlos starrte sie ihn an, im ersten Moment dachte sie an einen Scherz. Bis dahin hatten ihr nur die Räume in der Kunsthochschule zur Verfügung gestanden, einfache Werkstätten, die sich mehrere Studenten teilten und die sie schon immer als eng und begrenzt empfunden hatte. Das Gartenhaus dagegen lag umgeben von Rasen und Sträuchern im hinteren Bereich des großzügigen Anwesens, fernab der Straße und in Sichtweite des Waldes. Der Wind trug von der nahen Elbe den Geruch nach Freiheit und Meer herbei, die großen Fenster vermittelten das Gefühl, mitten in der Natur zu stehen. Hier war sie vollkommen ungestört, konnte sich ganz auf sich und ihre Arbeit konzentrieren und nach Herzenslust mit ihrem geliebten Holz arbeiten, das Felix klafterweise für sie anschleppte. Esche, Rosenholz, Robinie … sie brauchte nur einen Ton zu sagen, und wenige Tage später stand ein neuer Holzklotz bereit, damit sie ihm sein Geheimnis entlocken konnte. Und sie begann herumzuexperimentieren. Mit einem Materialmix aus allem, was ihr zwischen die Finger kam, erschuf sie Plastiken, die sie selbst immer wieder verblüfften.

Pieter Janssen kam häufig vorbei und sah sich an, was sie trieb. Hin und wieder regte er auf seine fast schroffe Art an, es mit einem neuen Material, einem neuen Genre zu versuchen, und sie setzte seine Vorschläge mit Feuereifer um. Der Kunsthistoriker galt nicht umsonst als einer der besten seines Fachs, und sie vertraute seinem Urteil. Sie verwarf, besserte nach, veränderte, und siehe da, keine zwei Jahre nach der Jahresschau der Kunsthochschule gelang es Felix und Pieter, fünf ihrer Arbeiten in einer Ausstellung in der Tate Modern unterzubringen.

Sobald der Vertrag unterzeichnet und der Erfolg gebührend mit Champagner gefeiert war, hielt Felix um ihre Hand an.

„Tu mir den Gefallen, bitte", sagte er. „Ich möchte nicht, dass mir irgendjemand anders dieses wunderbare Wesen wegnimmt!"

Sie lachte vor Freude.

Felix grinste. „Du könntest dann gleich unter deinem neuen Namen in London ausstellen. Sina van Megen. Klingt doch besser als Sina Fischer, oder?"

Sie lachte noch lauter, auch vor Erleichterung, weil die Unsicherheit endlich vorüber war – würde er die entscheidende Frage stellen oder nicht? Seit Monaten umwarb er sie, lächelte im richtigen Moment, umhüllte sie mit seiner klaren, dunklen Stimme wie mit einem wärmenden Mantel. Die blauen Augen sahen sie, erkannten sie als diejenige, die sie war. Der Sex mit ihm war aufregend und vertraut zugleich, er wusste sie geschickt an den richtigen Stellen und im richtigen Maß zu berühren, bis sie mehr als bereit war, ihm zu geben, was er haben wollte.

Er war der perfekte Mann.

Und es wurde die perfekte Ehe.

Als Morten sich räusperte, brauchte sie einen Moment, um sich zurechtzufinden. Sie blickte von ihrem Tee auf, der inzwischen kalt war, und sah den Mann an, der ihr an dem alten, zerkratzten Tisch gegenübersaß.

„Gibt es hier in Norwegen jemanden, den du informieren musst? Freunde oder Familie?", fragte er.

Sie schüttelte den Kopf. Ihre Familie lebte in Deutschland, und Felix' Eltern waren schon lange tot. Sie hatte sie nie kennengelernt. „Nein, wir waren beide das erste Mal hier. Wir waren zuerst ein paar Tage in Oslo, anschließend wollten wir von Bergen aus mit dem Postschiff nach Ålesund fahren."

„Und wann wolltet ihr wieder zurück nach Deutschland?"

Sie musste kurz überlegen. „In elf Tagen, am 30. August."

Morten sagte eine Weile nichts, was ihr ganz recht war. Sie war müde, und der Mann ging ihr allmählich auf die Nerven.

Seine Fragen erinnerten sie an die typischen Fragen der Einheimischen, wenn sie Interesse an den Touristen vortäuschten: Woher kommen Sie? Wie lange bleiben Sie? Was haben Sie schon gesehen? Gefällt es Ihnen hier?

Sie lehnte sich auf der Bank zurück und schloss die Augen. Sofort sah sie Felix' Gesicht vor sich. Nachdem er abgestürzt war, hatte sie versucht, seinen Puls zu ertasten, aber da hatte er schon ganz reglos dagelegen, mit offenen Augen. Allein bei dem Gedanken daran erschauderte sie. Noch nie zuvor hatte sie einen Toten gesehen, und sie war froh, dass man keine Verletzung sah, keinen einzigen Tropfen Blut. Nur diese starren, blicklosen Augen.

Ob die Polizei nachweisen konnte, dass sie bei Felix' Tod nachgeholfen hatte? Hatte er durch ihren leichten Stoß vielleicht eine Prellung davongetragen, die sich nicht durch den Sturz würde erklären lassen? Sie hatte sich vorher keine Gedanken darüber gemacht, hatte bis zum Schluss nicht geglaubt, dass sie so etwas tatsächlich fertigbringen würde: Einfach einen Menschen zu töten, noch dazu jemanden, den sie einmal geliebt hatte. Bei diesem Gedanken zuckte sie zusammen, ein eiskalter Schauer lief ihr über den Rücken. Geliebt. Getötet. Felix war tot, und es war ihre Schuld. Natürlich würde sie dafür bezahlen, natürlich würde man ihr auf die Schliche kommen. Zu sehr profitierte sie von seinem Tod, das würde die Polizei rasch herausfinden, und dann würde man die Leiche genauer untersuchen und garantiert etwas finden. Irgendetwas fanden sie heute doch immer.

Unsinn.

Niemand würde ihr etwas nachweisen können. Es war ein Unfall gewesen, ein tragischer, schrecklicher Unfall, der sie zur Witwe gemacht hatte, und niemand würde ihre Version der Geschichte anzweifeln.

Vorausgesetzt, es gab keinen Zeugen, der ihr einen Strich durch die Rechnung machte. Sie schenkte sich Tee nach, obwohl er furchtbar schmeckte, und füllte auch Mortens Tasse auf. Während sie an dem heißen Gebräu nippte, beobachtete sie den Mann unter halb geschlossenen Lidern hindurch.

„Sobald mein Handy wieder Empfang hat, muss ich die Polizei informieren", sagte sie.

„Natürlich."

„Du findest die Stelle doch wieder, wo Felix liegt, oder?"

„Natürlich." Im Gesicht des Mannes regte sich kein Muskel, während er sie lauernd musterte, als warte er darauf, dass sie sich durch irgendetwas verriet.

Verdammt, was starrte er sie so an? Wusste er doch etwas? Hatte sie irgendwelche Spuren hinterlassen, ohne es zu merken? Oder hatte er sie gar dabei beobachtet, wie sie Felix gefolgt war, als er sich vom Zelt entfernte?

„Und du, was machst du hier in dieser Einöde?", fragte sie schließlich, um die unangenehme Stille zu durchbrechen.

Er nahm einen Schluck von seinem Tee, ehe er achselzuckend antwortete: „Ich bin einfach gerne im Wald."

„Und du lebst in dem Fischerdorf am See?" Ein winziges Kaff, in dem es nicht einmal einen Lebensmittelladen gab. Der nächste Ort lag eine Stunde Fahrt über eine baumlose Hochebene entfernt. Im Winter war man hier vermutlich völlig von der Welt abgeschnitten.

„Nur im Sommer. Im Winter wohnt dort niemand. Dann lebe ich auf der anderen Seite des Berges."

Sie erinnerte sich dunkel, auf der Fahrt zum See durch einen kleinen Ort gekommen zu sein, ein langweiliges Straßendorf ohne jeden Reiz. Was trieb man dort den ganzen Winter über, bei Temperaturen bis Minus vierzig Grad und meterhohem Schnee, der monatelang liegen blieb? Mit Tagen, die nur wenige Stunden dauerten, und Nächten, so finster und kalt und lang, dass sie bei der bloßen Vorstellung daran zu frieren begann?

„Und was machst du dann? Ich meine, dann läufst du doch nicht durch den Wald, oder?"

Er zog die Brauen zusammen, als hätte sie eine sehr dumme

Frage gestellt, doch das war ihr gleichgültig. Er hatte sie schließlich auch ausgefragt – und die Antwort interessierte sie tatsächlich.

„Ich komme auf Skiern hierher, über die Hochebene."

Jetzt war sie neugierig geworden. Sie verschwand kurz in der Kammer, holte ihre Karte aus dem Rucksack und faltete sie auf dem großen Holztisch auseinander. Sie besah sich die zarten Linien und ordentlichen Beschriftungen noch einmal genauer. Hier, dieses kleine schwarze Rechteck, das war die Hütte, in der sie jetzt saß. Und dort war die Alm, die sie erreichen musste. Von dort führte eine befestigte Straße zum Fischerdorf, und sie hatte gehofft, jemanden zu finden, der sie dorthin bringen würde. Sie hatte Glück im Unglück, dass der Mann seinen Wagen genau dort abgestellt hatte.

Morten zeigte ebenfalls ein gewisses Interesse an der Karte. Er hatte den Kopf schräg gelegt, um besser sehen zu können.

„Dein Mann ist an einer sehr günstigen Stelle gestorben", sagte er langsam, dann tippte er auf den Punkt, den Felix fein säuberlich markiert hatte. Ihren letzten Lagerplatz, der ihm jetzt als provisorisches Grab diente. „Von dort aus lässt sich dieser Pfad gut erreichen."

Unwillkürlich hielt sie die Luft an, während er die Karte genauer betrachtete. „Sind das eure anderen Lagerplätze?", fragte er und deutete auf die gepunkteten und durchgezogenen roten Kreise, gepunktet für geplante und durchgezogen für tatsächliche Lagerplätze.

„Ja", antwortete sie. „Felix hatte alles akribisch geplant."

„Hier, siehst du?" Morten deutete nacheinander auf die anderen Kreise auf der Karte. „Von allen anderen Stellen wärst du fast nur mit dem Boot weggekommen."

Ihr wurde abwechselnd heiß und kalt. Wollte er damit irgendetwas andeuten? Ahnte er etwas, oder wusste er gar etwas? Wieso hatte sie diesem Idioten bloß die Karte gezeigt! Falls er zuvor schon einen Verdacht gehegt hatte, würde er sich jetzt womöglich noch bestätigt fühlen.

„Gleichzeitig ist die Stelle sehr abgelegen", sagte er gedehnt und sah sie an. „Der Pfad wird nur selten benutzt." Er deutete auf eine Ansammlung schwarzer Rechtecke auf der Karte. „Hier, das ist eine ehemalige Alm. Sie wird nicht mehr bewirtschaftet, die Gebäude sind schon längst verfallen. Früher sind die Leute dort zu Fuß hingegangen, auf diesem Pfad, aber das macht heute niemand mehr."

Er hörte sich ein wenig an wie ihr Großonkel, ein unausstehlicher Kerl, der sich über die „verweichlichte Jugend von heute" ausließ, die zu faul sei und sich nicht mehr genügend anstrenge. Dabei starrte er sie unverwandt an.

„Glück im Unglück, würde ich sagen." Ihre Finger waren eiskalt, und sie brach in Schweiß aus. Sie lachte nervös. „Und das gleich zweimal. Ich bin froh, dass ich dich getroffen habe."

Verdammt, was starrte er sie so an?

Er spielte mit ihr. Weidete sich an ihrer Qual, an ihrer Ungewissheit, ob er wirklich wusste, dass Felix' Sturz kein Unfall gewesen war. Doch sie konnte ihn schlecht direkt darauf ansprechen, denn dann würde sie ihre letzte Chance verspielen, für den unwahrscheinlichen Fall, dass er doch nichts ahnte.

Sie ertrug das Schweigen und die stummen Blicke, mit denen sie einander maßen, nicht länger und stand auf. Sie musste dringend auf die Toilette, doch da es hier in der Hütte schon kein Badezimmer gab, musste sie sich vermutlich mit einem Plumpsklo zufriedengeben.

Ohne ein Wort zu sagen, holte sie ihre Jacke aus der Kammer und trat vor die Hütte. Der Wind zerrte an ihren Haaren und trieb ihr kalte Regentropfen ins Gesicht, bis sie die Kapuze aufsetzte und zuzog. Dort, ein ganzes Stück von der Hütte entfernt, stand das typische kleine Holzhäuschen.

Sie hielt ihre Jacke fest und rannte los. Flüchtig nahm sie rechts von sich eine schwankende Bewegung wahr, einen großen Schatten. Vermutlich der schwere Ast eines Baumes, an dem der Wind zerrte. Sie lief weiter, bis sie im Trockenen war.

Es war wirklich dringend. Kaum hatte sie die Hose heruntergelassen und auf dem kalten Holzbrett Platz genommen, strömte es auch schon aus ihr heraus. Vor Erleichterung schloss sie einen Moment die Augen.

Ihre anderen Probleme waren damit allerdings noch lange nicht gelöst. Sie musste zurück in die Zivilisation und die Polizei überzeugen, dass Felix' Tod ein Unfall gewesen war, ein tragisches Unglück, mit dem sie selbst nicht das Geringste zu tun hatte. Der Gedanke, dass sie einen Menschen getötet hatte, erschien ihr völlig absurd. Sie sollte eine Mörderin sein? Was hatte sie denn schon getan? Ein kleiner Stoß, ein winziger Schubs, mehr nicht. Es war nicht einmal geplant gewesen, erst hier in Norwegen, beim Anblick der schroffen Felsen, inmitten der unberührten Wildnis, war ihr dieser Gedanke gekommen. Eine einfache Lösung für ihr Problem. Einmal kurz die Hand heben, ein sanfter Druck auf Felix' warmen, festen Rücken, und schon war sie frei.

Doch dann war da dieser Waldschrat aufgetaucht, der zu einer ernsthaften Gefahr für ihre Freiheit werden könnte.

Draußen vor dem Häuschen hörte sie ein scharrendes Geräusch. Als würde ein schwer alkoholisierter, stark übergewichtiger Koloss laut schnaufend über die Wiese torkeln. Morten war weder übergewichtig noch hatte er Alkohol getrunken – wer also veranstaltete da draußen so einen Radau?

Leise zog sie die Hose hoch und machte den Reißverschluss zu. Vorsichtig öffnete sie die Tür einen Spalt und spähte hinaus in die graue Dämmerung.

Dann begann sie zu schreien.

6

Endlich war sie nervös geworden!

Sie hatte die Tasse umklammert, bis ihre Knöchel weiß geworden waren, dann war sie abrupt aufgestanden, um sich zu erleichtern, ohne ihm noch einmal in die Augen zu blicken. Als wollte sie ihm ihre Angst nicht zeigen.

Die Sache mit dem Auto, das sie im Fischerdorf abgestellt hatten, war natürlich ärgerlich, bedeutete aber nicht, dass man die beiden Leichen rasch finden würde. Ohnehin würde Fritjoff die Polizei informieren, wenn die Touristen sein Kanu nicht rechtzeitig zurückbrachten oder das Boot herrenlos auf dem See trieb. Vermutlich würde Morten sogar bei der Suche nach den Vermissten dabei sein, und er würde schon dafür sorgen, dass niemand die sterblichen Überreste der beiden fand.

Der Sturm draußen überdeckte nahezu alle anderen Geräusche, das leise Pfeifen, mit dem der Wind durch die alten Fenster blies, und das Knacken des Herdfeuers waren kaum zu hören. Über die Schulter schaute er aus dem Fenster hinter sich und beobachtete, wie die Frau zum Klohäuschen rannte, die Kapuze tief ins Gesicht gezogen, die Jacke mit einer Hand zusammenhaltend. Er schnaubte verächtlich. Verweichlichte Städter!

Er sah sich im Raum um. Ja, dort am Deckenhaken würde sie sich gut machen. Nackt, die Arme hinter dem Rücken gefesselt, um den Hals eine Schlinge, so straff, dass sie auf den Zehenspitzen stehen musste. Seine Hose wurde erneut eng, als er sich ihre Augen vorstellte, braun und vor Angst weit aufgerissen. Vielleicht sollte er auch noch ihre Beine fesseln, damit sie nicht nach ihm treten konnte. Und der Mund … er würde sie knebeln müssen, denn er hasste die Vorstellung, sie könnte um ihr Leben flehen, ihn anbetteln, ihn umschmeicheln. Er fürchtete, dann womöglich weich zu werden.

Das Seil würde er später aus dem Schuppen holen, aber er könnte schon einmal in seiner Kammer nach etwas suchen, das er als Knebel verwenden konnte. Er war gerade aufgestanden, als er den Schrei hörte. Der Wind rüttelte an den Fensterläden, und er glaubte schon, sich getäuscht zu haben, doch als er sich bückte, um erneut aus dem kleinen Fenster zu spähen, blieb ihm beinahe das Herz stehen.

Direkt vor dem Klohäuschen, keine zwanzig Meter von der Hütte entfernt, stand ein Bär auf den Hinterbeinen und hieb mit seinen mächtigen Pranken auf die Tür ein. Trotz des Windes hörte er das Geschrei der Frau und das wütende Toben des Tieres.

Ohne zu überlegen schnappte er sich sein Gewehr und rannte zur Tür. Eiskalter Regen schlug ihm ins Gesicht. Er legte an und zielte, doch dann ließ er die Waffe langsam wieder sinken. Seit Wochen war er diesem Bären auf der Spur, und jetzt lief er ihm direkt vor die Flinte. Nicht nur das, das Tier schien ihn nicht einmal zu bemerken. Ein gezielter Schuss in den Nacken, dann noch einer ins Herz, und die Sache wäre erledigt.

Wie enttäuschend.

Und wie feige, den Gegner hinterrücks zu erschießen – noch dazu einen Gegner, dem er Respekt zollte, den er als ebenbürtig ansah, dessen Kraft und Unbezähmbarkeit er bewunderte, ja sogar ein wenig beneidete.

Einen Bären hatte er noch nie gejagt. In Norwegen gab es nicht viele Exemplare des *Ursus arctos,* doch die wenigen, die es gab, trieben sich zumeist in dieser Gegend herum, in der Mitte des Landes, nah der Grenze zu Schweden. Er betrachtete den Bären genauer. Es schien sich um ein männliches Jungtier zu handeln, ausgewachsen, aber noch unerfahren. Natürlich wusste er, dass Bären normalerweise keine Menschen anfielen, es sei denn, sie fühlten sich bedroht oder waren verletzt. Zu dieser Jahreszeit sollte er im Wald genügend Nahrung finden, was also hatte das Tier zur Jagdhütte und in die Nähe der Menschen getrieben? Mit seinem ausgezeichneten Geruchssinn hatte er vermutlich das Blut der Wildtiere gewittert, die Morten im Schuppen ausgeweidet hatte, aber genauso musste er gerochen haben, dass hier Menschen waren – seine einzigen Feinde, denen er in der Regel aus dem Weg ging.

Noch hatte der Bär ihn nicht bemerkt, sondern versuchte weiterhin mit scharrenden Bewegungen der Pfoten die schmale Holztür aufzubekommen. Das Geschrei der Frau schien ihn nur noch mehr anzustacheln, und er hieb wie rasend auf das dünne Holz ein. Morten fürchtete, der Bär könnte die Beute für sich beanspruchen – dabei hatte er sie zuerst entdeckt.

Er lächelte. Ja, die Frau war seine Beute, und er würde sie nicht kampflos herausrücken. Aber er konnte seinen Konkurrenten auch nicht feige in den Rücken schießen, er musste ihm in die Augen blicken, wenn er starb.

Er holte tief Luft und sprang schreiend unter dem Vordach hervor. Der Wind zerrte an seiner Jacke, ein herumfliegender Zweig streifte ihn am Kopf. Der Bär nahm keine Notiz von ihm.

Morten hob das Gewehr und zielte.

„He, du Mistkerl! Hier bin ich!"

Der Bär reagierte immer noch nicht, die Schreie der Frau übertönten das Tosen des Windes. Morten bückte sich nach einem abgebrochenen Ast und schleuderte ihn auf den Bären. Das Tier hielt inne, schwang den gewaltigen Oberkörper herum und starrte ihn aus erstaunlich kleinen, rot unterlaufenen Augen an. Obwohl das Gesicht eines Bären vollkommen ausdruckslos war, schien das Tier ihn wütend anzustarren, ungehalten über diese Störung.

„Na los, komm her, wenn du dich traust", brüllte Morten und zielte mit dem Gewehr auf den pelzbesetzten Schädel. Als der Bär sich aufrichtete und die Pranken hob, entdeckte Morten die Wunde an seinem linken Vorderlauf, knapp oberhalb des Ellenbogengelenks fehlte ein riesiges Stück Fell. Vielleicht war er mit einem Elch aneinandergeraten, vielleicht war er unglücklich gestürzt und hatte sich dabei verletzt. Kein Wunder, dass das Tier aggressiv und wie von Sinnen war.

Der Bär ließ sich auf alle vier Pfoten fallen.

Morten spannte sämtliche Muskeln an und atmete ruhig ein und aus. Der erste Schuss musste sitzen.

Der Bär setzte zum Sprint an und raste auf ihn zu. Zwanzig Meter, achtzehn, sechzehn, vierzehn, zwölf. Aus den Augenwinkeln nahm Morten einen Schatten wahr, im nächsten Moment traf ihn ein heftiger Schlag an der Schläfe.

Er strauchelte und musste von Neuem zielen.

Zehn Meter. Acht Meter.

Hundertfünfzig Kilogramm Muskeln und Sehnen, der rasende Blick, der stinkende Atem, die Pranken mit den langen Krallen, mit denen er seine Beute ausweidete.

Die Frau schrie.

Morten schoss und sprang im letzten Moment zur Seite.

Der Bär brüllte und schleuderte herum, als die Kugel ihn in die Schulter traf. Trotzdem erwischte er Morten mit der Pranke und riss ihm die rechte Schulter auf.

Die Frau schrie weiter. Der Bär drehte sich zu der Quelle des Krachs um. Morten zog noch einmal den Abzug, verfehlte den Bären jedoch um Längen. Trotzdem zog das Tier sich zurück, vielleicht wurde ihm alles zu viel, der Knall, das Geschrei, die Schmerzen, jedenfalls lief er humpelnd auf die Fichten zu. Kurz bevor er in der Dunkelheit des Waldes verschwand, richtete er sich noch einmal auf und stieß einen tiefen, brummenden Laut aus, und Morten meinte fast, die Drohung darin zu hören: Ich komme wieder.

Dann wurde alles um ihn schwarz.

Er erwachte davon, dass jemand ein glühendes Stück Eisen in die rechte Schulter zu bohren schien. Schreiend richtete er sich auf, doch eine Hand drückte ihn nach unten.

„Ganz ruhig, bleib liegen!"

Langsam öffnete er die Augen und sah über sich die dunklen Deckenbalken der Hütte. Er lag auf dem Fußboden, direkt unter dem Haken, an den er die Frau fesseln wollte. Seine Beine lagen auf einem Stapel Decken, die Frau kniete neben ihm. Ihr Gesicht war gerötet, aus dem Pferdeschwanz hatten sich ein paar Haarsträhnen gelöst.

Wieder dieser brennende Schmerz.

„Was zum Teufel machst du da?" Er versuchte, sie fortzustoßen, doch sein rechter Arm wollte ihm nicht gehorchen. Er hob den Kopf und schaute an sich hinunter.

Seine Jacke und auch das Hemd, das er darunter getragen hatte, waren verschwunden, die Schulter und der Oberarm waren blutverschmiert.

„Ich versuche, die Blutung zu stillen." Die Frau hielt mitten in der Bewegung inne und sah ihn an. In der Hand hielt sie eine kleine Flasche mit einer orangefarbenen Flüssigkeit, stechender Jodgeruch stieg ihm in die Nase. Sein Blick fiel auf mehrere Pakete mit Mullbinden und Verbandsmaterial.

Er ließ den Kopf wieder sinken und nickte. „Mach weiter."

Vorsichtig tupfte sie die Wunde ab, wobei er jedes Mal die Zähne zusammenbiss, doch er gab keinen Laut mehr von sich. Ihre Finger waren kalt, und als sie den Verband anlegte, jagte ihm jede Berührung einen Schauer über den Rücken. Sie brauchte fast das gesamte Verbandsmaterial, um seine Wunde zu verbinden. Schließlich beugte sie sich zurück und begutachtete ihr Werk.

„Du musst so schnell wie möglich zu einem Arzt, aber ich glaube, du hast noch einmal Glück gehabt", sagte sie. Sie sah ihn an. „Wie fühlst du dich?"

Er nickte nur und richtete sich mit ihrer Hilfe auf. Der rechte Oberarm fühlte sich an, als hätte man ihm die Haut abgezogen. Probeweise bewegte er die Finger der rechten Hand, Gott sei Dank, alles in Ordnung, auch wenn die Bewegung schmerzte. Den Arm anzuheben war praktisch unmöglich. Mühsam kam er auf die Beine und lief, von der Frau gestützt, zum Tisch.

„Willst du dich nicht lieber gleich ins Bett legen?"

Unwirsch schüttelte er den Kopf, doch davon wurde ihm schwindelig. Rasch ließ er sich auf die Bank sinken, um nicht erneut das Bewusstsein zu verlieren. Als er sich anlehnte, stöhnte er vor Schmerz auf. Er biss sich auf die Zunge. So weit kam es noch, dass er hier vor der Frau herumjammerte.

Als er sich im Raum umblickte, drehte sich im ersten Moment alles. Erst allmählich kamen die Wände und die Decke wieder zum Stillstand. Die Frau stellte einen dampfenden Becher vor ihn hin.

„Hier, Kaffee. Etwas anderes habe ich nicht gefunden."

Ihm war kalt, und es dauerte ein paar Sekunden, bis er begriff, dass er immer noch mit nacktem Oberkörper dasaß. Auf dem Boden entdeckte er sein Hemd, blutig und zerfetzt. Er machte Anstalten aufzustehen, um sich aus seiner Kammer ein frisches Hemd zu holen, doch prompt meldete sich das Schwindelgefühl zurück.

„Jetzt bleib sitzen. Ich hole dir etwas zum Anziehen."

Ohne seine Antwort abzuwarten, verschwand sie in seiner Kammer. Er wollte protestieren, doch als er den Mund öffnete, brachte er nur ein weiteres Stöhnen hervor. Kurz darauf war sie wieder da. In der Hand hielt sie das grün karierte Flanellhemd, das auch er ausgesucht hätte. Mit ihrer Hilfe zog er es an, dann knöpfte sie es für ihn zu, nachdem er eingesehen hatte, dass er es allein nicht schaffte. Dabei beugte sie sich ganz nah über ihn, so nah, dass ihre Brust einmal fast sein Gesicht streifte. Er roch ihren Schweiß, und für eine Sekunde stockte ihm der Atem. Nie zuvor hatte er so intensiv die Nähe einer Frau gespürt, einer Frau, die ihn umsorgte, die ihn berührte, die ihn nicht allein ließ.

Schließlich setzte sie sich zu ihm an den Tisch, vor sich ebenfalls einen dampfenden Becher Kaffee.

„An was erinnerst du dich noch?", fragte sie, nachdem sie ein paar Schlucke genommen und sich mit einem Seufzer zurückgelehnt hatte.

„Der Bär. Er ist auf mich zugerannt, und ich habe geschossen." Er runzelte die Stirn. In seiner Erinnerung verschwammen die Bilder. Der Bär vor dem Klohäuschen, wie er mit den Pranken auf die Holztür einhieb. Wie konnte es sein, dass er einen Bären verfehlt hatte, der höchstens zwanzig Meter von ihm entfernt war? Er schloss die Augen. Hörte sich schreien. Er hatte gewollt, dass sein Gegner sah, wer ihn zur Strecke brachte. Wollte ihn nicht hinterrücks niederschießen wie irgendein Schwächling. Und dann … Er erinnerte sich, einen Schlag erhalten zu haben, als der Bär ihn beinahe erreicht hatte, und dann war es zu spät gewesen, um noch einmal zu zielen.

„Jemand hat mir eins über den Schädel gegeben", sagte er und tastete seinen Kopf ab. Tatsächlich, da war eine kräftige Beule, hinter der linken Schläfe.

„Ein herunterfallender Ast hat dich erwischt", erklärte die Frau. „Und dann war der Bär auch schon bei dir."

Aber der Schuss, daran erinnerte er sich noch, er hatte doch geschossen, oder?

„Habe ich den Bären erwischt?", fragte er, und seine Stimme krächzte, von der Aufregung und der Anstrengung, vielleicht auch vor Scham, weil er sich von dem Bären hatte besiegen lassen.

„Ja. Das Biest ist humpelnd im Wald verschwunden."

„Und dann?"

„Du bist ohnmächtig geworden und hast ziemlich heftig geblutet. Ich konnte dich schlecht draußen liegen lassen, also habe ich dich in die Hütte gezogen." Sie wandte sich um und blickte zur Tür. Eine rote Schleifspur führte von der Tür zur Raummitte, dorthin, wo er aufgewacht war.

Wortlos nahm er einen Schluck Kaffee. Er war so stark, dass er husten musste, was ihm eine erneute Schwindelattacke bescherte. Draußen war es dunkel, es musste mitten in der Nacht sein. Er merkte, wie müde er war, und bereute fast, dass er sich nicht von der Frau hatte ins Bett bringen lassen. Schlafen, er musste unbedingt schlafen.

Sein Kopf sackte nach unten, doch ein Gedanke ließ ihn aufschrecken. „Das Gewehr! Wo ist mein Gewehr?"

„Das muss noch draußen sein. Ich musste mich erst um dich kümmern …"

„Hol es rein. Sofort."

„Aber …"

„Sofort! Es darf nicht nass werden!"

„Aber es ist dunkel, und der Bär …"

„Der Bär wird sich hüten, sich hier noch einmal blicken zu lassen." Dessen war er sich zwar nicht so sicher, aber er würde einen Teufel tun und das der Frau erzählen. Das fehlte ihm noch, sich neben einem bösartigen Bären auch noch mit einem hysterischen Frauenzimmer herumschlagen zu müssen. Finster sah er sie an, und nach kurzem Zögern schob sie den Stuhl zurück und stand auf.

Von seinem Platz aus konnte er nur die Tür zum Windfang sehen, die sie offen ließ, doch kurz darauf hörte er, wie die Hüttentür geöffnet wurde, und ein kühler Luftzug wehte ins Zimmer. Eine Holzbohle auf der Veranda knarzte leise, als die Frau vorsichtig darauf trat. Sie schien genau zu wissen, wo das Gewehr lag, denn es dauerte nicht lange, und es knarzte erneut. Die Außentür wurde geschlossen, und eine Sekunde später tauchte die Frau in der Tür auf, das Gewehr in der rechten Hand. Mit einem Blick erkannte Morten, dass es nicht gesichert war, und erstarrte. Wenn sie jetzt nur keinen Unsinn machte.

Irrte er sich, oder blieb sie wirklich einen Moment zögernd an der Türschwelle stehen, ehe sie den Raum betrat? Ohne das Gewehr loszulassen, schloss sie die Tür und kam langsam auf ihn zu. Vorsichtig reichte sie ihm die Waffe. Mit einer hastigen Bewegung legte er den Sicherungshebel um.

Das Metall war kalt und feucht. Als er es mühsam mit links mit einem alten Lappen trockenrieb, stellte er fest, dass das Gewehr offensichtlich keinen Schaden genommen hatte. Erleichtert schob er die Waffe neben sich auf die Bank. Er hatte sie von seinem Vater geerbt, und er wollte sie auf keinen Fall verlieren.

Er wollte sich schon Kaffee nachschenken, überlegte es sich aber anders. „Ich brauche etwas Stärkeres", sagte er und machte Anstalten aufzustehen.

„Bleib sitzen, ich …"

„Behandel mich nicht wie ein kleines Kind!", knurrte er.

Sie hatte ihren Stuhl bereits zurückgeschoben und sich halb erhoben, doch jetzt ließ sie sich wieder sinken.

„Wie du meinst."

Während er im Vorratsschrank wühlte und schließlich eine Flasche von dem Selbstgebrannten zutage förderte, spürte er ihre Blicke in seinem Rücken. Was zum Teufel glotzte sie so? Lachte sie heimlich über ihn, weil er sich so tölpelhaft angestellt hatte? Er kehrte zum Tisch zurück, entkorkte die Flasche und schenkte sich ein. Ehe er die Flasche wieder verschließen konnte, hielt die Frau ihm ihren leeren Becher hin.

„Bekomme ich auch etwas?"

Er sah sie an. „Das ist aber kein Likör."

„Das habe ich auch nicht erwartet." Sie versuchte ein Lächeln. „Ich kann auch einen ordentlichen Schnaps gebrauchen, glaub mir."

Schweigend schenkte er ihr ein, schweigend stießen sie an. Er beobachtete sie aus den Augenwinkeln, wie sie den Branntwein herunterkippte, einmal kräftig hustete und sich mit hochrotem Kopf schüttelte.

„Wow", war alles, was sie sagte.

Er hatte schon gestandene Kerle gesehen, die mit seinem Schnaps mehr Probleme hatten. Ob er wollte oder nicht, er musste anerkennen, dass sie wohl doch nicht so verweichlicht war, wie er anfangs vermutet hatte.

Später, als er im Bett lag und pochende Schmerzen ihn wachhielten, sah er wieder den Bären vor sich, wie dieser sich an der Tür des Klohäuschens zu schaffen machte. Zwei Schüsse, und er wäre erledigt gewesen – aber er hatte unbedingt den Helden spielen müssen. Was war nur in ihn gefahren?

Jetzt hatte er seine Chance vertan, sich nach Gutdünken mit der Frau zu vergnügen. Morgen würden sie zur Alm aufbrechen, und dort war die Chance, auf andere Menschen zu treffen, zu groß, als dass er riskieren könnte, seine Träume wahr werden zu lassen.

Aber halt – wer sagte eigentlich, dass sie morgen aufbrechen würden? Im Moment war sein rechter Arm so gut wie nutzlos. Der Weg zur Alm war nicht besonders anspruchsvoll, aber das wusste die Frau nicht. Er könnte vorgeben, einen Tag Pause zu brauchen, ohne ihn würde sie sich niemals hinaus in die Wildnis wagen. Nicht, solange sich dort draußen ein vor Schmerzen wahnsinniger Bär herumtrieb.

7

Reglos starrte sie die Decke der kleinen Kammer an. Es dämmerte bereits, draußen tobte immer noch der Wind. Das fahle Licht warf unruhige Schatten an die Wände, Wolken, die über den Himmel eilten, als gelte es, den Sommer zu verhöhnen.

An Schlaf war gar nicht zu denken. Sobald sie die Augen schloss, sah sie wieder die blutroten Augen des Bären vor sich, die sie durch den Türspalt angefunkelt hatten. Sie meinte fast, von Neuem seinen nach Aas und fauligem Obst stinkenden Atem auf ihrer Haut zu spüren, der ihr für eine Sekunde entgegengeweht war, ehe sie die Tür wieder zugerissen und verriegelt hatte.

Danach hatte sie geschrien, wie sie nie zuvor in ihrem Leben geschrien hatte. Sie verspürte immer noch ein unangenehmes Kratzen im Hals, als hätte sie sich die Kehle wund gebrüllt.

Durch einen kleinen Spalt in der Tür hatte sie beobachtet, wie Morten in der Hüttentür aufgetaucht war und herumgetobt hatte, bis der Bär sich von ihr ab- und dem Mann zuwandte. Sie begriff nicht, warum er nicht sofort geschossen hatte, sondern erst, als es zu spät war. Sie hatte den Ast auf ihn zufliegen sehen, Morten war zur Seite getaumelt, und dann war der Bär auch schon bei ihm gewesen. Sie hätte nie gedacht, dass so ein behäbiges Tier so schnell rennen konnte. Wie ein Blitz war er auf Morten zugerast, und sie hatte schon gedacht, jetzt sei es um ihn geschehen – um ihn und um sie, denn wie sollte sie sich eines Bären erwehren, wenn nicht einmal ein bewaffneter Mann das fertigbrachte?

Aber dann war der Bär im Wald verschwunden, offensichtlich wie von Sinnen vor Schmerzen. Vielleicht wollte er nur neue Kraft schöpfen – oder Verstärkung holen.

Doch Bären waren Einzelgänger, da gab es kein Rudel, das er alarmieren und mit dem er zurückkehren würde, um sich zu rächen und sich an den zweibeinigen Leckerbissen zu laben. Natürlich hatten Felix und sie vor der Reise auch über Bären gesprochen, doch keiner von ihnen hatte sich allzu große Sorgen gemacht. Auf ihren Reisen hatten sie schon häufiger mit wilden Tieren zu tun gehabt, und Bären waren scheu. Sie würden keine Menschen anfallen, außerdem gab es in ganz Norwegen ohnehin nur eine Handvoll Tiere.

Es hatte eine ganze Weile gedauert, bis sie sich aus dem Klohäuschen herausgetraut hatte. Im ersten Moment, als sie Morten erreicht hatte und ihn mit geschlossenen Augen am Boden liegen sah, hatte sie gedacht, er sei tot, genauso mausetot wie Felix. Doch dann war ihr das leichte Heben und Senken des Brustkorbs aufgefallen, und sie hatte versucht, ihn aufzuwecken. Als er weder auf ihr Rufen noch auf die leichten Ohrfeigen, die sie ihm verpasste, reagierte, schleifte sie ihn schließlich keuchend in die Hütte, wobei sie immer wieder besorgte Blicke zum Waldrand warf. Ohne zu überlegen fing sie an, seine Wunden zu versorgen, und dabei war er dann aufgewacht.

Warum hatte sie ihn nicht einfach draußen liegen lassen?

Vielleicht wäre er verblutet oder erfroren. Oder der Bär wäre zurückgekehrt und hätte zu Ende gebracht, was er begonnen hatte.

Und sie hätte ein Problem weniger gehabt.

Kein Morten, kein Zeuge.

Später, als sie das Gewehr hereingeholt hatte, hatte sie noch eine Gelegenheit verstreichen lassen. Das Gewehr war nicht gesichert, und einen Moment lang war sie versucht gewesen, einen Schuss abzufeuern.

Ein weiterer bedauerlicher Unfall.

Sie seufzte. Dafür war es jetzt zu spät. Im Laufe des Abends hatte er sich so weit erholt, dass er es ohne ihre Hilfe ins Bett schaffte, obwohl er noch zwei von diesen Hammerschnäpsen runtergekippt hatte. Oder vielleicht gerade deswegen. Seine Verletzung hatte anfangs zwar heftig geblutet, aber nachdem sie sie gesäubert und die Blutung allmählich nachgelassen hatte, erschien sie ihr nicht mehr lebensbedrohlich. Vorausgesetzt natürlich, sie würde sich nicht entzünden. Vermutlich würden sie sich morgen früh auf den Weg zur Alm machen können – hatte er nicht selbst gesagt, das Gelände sei nicht besonders schwierig?

Da war natürlich noch der Bär. Wer weiß, was so ein Tier anstellen würde, wenn es verletzt war und Schmerzen hatte. Sie hatte die Wunde an seinem linken Vorderbein gesehen, kurz bevor er im Wald verschwunden war. Vielleicht war es doch ganz gut, dass sie Morten das Leben gerettet hatte. Auch wenn er verletzt war, mit ihm als Begleiter stiegen ihre Chancen, eine zweite Begegnung mit dem Bären zu überleben.

Blieb immer noch die Frage, ob er am Morgen irgendetwas beobachtet hatte.

War das wirklich erst an diesem Morgen gewesen?

Ganz still hatte sie in ihrem Schlafsack gelegen und auf Felix' Atemgeräusche gelauscht. Hatte sein fein geschnittenes, einst makelloses Gesicht betrachtet, in dem die Zeit deutliche Spuren hinterlassen hatte – kleine Fältchen, die sich als tiefe Furchen in die Haut zu graben drohten, die harten, grauen Haare, die ihm aus der Nase wuchsen und die er regelmäßig herausriss. Früher hatte sie sich nicht sattsehen können an diesem Bild – den hohen Wangenknochen, der vorwitzigen Locke, die ihm in die Stirn fiel, den schon fast zierlichen Ohren. Doch in den letzten Jahren hatte Felix zu oft das Gesicht verzogen, zu oft die Stirn gerunzelt oder mürrisch die Tür zu ihrem Atelier hinter sich zugeknallt.

Wann hatte die Veränderung begonnen? Wann hatte Felix angefangen, sich in einen launischen, streitsüchtigen Tyrannen zu verwandeln? Wann war aus dem Früher, in dem alles leicht und gut war, das Heute geworden, in dem sich seine Blicke und Worte wie Blei auf sie zu legen und ihr die Luft zum Atmen zu nehmen drohten? Anfangs schien es in ihrem Leben nur eine Richtung zu geben: aufwärts zum Gipfel des Ruhms. Mit der Unterstützung von Pieter und Felix erschuf sie Werke, die in der internationalen Kunstwelt große Beachtung fanden. Sie arbeitete in ihrem Atelier, und wenn sie fertig und Pieter ebenfalls zufrieden war, kümmerte Felix sich um den Verkauf. So wie Pieter ein fast unheimliches Gespür dafür hatte, was einem Werk das gewisse Extra verlieh, verfügte Felix über ausgezeichnete Kontakte in der Kunstszene, um Sinas Arbeiten in den besten Ausstellungen unterzubringen. Es dauerte nicht lange, und sie hatte sich einen Namen gemacht, Sammler wurden auf sie aufmerksam und kauften ihre Werke, in dem festen Glauben, dass ihr Höhenflug weiter anhalten und der Wert ihres Namens und damit ihrer Arbeiten steigen würde.

Sofie, ihre Freundin und WG-Genossin aus Studententagen, verfolgte Sinas kometenhaften Aufstieg skeptisch und mit bisweilen beißenden Bemerkungen. Sie entsprach auf schon fast zynische Weise dem Klischee der armen Künstlerin, die eine ganze Reihe von Nebenjobs annehmen musste, um sich ihre Kunst leisten zu können. Sina gefielen ihre Arbeiten, auch Pieter äußerte sich durchaus lobend über ihre Plastiken, doch ihre fragilen Werke aus Papier, Glas und Stoffen waren nur schwer zu verkaufen. Ihrer Freundschaft tat dies keinen Abbruch, im Gegenteil. Je mehr der etablierte Kunstmarkt Sina feierte, je höher die Preise, für die ihre Werke bei Verkäufen und Auktionen den Besitzer wechselten, desto stärker sehnte Sina sich nach der zugigen Fabriketage der Freundin, in der es nie richtig warm wurde und in der im Winter schon mal die

Ölfarbe einfror. Eines Abends, es war Frühjahr und der nasse Märzregen schlug gegen die Fenster, hockte sie mit einer heißen Tasse Tee auf Sofies abgewetztem Sofa. Sie war gerade aus London zurückgekehrt, wo ihre Arbeiten bei einer Ausstellung mal wieder große Beachtung gefunden hatten. Sie war erschöpft und ausgelaugt, von dem Glücksgefühl der ersten Erfolge spürte sie kaum noch etwas. Die Arbeit selbst erfüllte sie zwar nach wie vor, sie konnte sich nicht vorstellen, irgendetwas anderes zu machen. Sie wünschte sich nur mehr Zeit für sich. Ständig war da irgendeine Ausstellung zu beliefern, Pieter kam mit einer neuen Idee, ob sie dies oder das nicht einmal ausprobieren wolle, es sei nur so eine Idee, oder ein treuer Sammler fragte an, wann denn mit der nächsten Arbeit zu rechnen sei, die ihm Felix schon fest versprochen hatte. Sie wusste, dass viele Sammler die reinsten Mimosen waren, also verschwand sie wieder für Stunden und Tage in ihrem Atelier. Wenn sie weiter im Geschäft bleiben wollte, durfte sie es sich nicht leisten, sich auf die faule Haut zu legen, das hatten Felix und Pieter ihr von Anfang an eingebläut.

An jenem Märzabend, als Sina sich wieder einmal über den Stress und den Druck, unter dem sie stand, beschwerte, sah die Freundin sie nur spöttisch an.

„Dann kündige doch einfach deinen Job in eurer Kunstfabrik."

„Kunstfabrik? Wie meinst du das?"

„Ist das nicht offensichtlich? Du produzierst Kunst wie am Fließband, Pieter Janssen macht das Controlling und Felix leitet den Vertrieb." Sofie nippte an ihrem Tee. „Ein überaus erfolgreiches Konzept, aber ist es wirklich das, was du willst? Geldanlageobjekte für den Kapitalmarkt herstellen? Und dich dafür kaputtarbeiten?"

Sina schnappte nach Luft. Wollte Sofie etwa andeuten, ihre Kunst sei eine Lüge? Ein Produkt, eine Ware, die sich allein an den Bedürfnissen des Marktes orientierte? Nein, entschied sie, sie war ehrlich, jedes Werk entstand einzig und allein aus ihrer eigenen Kraft und Kreativität. Sie *produzierte* nicht, sie *erschuf.* In jeder Skulptur steckte ein Teil ihres Selbst, ihrer Persönlichkeit. Mit jedem Werk gab sie etwas von sich preis, machte sich angreifbar und verletzbar. Konnte es eine ehrlichere Kunst geben?

„Was kann ich dafür, dass meine Arbeiten so begehrt sind!" Der gekränkte Unterton war nicht zu überhören. „Der Kunstmarkt ist eben unberechenbar, das ist doch eine Binsenweisheit."

Sofie lachte spöttisch. „Ach komm, du weißt doch selbst, wie es funktioniert: Es geht gar nicht um das Kunstwerk, sondern nur darum, wer das bessere Marketing macht, wer die einflussreichen Sammler kennt, wer schon mit den Jurymitgliedern zur Schule gegangen ist. Du hast mit Felix einfach Glück gehabt, und ich gönne es dir, ganz ehrlich. Aber ist es wirklich noch die Kunst, die *du* machen willst? Wie frei bist du noch in deinen Entscheidungen?"

„Absolut frei! Niemand redet mir in meine Arbeit rein."

„Auch nicht Pieter Janssen?"

„Pieter redet mir nicht rein, er berät mich. Ich schätze sein Urteil und seine konstruktive Kritik."

Nachdenklich sah Sofie sie an. „Hast du dich ihm eigentlich jemals widersetzt? Ich meine, hast du jemals etwas erschaffen, das nicht seinen Gefallen fand, und gesagt: Das ist gut, so wie es ist, ich ändere nichts mehr daran?"

Sina hatte bereits den Mund geöffnet, das *Selbstverständlich* lag ihr auf der Zunge, doch dann schluckte sie das Wort wieder herunter. Sie stritt oft mit Pieter, das wohl, sie diskutierte und argumentierte, und bisweilen gelang es ihr auch, ihn zu überzeugen. Aber hatte sie sich schon einmal tatsächlich gegen ihn gestellt?

„Also nicht", sagte Sofie in ihr Schweigen hinein, und es klang fast ein wenig mitleidig.

An jenem Abend, erinnerte sie sich, nahm die Veränderung ihren Anfang, ihre eigene und damit letztlich auch Felix'. Es begann damit, dass sie sich in ihr Atelier zurückzog und tagelang gar nicht arbeitete. Stunde um Stunde saß sie in ihrem Sessel und starrte den Metallschrott an, den sie über die Monate zusammengesammelt hatte und der darauf wartete, zu einer weiteren jener Plastiken verarbeitet zu werden, mit denen sie seit Jahren für Aufsehen sorgte. Metall war, zusammen mit Granit, mittlerweile zu ihrem bevorzugten Werkstoff geworden, mit dem sie abstrakte, schroffe Formen schuf. *Archetypisch* nannte Pieter ihre Arbeiten, und den Kritikern und Sammlern schienen sie zu gefallen, diese kantigen Skulpturen, rätselhaft und vieldeutig, die den Betrachter abwiesen und zugleich in ihren Bann zogen. Tagelang betrachtete sie die Fotos ihrer Werke, die überall in der Welt in Sammlungen und Museen standen. Sie erinnerte sich an jede einzelne Arbeit und wusste noch genau, was sie bei ihrer Erschaffung empfunden hatte. Hier, diese Plastik zum Beispiel, *Medea und Jason,* eine kleine, kaum handtellergroße Darstellung der mythischen Gestalten, sollte eigentlich ein Geschenk für ihren Vater sein, doch Felix hatte sie überredet, sie einem amerikanischen Millionär zu verkaufen, der keine Ahnung von Kunst hatte, aber eine riesige Sammlung zeitgenössischer Bildhauerei besaß. Oder diese hier, *Glück,* eine Gussarbeit aus Bronze mit weichen, glatten Rundungen, die sie tagelang auf Hochglanz poliert hatte. Eigentlich war sie noch gar nicht bereit gewesen, sie loszulassen, doch wieder hatte Felix einen Sammler an der Hand gehabt, der ganz scharf darauf war, die kleine Skulptur in eine seiner Glasvitrinen zu stellen. Schweren Herzens hatte sie sich schließlich davon getrennt, und jetzt verstaubte sie vermutlich irgendwo in der Villa eines dieser arroganten, reichen Sammler, von denen sie in den letzten Jahren mehr kennengelernt hatte, als ihr lieb war.

Sie ertrug den Anblick der Bilder kaum noch. All ihre Arbeiten, all ihre Kinder – alle fort, auf Nimmerwiedersehen verschwunden. Gewiss, immer wieder tauchten Werke von ihr auf Auktionen oder in Ausstellungen auf, doch dann waren sie ihr selbst bereits fremd geworden, als hätte sie, die sie geschaffen hatte, nichts mehr mit ihnen zu tun. Natürlich wusste sie, dass sie als Künstlerin auch die Kunst des Loslassens beherrschen musste. Sie erschuf die Werke schließlich nicht für sich allein, sie wollte, dass die Welt sie sah, wollte andere Menschen an ihrer Kunst teilhaben lassen. Sie freute sich, wenn ihre Arbeiten andere Menschen inspirierten, wenn Betrachter zum Nachdenken angeregt wurden oder sich einfach nur an dem Anblick einer Plastik erfreuten. Doch wie viele Menschen bekamen ihre Arbeiten zu Gesicht, die in irgendwelchen Privatsammlungen herumstanden?

Als sie sich am nächsten Tag wieder an die Arbeit machte, nahm sie statt des Schweißbrenners die Säge und das Taschenmesser zur Hand. Aus der hintersten Ecke des Ateliers kramte sie einen kleinen Kirschholzblock hervor, der bereits seit Jahren auf sie gewartet zu haben schien. Behutsam strich sie über das raue Holz, setzte vorsichtig die Säge an und machte sich ans Werk.

Als Pieter einige Wochen später die fertige Skulptur zu Gesicht bekam, runzelte er die Stirn.

„Das ist ja eine völlig neue Richtung."

Sinas Herz schlug heftig, und sie hasste sich dafür, dass sie wie ein Schulmädchen vor Pieter Janssen stand und auf sein Urteil wartete. Immer noch betrachtete er die handtellergroße Holzskulptur. Die abstrakte Darstellung zweier Kinder im Wald, eine Interpretation von Hänsel und Gretel. Weder die Kinder noch der Wald waren erkennbar, aber darum ging es auch nicht. Es ging darum, dass es ehrlich war, dass jede Kurve, jede Kerbe, jede Kante genau so gehörte, wie Sina sie geschaffen hatte.

„Nicht schlecht. Eine nette Abwechslung."

In Sina regte sich Widerstand. Eine *nette* Abwechslung? Das klang aber verdammt nach Volkshochschulkurs.

„Allerdings frage ich mich, wie die Sammler darauf reagieren werden", fuhr ihr Mentor fort.

„Was willst du damit sagen? Dass es nicht gut genug ist?"

„Darum geht es nicht. Du weißt selbst, dass der Kunstmarkt keine klaren Regeln hat." Mit gleichgültiger Miene zuckte er die Achseln. „Es gibt natürlich formale Punkte. Bricht jemand die Regeln, weil er sie kennt oder weil ihm nicht bewusst ist, dass es Regeln gibt? Mit anderen Worten: Beherrscht der Künstler das Handwerk? Was das angeht, ist diese Arbeit nicht besser oder schlechter als alle anderen. Aber darüber hinaus – auch auf dem Kunstmarkt gibt es Moden, Trends, die eine Zeitlang gut laufen, bis der Markt sich plötzlich anderen Themen zuwendet. Diese Skulptur ist gut, aber sie wird nicht den Geschmack des Publikums treffen."

Nachdenklich betrachtete Sina die Skulptur. Zum ersten Mal seit langer Zeit hatte sie das Gefühl, die abstrakte Holzfigur sei ein Teil von ihr, sie mochte sie auf fast kindliche Art und Weise. Ihre bisherigen Arbeiten hatten ihr gefallen, weil sie wusste, dass sie gelungen waren, sie war stolz darauf gewesen, weil sie geschafft hatte, etwas damit auszudrücken. Aber wann hatte sie sich das letzte Mal einem Werk so verbunden gefühlt?

„Das ist mir egal."

Pieter sah sie ernst an. „Dir ist aber schon klar, dass du dadurch deinen Ruf und letztlich deine Karriere aufs Spiel setzt? Du bist noch nicht so weit, dass allein dein Name zählt, noch achten die Sammler auf das, was du ihnen bietest. Und diese Arbeit wird ihnen nicht gefallen."

„Das ist mir egal", wiederholte sie. „Ich bin mir nicht sicher, ob ich weiterhin für irgendwelche arroganten Schnösel arbeiten will, die keine Ahnung von Kunst haben, aber meinen, sich für Geld alles kaufen zu können."

Darauf erwiderte Pieter nichts, stattdessen schaute er sich im Atelier um. Der Metallschrott, mit dem sie in den letzten Jahren gearbeitet hatte, stand verstaubt hinten in der Ecke, fast traurig, als wüsste er, dass seine Zeit vorbei war.

„Also gut. Probier es aus, vielleicht klappt es ja. Vielleicht kann Felix den Sammlern deinen neuen Stil doch irgendwie schmackhaft machen. Das ist schließlich sein Job."

Diese Bemerkung traf sie, auch wenn sie es sich nicht anmerken ließ. Natürlich war Sina klar, dass sie alle drei mit den Werken, die sie schuf, Geld verdienten, und es hatte sie auch nie gestört. Aber etwas an der Art, wie Pieter diese schlichte Wahrheit aussprach, versetzte ihr einen Stich. *Kunstfabrik* – Sofies Vorwurf kam ihr in den Sinn. Pieter, der Controller, gestattete ihr großzügig, eine neue Produktlinie auszuprobieren, und Felix mit seinem Verkaufstalent würde ihre neuen Arbeiten schon an den Mann bringen.

„Zum Glück nagen wir nicht am Hungertuch", erklärte sie schnippisch. „Ich denke, dieses Risiko kann ich eingehen."

Pieter musterte sie einen Moment, ohne ein Wort zu sagen. „Probier es aus", wiederholte er schließlich. „Du musst dich ja noch nicht endgültig entscheiden."

Es kam, wie Pieter es vorhergesagt hatte. Es dauerte zwar nicht länger als üblich, bis *Hänsel und Gretel* verkauft war, an einen ihrer treuesten Sammler, aber der Preis, den das *Kunstkontor van Megen* dafür erzielte, lag unter dem, was sonst für Sinas Arbeiten bezahlt wurde. Sina war das egal, sie war in der glücklichen Lage, sich diese Unabhängigkeit leisten zu können. Felix' Eltern waren wohlhabend gewesen und hatten ihrem Sohn ein Vermögen hinterlassen, das ihnen ein sorgenfreies Leben ermöglichte.

Sie waren nicht auf das Geld aus den Kunstverkäufen angewiesen – nicht wie Sofie, die froh war, wenn sie bei einer Ausstellung ein, zwei Arbeiten verkaufen konnte. Um sich über Wasser zu halten, gab sie Malkurse an der Volkshochschule und übernahm hin und wieder Aufträge für eine Werbeagentur. Ein Leben, das Sina sich nicht einmal vorstellen mochte, doch das war zum Glück auch nicht nötig.

Ein lautes Krachen draußen vor dem Fenster riss sie aus dem Schlaf. Benommen schreckte sie hoch und stieß sich prompt den Kopf am Bett über ihr. Leise fluchend rieb sie sich die Stirn und spähte aus schlafkleinen Augen durch das Fenster. Es war taghell, aber trüb, da eine dichte Wolkendecke jeden Sonnenstrahl abfing. Wie immer in den letzten Tagen regnete es.

Direkt vor ihrem Fenster lag ein umgestürzter Baum, eine Fichte, deren Stamm mit Moosen und Flechten bedeckt war.

Während sie verschlafen auf die kleine Lichtung hinausschaute, tauchte Morten auf. Er bewegte sich vorsichtig, als hätte er Schmerzen, doch immerhin lief er ohne ihre Hilfe herum, wie sie nicht ohne Erleichterung feststellte. Nicht auszudenken, wenn die Schulterwunde ihn außer Gefecht gesetzt hätte und sie zusehen müsste, wie sie mit einem Verletzten im Schlepptau den Weg zur Alm fand.

Vor der Fichte blieb Morten stehen und besah sich den Schaden. Ohne sie zu bemerken, starrte er zum Dach hoch, doch sie glaubte nicht, dass die Hütte ernsthaft etwas abbekommen hatte. Er wandte sich ab und ging zum Schuppen, der sich direkt hinter dem umgestürzten Baum befand und wie durch ein Wunder verschont geblieben war. Er zog einen Schlüssel hervor und öffnete die Tür. Kurz darauf tauchte er wieder auf. Er warf einen raschen Blick zur Hütte, und dieses Mal schien er gezielt nach ihr Ausschau zu halten. Sina hielt den Atem an und rührte sich nicht. Warum eigentlich? Sie hatte doch nichts zu verbergen.

Morten schloss die Schuppentür und schlug den Weg zurück zur Hütte ein. Erst im letzten Moment, bevor er aus ihrem Blickfeld verschwand, erkannte Sina, was er über seiner linken Schulter trug. Es war ein sorgfältig aufgerolltes Seil.

8

Diese verdammte Schulter! Die ganze Nacht hatte er kaum ein Auge zugetan. Als sie ins Bett gegangen waren, hatte der Wind ungemindert an den Fensterläden und den alten Holzbalken gerüttelt. Unruhig hatte er sich vom Rücken auf die linke Seite und wieder zurückgewälzt, und bei jeder Bewegung hatte seine Schulter protestiert.

Gegen sechs Uhr – die Sonne war bereits aufgegangen, wovon man allerdings wegen der dichten Wolken nicht viel merkte – war er aufgestanden und hatte den Verband in dem kleinen Spiegel in seiner Kammer begutachtet. Er saß fest, doch an einer Stelle war er leicht durchgeblutet. Obwohl ihm die Vorstellung, von der Frau abhängig zu sein, zuwider war, würde sie ihn später noch einmal verarzten müssen.

Diese Frau!

Sobald er die Augen schloss, sah er sie vor sich, mit ihren langen, dunklen Haaren und den braunen Augen, aus denen sie ihn müde, aber auch besorgt musterte. Ohne sie, das war ihm in dieser Nacht klargeworden, hätte er den Angriff des Bären vermutlich nicht überlebt. Er wäre bewusstlos draußen liegen geblieben, eine einfache Beute für den Bären oder irgendein anderes herumstreunendes Raubtier. Oder die Kälte hätte ihm den Garaus gemacht, in der Nacht sank die Temperatur bis knapp über den Gefrierpunkt. Nicht zu vergessen der Blutverlust.

Trotzdem konnte er nicht anders, immer wieder sah er die

Frau gefesselt vor sich, ihm hilflos ausgeliefert. Es war nicht so, dass er ihr nicht dankbar wäre, weil sie ihn gerettet hatte, ganz und gar nicht. Aber er begehrte sie, vom ersten Moment an, und noch nie hatte er eine Frau begehrt, ohne davon zu träumen, sie zu fesseln. Die Bilder tauchten einfach auf, ohne dass er etwas dagegen tun konnte, wie kleine Springteufel, die einem entgegensprangen, sobald man den Deckel öffnete. Er fragte sich nicht, warum das so war, sondern ergab sich, wenn sie ihn übermannten, stumm seinen Träumen, die erst ihre Macht über ihn verloren, wenn er zum Höhepunkt gekommen war, allein, hastig, ohne Genuss. Auch jetzt waren diese Bilder da, und sie waren stärker als je zuvor: der Wunsch, dieser Frau Angst einzujagen, echte Angst, sie zu beherrschen und sie in Besitz zu nehmen. Sie sollte ihm ausgeliefert sein, wehrlos und ohne die Möglichkeit, ihm und ihrem Schicksal zu entkommen.

Seine Tagträumereien trieben ihn schließlich endgültig aus dem Bett. In der Wohnküche heizte er den Herd an, um Kaffee zu kochen. Das Wasser hatte gerade angefangen zu kochen, als ein gewaltiges Krachen ertönte und die Hütte zu erbeben schien. Wie erstarrt blieb er stehen und lauschte. Die Hütte war offensichtlich heil, doch an der hinteren Wand scharrte etwas knarzend am Holz. Mit zusammengebissenen Zähnen schlüpfte er in seine Jacke und zog die Stiefel an. Den verletzten Arm eng an den Körper gepresst, öffnete er die Tür.

Eine heftige Windböe empfing ihn, doch das war nur noch ein letztes Aufbäumen des Sturms. Vorsichtig lief er um die Hütte herum und begutachtete den Schaden, den der umgestürzte Baum angerichtet hatte. An einer Stelle hatte der Wipfel das Dach gestreift und ein Stirnbrett losgerissen. Das ließ sich leicht reparieren – oder besser, es ließe sich leicht reparieren, wenn die verfluchte Schulter nicht wäre. Egal, er musste es wenigstens versuchen; so konnte der Baum nicht liegen bleiben. Der gesplitterte Stamm drückte zu kräftig gegen die Hüttenwand.

Aus dem Schuppen holte er das Beil, mit dem er den Stamm zerteilen konnte, bis die Hütte frei lag. Er hatte sich bereits zur Tür gewandt, als sein Blick auf das Seil fiel, das ordentlich aufgerollt an einem Wandhaken hing. Er berührte den weichen Hanf, und ein wohliger Schauder durchfuhr ihn. Ohne nachzudenken warf er sich die Seilrolle über die Schulter. Er würde rasch einen Kaffee trinken und einen Happen essen, dann würde er sich an die Arbeit machen. Auf dem Rückweg zur Hütte fiel sein Blick auf das kleine Fenster der Kammer, in der die Frau schlief.

Sina. Leise, fast tonlos, sprach er den Namen aus und ließ ihn auf der Zunge zergehen. Angestrengt hielt er nach einer Bewegung hinter der Fensterscheibe Ausschau, aber nichts rührte sich.

Die Wohnküche war leer, das Wasser auf dem Herd siedete leise. Als er es in die verrußte Blechkanne mit dem Kaffeepulver goss, zog ein verführerischer Duft durch den Raum. Probeweise ließ er seine verletzte Schulter kreisen – es ging, wenn auch nur unter Schmerzen. Bei der Vorstellung, dass die Frau ihm den Verband erneuern und ihm dabei vielleicht wieder so nahe kommen würde, dass ihre Brust fast sein Gesicht streifte, wurde er hart. Herrgott, wie er diese Frau begehrte!

Ein leises Quietschen verriet ihm, dass die Tür zur Kammer geöffnet wurde, und er fuhr herum. Die Frau betrat den Raum. Sie trug dieselbe Hose und Bluse wie gestern, doch heute Morgen waren ihre Haare offen und fielen ihr locker über den Rücken. Ihre Wangen hatten einen rosigen Schimmer.

„Guten Morgen", sagte sie. Als er nichts darauf erwiderte, sondern sie nur weiter anstarrte, legte sie den Kopf leicht schräg und fragte: „Wie geht es deiner Schulter?"

„Gut, danke", brachte er heraus. Er löste sich aus seiner Erstarrung, drehte sich um und schenkte sich Kaffee ein. Als er sich an den Tisch setzte, schaute er unwillkürlich zum Seil am anderen Ende der Bank. Sie folgte seinem Blick, schenkte sich jedoch nur schweigend selbst einen Kaffee ein.

„Hat der umgestürzte Baum irgendwelchen Schaden ange-richtet?", fragte sie nach einer Weile. Sie war am warmen Herd stehen geblieben und musterte ihn über den Rand ihrer Tasse hinweg. Vor den Fenstern zerrte der Wind nur noch mit halber Kraft an den Bäumen, die die kleine Lichtung umgaben, doch die abgerissenen Zweige und Blätter, mit denen die Wiese übersät war, zeugten vom stürmischen Toben in der Nacht.

Er schüttelte den Kopf, ohne sie anzublicken. Sie hatte ihn also doch draußen gesehen, hatte womöglich auch beobachtet, wie er im Schuppen verschwunden und mit dem Seil wieder herausgekommen war.

Na und? Er hatte schließlich nichts Verbotenes getan.

Jetzt deutete sie mit einem Kopfnicken auf das Seil.

„Was hast du mit dem Seil vor?"

Sein Mund wurde trocken, und er hob den Kopf. Für den Bruchteil einer Sekunde sah er Angst in ihrem Blick, und er spürte, wie sein Gesicht, und nicht nur das, heiß wurde. Sie lehnte am Holzpfeiler neben dem Herd, in einer Hand hielt sie den Kaffeebecher, die andere steckte in der Hosentasche. Eine scheinbar lockere Körperhaltung, doch alles an ihr verriet ihre Anspannung. Die zurückgebogenen Schultern, die aufeinan-dergepressten Lippen, die schmalen Augen, aus denen sie ihn prüfend musterte.

„Ich brauche es, um den Baum vom Haus wegzubekom-men", sagte er ruhig.

„Du bist verletzt. Hält deine Schulter das durch?"

Er wollte die Achseln zucken, doch der Schmerz ließ ihn mitten in der Bewegung innehalten. „Wird schon gehen", mur-melte er durch zusammengebissene Zähne.

Die Frau sagte nichts. Sie versuchte weder, ihm die Sache auszureden, noch bot sie an, ihm zu helfen. Vielmehr fühlte er sich erneut prüfend gemustert.

Was starrte sie ihn so an? Ahnte sie, woran er dachte, sobald er das Seil anschaute? Spürte sie sein Begehren, seinen Hunger, seine unbändige Lust, sie sich einfach zu nehmen?

„Aber wir schaffen es heute doch noch bis zur Alm, oder?" Ungeduld schwang in ihrer Stimme mit, vielleicht auch eine Spur Gereiztheit über diese Verzögerung, doch vor allem meinte er, Panik herauszuhören, begleitet von einem leichten Zittern, obwohl sie sich alle Mühe gab, forsch zu klingen.

Sie wollte hier weg, das war klar.

Er musste sich ein Grinsen verkneifen, als er begriff, dass der umgestürzte Baum ihm einen wunderbaren Vorwand lieferte, einen Tag länger in der Hütte zu bleiben. Bedächtig, als würde er ihre Frage gründlich bedenken, wiegte er den Kopf.

„Das kann ich nicht versprechen", sagte er schließlich.

„Aber ich muss so schnell wie möglich zurück! Verstehst du nicht, mein Mann ist tot, und ich muss mich um so vieles kümmern!"

In diesem Moment trieb eine Bö einen größeren Zweig gegen die Fensterscheibe. Er dankte dem Wettergott für diese perfekte Unterstützung. Für den Nachmittag waren ein aufgeklarter Himmel und sogar Sonnenschein angesagt, doch das würde er der Frau nicht auf die Nase binden.

„Bei diesem Wetter wäre es ohnehin viel zu gefährlich", fügte er hinzu, damit sie gar nicht erst auf den Gedanken kam, sich allein zur Alm durchzuschlagen.

„Aber …" Helle Verzweiflung in ihrem Blick. Sein Herz begann, heftig zu pochen.

„Kein Aber. Ich muss mich um den Baum kümmern." Und danach würde sie sich um seine Schulter kümmern müssen, aber das brachte er nicht über die Lippen, das klänge zu sehr nach einer Bitte um Hilfe. Er stand auf.

„Du kannst mich ja wohl schlecht mit Gewalt hier festhalten", sagte sie und richtete sich ebenfalls auf. Nach einem raschen Blick aus dem Fenster sah sie ihn herausfordernd an. „Ich laufe allein zur Alm."

Er gab sich gleichgültig. „Wie du meinst. Wenn du den Weg kennst … Nicht zu vergessen der Bär, der immer noch dort draußen herumläuft. Hast du eine Waffe?"

Sie zögerte und ballte die rechte Hand in der Hosentasche zur Faust. Als würde sie etwas umklammern.

„Ich meine, ein Gewehr?"

Sie errötete, und er nahm ihre Verlegenheit mit Befriedigung zur Kenntnis. Sie hatte also tatsächlich etwas in der Tasche, er tippte auf ein Messer. Ein kleines, harmloses Taschenmesser vermutlich, mit dem man gerade einmal Äpfel schneiden konnte, aber mehr auch nicht.

„Natürlich nicht."

Er nickte. „Und wie willst du dann den Bären verjagen?"

Mit finsterer Miene starrte sie ihn an. Sie hatte keine Wahl. Sie musste mit ihm hier ausharren, ob sie wollte oder nicht.

Er wandte sich ab, um sein Lächeln zu verbergen.

Die Arbeit an der Fichte war nicht weiter kompliziert, er brauchte lediglich ein paar Äste abzunehmen, den Stamm durchzuhacken und das oberste Ende von der Hütte fortzuzerren, damit die Wand wieder frei war. Doch seine Schulter machte diese einfache Arbeit zu einer Tortur. Obwohl er mit links hackte, was schon schwierig genug war, protestierte die verletzte Schulter bei jeder Bewegung.

Trotzdem tat es gut, im Freien und allein zu sein. Er war die Gegenwart anderer Menschen nicht gewohnt, und nun war er schon seit fast vierundzwanzig Stunden ununterbrochen mit dieser Frau zusammen. So viel wie seit gestern Morgen hatte er schon lange nicht mehr geredet. Manchmal, wenn er tagelang durch seinen Wald streifte, traf er die ganze Zeit auf keine Menschenseele. Bei den seltenen Begegnungen wurden ein paar unverbindliche Worte gewechselt, dann zog man weiter. Im Fischerdorf und im Tal auf der anderen Seite der Hochebene kannte man ihn als schweigsam und zurückgezogen. Zuverlässig, aber unnahbar.

Schon sein Vater hatte nie viel mit dem Jungen gesprochen, zu Hause nicht und hier in der Hütte erst recht nicht. Morten hatte von ihm gelernt, indem er ihn beobachtete und ihn nachahmte. Der Vater hatte ihn unterrichtet, indem er hier schweigend die Handhaltung am Werkzeug korrigiert, dort stumm eine Bewegung noch einmal vorgemacht hatte. Lob gab es keines, aber auch keine Schläge. Die gemeinsamen, stillen Abende in der Wohnküche, wenn der Vater immer irgendetwas zu flicken oder reparieren hatte und der Sohn ihm dabei zusah oder half, waren für Morten das einzige Familienleben, das er kannte. Trotzdem vermisste er nichts.

An seine Mutter erinnerte er sich nur bruchstückhaft. Sie war da gewesen, als er ganz klein war, und dann war sie eines Tages fort. Er wusste noch, dass sie dunkle Haare und braune Augen hatte, anders als er selbst und sein Vater. Er entsann sich noch gut an das Gefühl ihrer warmen Finger auf seiner Haut, wenn sie ihm abends beim Auskleiden half. Auch an ihren Geruch erinnerte er sich – einen süßen, weichen Duft, der direkt von ihrer Haut auszugehen schien, wie Milch mit Honig. Und ihr Lächeln – strahlend, wenn sie mit ihm allein war, verhalten, sobald der Vater die Stube betrat. Wenn der Vater dabei war, lachte sie nie, und sie berührte ihn auch nie. Sie herzte und drückte ihn nur, wenn der Vater es nicht sah.

Natürlich hatte er nach ihr gefragt, als er eines Tages nicht wie üblich von seiner Mutter, sondern dem Vater geweckt wurde, mit barschem Ton.

„Aufstehen, du musst zur Schule."

Mit festem Griff hatte er den Jungen an der Schulter gepackt und wachgerüttelt. Schlaftrunken hatte dieser sich die Augen gerieben. Es war sein erstes Schuljahr, und er musste in aller Herrgottsfrühe aufstehen, um zu Fuß den weiten Weg ins Dorf zu schaffen.

„Wo ist Mama?", fragte er den Vater.

„Fort."

„Wann kommt sie wieder?"

„Nie mehr."

Mehr erfuhr er nicht vom Vater, damals als Kind nicht und auch später als junger Mann nicht, als er einmal den Mut aufbrachte und den Alten fragte, was eigentlich mit der Mutter geschehen sei, damals, vor Jahren.

„Sie ist fort. Mehr gibt es dazu nicht zu sagen."

Ein Blick des Vaters riet ihm, es dabei zu belassen.

Weder Morten noch der Vater hatten im Tal Freunde, die er hätte fragen können. Die Erwachsenen behandelten die beiden mit Respekt, doch niemand lud sie jemals ein oder unterhielt sich länger als nötig mit ihnen, wenn man sich zufällig traf. Früher, als die Mutter noch lebte, waren sie am Sonntag in die Kirche gegangen, wo der kleine Morten an der Hand der Mutter die fremden Menschen anstarrte, doch seit sie fort war, blieben Vater und Sohn ganz für sich auf *Gammelgården,* dem Alten Hof, weit abseits der nächsten Siedlung. Auch die Kinder aus der Schule hielten sich von Morten fern, beäugten ihn nur schweigend oder steckten die Köpfe zusammen, wenn er allein auf dem Pausenhof stand und zum Berg hinaufstarrte. Die Schule, die Begegnung mit den anderen Kindern und den Lehrern waren für ihn ein notwendiges Übel. Gleich nach dem letzten Läuten rannte er nach Hause und streifte durch den Wald und über den Berg, allein oder an der Seite seines Vaters, der ihm alles beibrachte, was er über den Wald und den Berg und die Tiere und Pflanzen wusste. Morten stellte keine Fragen, weder sich noch seinem Vater, für ihn war dieses Leben das natürlichste von der Welt, er kannte kein andres und mochte sich auch kein anderes vorstellen. Regelmäßig hatten sie hier in dieser Hütte übernachtet, hier in der Nähe erlegte Morten mit dreizehn Jahren seine erste Elchkuh und weidete sie sachgerecht aus. Sein Vater half ihm, nicht umgekehrt, und nicht ein einziges Mal brauchte er den Sohn zu korrigieren. An diesem Abend hatte er dem Jungen zum ersten Mal einen Schluck vom Selbstgebrannten zu trinken gegeben.

Ein kalter Regenschauer traf Morten ins Gesicht, und er schüttelte sich. Er hob den Kopf, um abzuschätzen, ob es bei einem kurzen Schauer bleiben würde oder ob es sich lohnte, in der

Hütte Schutz zu suchen. Eine halbe Stunde mindestens würde er noch zu tun haben. Die Äste waren größtenteils entfernt, er musste nur noch den Stamm durchhacken, und dann musste er zusehen, dass er den Stumpen von der Wand fortbekam. Tausendmal hatte er das schon gemacht, einen Baum zerlegt und die einzelnen Holzblöcke fortgeschafft. Doch noch nie mit einer verletzten Schulter, die höllisch brannte und ihm bei jeder Bewegung fast den Atem raubte. Ihm fiel das Seil ein. Hatte er der Frau nicht gesagt, er bräuchte es, um den Baum zu bewegen? Er lächelte.

Das Seil.

Die Frau.

Er hatte sie tatsächlich einen Moment vergessen, so versunken war er in die Arbeit und seine Erinnerungen gewesen. Er dachte nur selten an seinen Vater, der schon lange tot war, und noch seltener an die Mutter, die kaum mehr als ein paar verblasste Bilder, Traumfetzen gleich, in seinem Gedächtnis hinterlassen hatte.

Der Regen wurde heftiger. Er gab sich geschlagen und lief mit hochgestelltem Kragen zur Hütte, in der ihn eine angenehme Wärme empfing. Vorsichtig zog er die Jacke aus. Die Frau saß am Tisch, vor sich die Karte, die sie jetzt hastig zusammenfaltete. Sie sah ihn an, sagte aber nichts. Er goss sich einen frischen Kaffee ein und setzte sich auf die Bank. Aus den nassen Haaren fiel ihm ein Tropfen auf die Hand, mit der Linken strich er die Haare nach hinten. Er lehnte sich zurück und schloss kurz die Augen.

Sobald der Schauer vorbei war, würde er weiterarbeiten. Der Baum musste weg vom Haus, auch wenn das mit seiner verletzten Schulter eine Heidenarbeit werden würde. Sollte er sich vielleicht doch lieber von der Frau helfen lassen? Nein. Alles in ihm sträubte sich dagegen. Er hatte kein Problem damit, wenn sie für ihn kochte und den Abwasch erledigte, wie sie es gestern Abend getan hatte, das war ohnehin Frauenarbeit. Aber das Hantieren mit einem Beil – das war nichts für eine Frau, und schon gar nicht für so ein Püppchen aus der Stadt. Andererseits würden sie mit dem Seil arbeiten – bei diesem Gedanken spürte er, wie er hart wurde –, und vielleicht könnte er sie im passenden Moment ablenken und überwältigen. Nach der körperlichen Arbeit würde sie gewiss erschöpft sein, und er hätte ein leichtes Spiel. Sie würde garantiert nicht mit einem Angriff von seiner Seite rechnen, nicht jetzt, wo die Verletzung an der Schulter einen halben Invaliden aus ihm gemacht hatte.

Er malte sich aus, wie er ihr das Seil um den Hals schlingen würde, das ginge schnell und wäre am wirkungsvollsten. Sie würde sofort wissen, was los war, und dann würde sie ihm ihre Angst zeigen, sie würde gar nicht anders können.

Seine Hose wurde angenehm eng, und er gestattete sich ein Stöhnen. Durch die halb geschlossenen Lider beobachtete er, wie die Frau den Kopf hob und ihn besorgt ansah.

Gut so.

Sie ahnte nichts.

9

Am liebsten hätte sie ihm dabei geholfen, den umgestürzten Baum beiseitezuschaffen – je eher sie damit fertig waren, desto eher würden sie aufbrechen können. Er hatte zwar behauptet, das sei ohnehin zu gefährlich, wegen des Wetters und des Bären, aber sie war sich nicht sicher, ob er die Wahrheit sagte – zumindest, was das Wetter anging. Gewiss, im Moment regnete es mal wieder, aber der Wind hatte bereits deutlich nachgelassen. Und war das Licht nicht schon wesentlich heller als noch vor zwei Stunden? Doch sie brauchte den Mann nur anzusehen, um zu wissen, dass sie ihn tunlichst in Ruhe lassen sollte.

Aus der behaglich warmen Wohnküche heraus sah sie zu, wie er sich mit der Fichte abmühte. Er kam nur langsam voran, und es juckte sie in den Fingern hinauszugehen, aber sie hielt sich zurück. Vermutlich würde seine Schulter ihm über kurz oder lang so große Schwierigkeiten bereiten, dass er von sich aus fragen würde. Sie wandte den Blick von dem verbissen arbeitenden Mann ab und schaute noch einmal auf die Karte. Den größten Teil der Strecke hatten sie bereits gestern hinter sich gebracht, und jetzt war es noch nicht einmal Mittag. Selbst wenn Morten wegen der Verletzung nur langsam vorankäme, müssten sie diese kurze Strecke an einem Tag, ach was, an einem halben Tag bewältigen können.

Schließlich trieb ein Regenschauer Morten wieder in die Hütte. Wortlos schenkte er sich einen Kaffee ein und setzte sich ebenso wortlos an den Tisch. Aufmerksam beobachtete sie ihn, wie er leise stöhnend und mit geschlossenen Augen auf der Bank saß.

„Geht's wieder?", fragte sie, als er einmal tief Luft holte und die Augen aufschlug. Mit bleichem Gesicht starrte er sie an, als hätte er ein Gespenst gesehen.

Was, wenn er ernsthaft krank werden würde? Wenn sich die Wunde entzündete, er eine Blutvergiftung bekäme und daran sterben würde? Dann gäbe es garantiert keinen Zeugen, der diesen leichten Stoß gesehen haben könnte, mit dem sie Felix ins Jenseits befördert hatte.

Verstohlen beobachtete sie den Mann aus den Augenwinkeln, wie er da auf der Bank saß, die Augen geschlossen. Sein Gesicht war angespannt, als hätte er Schmerzen. Ein Anflug von schlechtem Gewissen regte sich in ihr. Er hatte ihr nichts Böses getan, im Gegenteil, er hatte ihr Unterschlupf in dieser Hütte gewährt und sie vor dem Bären gerettet, und trotzdem wünschte sie ihm den Tod.

Aber wenn er doch etwas gesehen hatte?

Unsinn – was konnte er schon gesehen haben? Wie Felix morgens aus dem Zelt gekrochen und schlaftrunken durch das Unterholz gewankt war? Wie sie ihm gefolgt war, ganz offen, nicht einmal heimlich oder verstohlen, wie sie hinter ihrem Mann gestanden, kurz innegehalten und dann den Arm ausgestreckt hatte? Hatte sie ihn überhaupt gestoßen? War es nicht eigentlich eine ganz normale Berührung gewesen, eine Suche nach Nähe, wie sie so oft seine Nähe gesucht hatte? Nein, natürlich war es mehr gewesen, sie wusste es, nie würde sie den leichten Widerstand vergessen, mit dem Felix sich im letzten Augenblick gegen sein Schicksal gewehrt hatte, ein leichter Gegendruck unter ihren Fingern.

Wann genau war dieser Gedanke eigentlich zum ersten Mal in ihr aufgetaucht, dass sie ohne Felix besser dran wäre? War es nach dem Besuch bei Sofie gewesen, bei dem die Freundin ihr geraten hatte, sich von Felix zu trennen? Hatte es nicht auch schon vorher hier und da Momente gegeben, in denen diese Idee aufblitzte, die Vorstellung eines Lebens ohne ihn?

Vielleicht war es direkt nach dem Verkauf von *Hänsel und Gretel* gewesen, vielleicht auch erst später, als auch ihre nächsten Werke nicht mehr ganz so einträglich waren. Nicht nur ihr Stil hatte sich verändert, auch ihre Arbeitsweise war nicht mehr dieselbe. Während sie früher oft wie besessen gearbeitet hatte, stundenlang in ihrem Atelier am Metall herumgeschweißt und gehämmert und geschraubt hatte, saß sie jetzt häufig einfach nur da, betrachtete das Holz und versuchte, sein Geheimnis zu entschlüsseln, ehe sie das erste Mal Hand anlegte. Schon ihr Großvater hatte fest daran geglaubt, dass manchmal in einem Stück Holz ein Kunstwerk steckte, man musste es nur erkennen und dann vorsichtig herauskitzeln. Und natürlich vorher das richtige Stück Holz auswählen.

Es war ewig her, dass sie so lange an einer Skulptur gearbeitet hatte wie an *Hänsel und Gretel,* und ihre nächsten Arbeiten benötigten sogar noch mehr Zeit. Ihr gefiel diese neue Gemächlichkeit, die ruhigen Stunden in ihrem Atelier, wenn sie stundenlang um das Holz herumschlich, es immer wieder berührte, daran roch oder es in alle Richtungen drehte und wendete. Sie begann sogar, mit den Skulpturen zu sprechen, als seien es lebendige Wesen.

Einmal tauchte Felix im Atelier auf, als sie gerade in die Arbeit an einem Vogel vertieft war. Sie sprach leise auf das Holz ein, während sie mit langsamen, beinahe meditativen Bewegungen daran herumschnitzte.

„Wo möchtest du gerne dein Nest bauen, hm? In einem Baum? In einer Hecke? Einem Nistkasten? Was isst du gerne, soll ich dir ein paar Würmer hinlegen? Oder lieber einen Meisenknödel? Lieber nicht, das ist ja das reinste Fast Food, nicht wahr?“

„Sina?“

Sie schrak auf und drehte sich um. Felix musterte sie besorgt.

„Alles in Ordnung mit dir? Mit wem hast du gerade gesprochen?"

„Mit dem Vogel." Sie lachte über Felix' verdutztes Gesicht.

„Du unterhältst dich mit einem Stück Holz?", fragte er entgeistert.

„Warum nicht?" Sie zuckte die Achseln.

Natürlich hatte er sich von Anfang an für ihre Arbeit interessiert, doch hatte er stets respektiert, dass sie ihren Freiraum brauchte, und sie nie bedrängt. Hin und wieder hatte er ihr im Gartenhäuschen einen Besuch abgestattet, sie unterhielten sich ein wenig, tranken einen Kaffee zusammen oder tauschten kleine Zärtlichkeiten aus, vertraute Gesten, hier eine kurze Berührung, dort ein hingehauchtes Kosewort, dann war er wieder verschwunden. Doch in der letzten Zeit, seit sie wieder angefangen hatte, mit Holz zu arbeiten, wurden seine Besuche Sina immer lästiger. Es ließ sich nicht leugnen: Etwas hatte sich verändert. Mehr als früher brauchte sie Ruhe und Abgeschiedenheit, um sich ganz auf ihre Arbeit konzentrieren zu können. Doch während Sofie ihre Entwicklung mit Interesse beobachtete und sie unterstützte, war Felix weniger erfreut über Sinas Verwandlung. Er ließ Bemerkungen über die rückläufigen Verkäufe fallen oder fragte, ob sie nicht mal wieder etwas im Stil ihrer früheren Arbeiten machen wolle. Der eine oder andere Sammler habe bereits deutlich signalisiert, dass ihm ihr neuer Stil nicht zusagte.

„Du hast einen Ruf zu verlieren, genau wie das *Kunstkontor van Megen*."

„Ich bin Künstlerin, keine Zulieferin für den Kunstmarkt! Ich produziere keine Auftragskunst für irgendwelche reichen Sammler, für die Kunst nur eine Geldanlage ist."

Spöttisch verzog Felix das Gesicht. „Ach, jetzt lässt die Dame plötzlich die große Diva raushängen. Der Erfolg ist dir wohl zu Kopf gestiegen."

Hin und her gingen das Beleidigen und das Niedermachen, bis Sina kurz davor war, einen Beitel nach ihm zu werfen. „Ich bin doch nicht die Hure der Sammler", schrie sie ihm nach, als er das Atelier verließ.

Doch Felix gab keine Ruhe, immer wieder brachte er die Sprache auf das Thema, und immer häufiger endete es damit, dass böse Worte hin- und herflogen und Türen knallten.

Und jetzt fing sie auch noch an, mit dem Holz zu sprechen. Herausfordernd sah sie Felix an, der sie anschaute, als zweifle er an ihrem Verstand.

Schließlich zuckte er ebenfalls die Achseln. „Wenn es dir hilft."

Er zog sie an sich und küsste sie. Sie spürte seine Wärme, seine Kraft, seine Lust, und für einen Augenblick war alles wieder gut. Sie liebte Felix, und Felix liebte sie. Und genau wie sie selbst liebte er die Kunst um ihrer selbst willen, nicht wegen des Geldes, das sie einbrachte. Natürlich würde er irgendwann einsehen, dass sie sich als Künstlerin weiterentwickeln musste.

„Es gibt übrigens einen Interessenten für diese Lady da." Er zeigte auf eine Skulptur im Regal, etwa dreißig Zentimeter hoch und aus Akazienholz. Die Darstellung einer Frau, die an einem Baum lehnte und gedankenverloren in die Ferne blickte. Sina mochte die Figur, hatte jedoch noch keinen Namen für sie und war sich auch nicht sicher, ob sie schon fertig war. Auf gar keinen Fall war sie schon so weit, die Skulptur fortzugeben.

Sie löste sich aus seiner Umarmung.

„Wie bitte? Seit wann verkaufst du meine Sachen, bevor sie fertig sind?"

Prüfend betrachtete Felix die Skulptur von allen Seiten. „Sie *ist* fertig. Ich habe mit Pieter darüber gesprochen, er ist ganz meiner Meinung."

Das wurde ja immer schöner. „Seit wann redet ihr hinter meinem Rücken über meine Arbeit?" Vor Empörung zitterte ihre Stimme.

„Sina, bleib auf dem Teppich. Das ist unser Job."

Doch sie hatte Mühe, sich wieder zu beruhigen. Es stimmte

zwar, dass Pieter die Skulptur gefiel, das hatte er ihr selbst gesagt, doch normalerweise sprachen er und Felix erst über den Verkauf, wenn Sina ihr endgültiges Okay gegeben hatte. Zumindest war sie bislang davon ausgegangen.

„Ich kann sie noch nicht verkaufen." Sie hörte selbst, wie trotzig sie klang, wie ein kleines Kind.

„Und warum nicht, wenn ich fragen darf? Sina, wie lange steht sie jetzt schon hier herum, ohne dass du daran gearbeitet hast? Wieso klammerst du dich seit Neuestem monatelang an die Sachen, obwohl sie schon längst fertig sind?" Demonstrativ strich er über das glatte, weiche Holz der Plastik.

„Sie ist noch *nicht* fertig."

Felix warf einen Blick auf die Plastik, betrachtete sie eingehend und schüttelte schließlich den Kopf. „Unsinn. Ich finde sie perfekt, so wie sie ist."

„Das verstehst du nicht."

Er zuckte leicht zusammen, als hätte er sie geschlagen. Er mochte vielleicht nicht Pieters schon fast unheimlichen Spürsinn haben, aber dass er gar nichts von Kunst verstand, konnte man wirklich nicht behaupten.

„Pieter war ebenfalls begeistert", erwiderte er, und Sina meinte, einen leicht drohenden Unterton herauszuhören. „Und es gibt einen Käufer. Mehr brauche ich nicht zu verstehen."

Schließlich gab sie nach. Ein, zwei Tage weigerte sie sich noch, zunächst beharrlich, dann immer zögerlicher, die *Frau am Baum,* wie sie die Arbeit jetzt nannte, zu veräußern, doch dann hatte Felix sie endlich so weit: Die Skulptur verließ das Atelier. Zuvor nahm sie Felix allerdings das Versprechen ab, nie wieder hinter ihrem Rücken eine ihrer Arbeiten zu verkaufen.

Ihr Blick fiel auf das Taschenmesser. Sie musste es unbemerkt aus der Tasche gezogen haben, als sie beim Träumen damit herumgespielt hatte. Es war alt, und sie trug es immer bei sich.

Sie erinnerte sich noch gut an den Tag, an dem ihr Großvater es ihr geschenkt hatte. Er war Tischler gewesen und lebte auf dem Land, neben seiner Werkstatt betrieb er einen kleinen Bauernhof mit einer Handvoll Tieren. Es war Sommer, und sie verbrachte die Ferien bei den Großeltern. Stundenlang hockte sie beim Großvater in der Werkstatt und schnitzte mit diesem Messer an einem Holzscheit herum, bis der alte Mann ihr über die Schulter schaute und erstaunt ausrief: „Das ist ja ein Hund!"

Das sei Karlo, antwortete sie, der Jagdhund des Großvaters, der den ganzen Tag allein in seinem Zwinger hinten im Stall verbringen musste. Sina besuchte ihn oft und streichelte ihn durch die Gitterstäbe hindurch, bis die Großmutter sie eines Tages dabei erwischte und erschrocken fortzerrte. Das Tier sei doch gefährlich, rief sie, doch Sina blickte nur in die traurigen Augen des Hundes und wusste, dass die Großmutter sich irrte.

Der Großvater erkannte zwar nicht Karlo in dem Hund, war aber trotzdem von ihrer Schnitzarbeit so angetan, dass er ihr das Messer schenkte und sie fortan im Umgang mit Holz und allen anderen Werkzeugen unterrichtete.

„Das ist ein hübsches Messer", sagte Morten.

Sie hob den Kopf und schaute aus dem Fenster. Der Regen hatte nachgelassen, der Himmel war aufgeklart.

„Danke", sagte sie, ohne zu wissen, wofür sie sich genau bedankte – für das Kompliment wegen eines alten, abgenutzten Messers, dessen Klinge so dünn war, dass sie sie nur noch mit äußerster Vorsicht schleifen konnte? Vielleicht galt der Dank auch dem Mann selbst, der Tatsache, dass sie jetzt nicht allein durch die norwegische Wildnis irren musste, dass sie es warm und trocken hatte und in Sicherheit war.

10

Er brauchte sie gar nicht um Hilfe zu bitten. Als sei es das Selbstverständlichste auf der Welt, stand sie auf, sobald der Regenschauer vorüber war, und ging mit ihm hinaus. Der Himmel riss auf, hier und da war bereits etwas Blau zu sehen, auch die Sonne würde sich früher oder später zeigen. Dann könnte er nicht mehr behaupten, es sei wegen des Wetters zu gefährlich, zur Alm aufzubrechen. Eine Ausrede weniger.

Aber ihm blieben ja noch der Bär und seine Verletzung. Der Schmerz hatte etwas nachgelassen, er konnte die Schulter auch wieder etwas besser bewegen. Gleichwohl presste er den Arm eng an den Körper und beobachtete, ob die Frau ihn besorgt ansah.

Und das tat sie, besorgt und nachdenklich. Klar machte sie sich Gedanken. Wenn er tatsächlich krank werden würde, säße sie hier mit ihm fest.

Beim Baum angekommen erklärte er ihr kurz, was zu tun war, und griff nach dem Beil. Doch mehr als ein paar Hiebe konnte er nicht machen, dann protestierte die verdammte Schulter. Als er das Beil kurz sinken ließ, nahm die Frau ihm das Werkzeug wortlos ab und machte sich an die Arbeit. An der Art, wie sie das Beil führte, merkte er sofort, dass sie es nicht zum ersten Mal tat. Der feste, sichere Griff, die energischen Schläge, mit denen sie die letzten Äste abhieb, verrieten ihm, dass sie es gewohnt war, mit Holz zu arbeiten.

Und anders als erhofft zeigte sie auch keinerlei Anzeichen von Erschöpfung.

Stirnrunzelnd beobachtete er die Frau. Warf das seine Pläne durcheinander? Sein Blick fiel auf das Seil in seiner Hand.

Sie wusste mit dem Beil umzugehen – na wenn schon. Er würde sie trotzdem problemlos überwältigen können, und sobald sie einmal gefesselt war, hatte sie keine Chance mehr.

Als der Stamm komplett entastet war, schlug sie vor, zuerst die störenden Äste beiseitezuräumen, um Platz zu schaffen. Er nickte, genauso wäre er auch vorgegangen. Beherzt griff sie zu und schleppte einen Armvoll Fichtenbuschwerk zum Waldrand. Er selbst fasste ebenfalls mit an, doch beim Tragen scheuerten die Zweige unangenehm an der Wunde, obwohl diese durch Hemd und Verband geschützt war. Mit zusammengebissenen Zähnen warf er das Grünzeug auf den Haufen und stöhnte auf. Dieses Mal war nichts gespielt. Hatte sie es gehört? Verstohlen schaute er sich nach ihr um, doch sie war schon dabei, die nächsten Zweige zu holen.

Er ließ sich Zeit und beobachtete sie. Die Arbeit schien ihr Freude zu bereiten, mit geschmeidigen Bewegungen bückte sie sich und hob den nächsten Haufen Buschwerk auf. Ihre braun gebrannten Finger waren schlank, aber kräftig, als seien sie es gewohnt anzupacken.

Kaum zu glauben, dass so eine verweichlichte Städterin sich mit Holz auskannte und sich auch für diese schmutzige Arbeit nicht zu schade war. Ihre Jacke hatte sie ausgezogen, doch das Hemd war dreckig, und auf der Wange hatte sie einen dunklen Streifen von der nassen Erde. Ihre Hose hatte ein paar Harzflecken abbekommen.

Nachdem sie sämtliche Äste und Zweige fortgeräumt hatten, stand die Frau vor der umgestürzten Fichte und blickte nachdenklich vom Baum zur Hütte und wieder zurück. Neugierig beobachtete er sie, als sie zum Beil griff. Ihr Gesichtsausdruck verriet höchste Konzentration, ihre Bewegungen waren kraftvoll und gleichmäßig, die Wangen leicht gerötet, als sie mit gezielten Hieben eine Kerbe in den Stamm schlug.

Wie schön sie war.

Spürte sie seine Blicke?

Sie hielt inne und schaute auf, die Stirn gerunzelt.

„Der Stamm steht ziemlich unter Spannung", sagte sie und richtete sich auf. Er stand auf der anderen Seite des Baumes und konnte den Blick nicht von ihr abwenden.

Sie hob das Beil über den Kopf.

Sah ihn an.

Für den Bruchteil einer Sekunde war er irritiert. Sie zielte doch auf den Baumstamm, oder?

Sie ließ das Beil wieder sinken.

„Geh lieber ein Stück zurück", sagte sie. „Ich habe keine Ahnung, in welche Richtung der Baum gleich wegsackt."

Er sah ein, dass sie recht hatte, und wich zwei Schritte zurück. Neben ihm auf der Holzbank lag das aufgerollte Hanfseil. Er hob es auf und umklammerte es mit beiden Händen.

Erneut hob sie das Beil, holte aus und schlug zu. Einmal, zweimal, dann knirschte es, und der Baumstamm knickte ein wie ein Streichholz. Drei weitere gezielte Schläge mit dem Beil, und der obere Teil des Stammes lag frei.

Sie hob erneut den Kopf und schob sich eine Haarsträhne aus dem Gesicht. Dann lächelte sie.

„Das war's."

Sein Mund war trocken, das Seil lag weich und warm in seinen Händen. Jetzt, jetzt gleich würde er wissen, wie es sich anfühlte, eine Frau in seine Gewalt zu bringen. Wie oft hatte er sich diesen Moment ausgemalt, hatte davon geträumt, eine Frau zu überwältigen und zu seinem Besitz zu machen. Trotz des zurückgezogenen Lebens, das er mit seinem Vater geführt hatte, war ihm in seiner Jugend nicht entgangen, dass es Frauen gab, die einen gewissen Reiz auf ihn ausübten – und denen offensichtlich ebenso wenig verborgen geblieben war, dass er vom Kind zum Mann herangewachsen war. Er sei schön anzuschauen, hatte Gunda einmal zu ihm gesagt, die Tochter vom Nachbarshof, mit der er zur Schule gegangen war und der er auch danach hin und wieder begegnete, im kleinen Dorfladen oder in der Schmiede, wo die Bauern im Winter ihre Gerätschaften richten ließen, die sie nicht selbst reparieren konnten.

Im Winter vor Vaters Tod hatte er Gunda häufiger getroffen, immer zufällig, wie er anfangs glaubte, bis der Alte schnaubend erklärte, das Frauenzimmer habe es auf ihn abgesehen, er solle sich bloß vorsehen. Bei seinen Erledigungen im Dorf traf er auch weiterhin häufig mit Gunda zusammen, doch nach der Bemerkung seines Vaters begann er, sie mit anderen Augen zu sehen. Er war zweiundzwanzig Jahre alt, alt genug also, um allmählich ans Heiraten zu denken. Einige seiner Schulkameraden hatten sich bereits eine Frau genommen, zumeist eine aus dem Dorf oder aus einem der Nachbardörfer, und einer, Fritjoff, hatte sich sogar eine schicke Dame aus der Stadt geholt. Niemand hatte Morten oder seinen Vater zu den Hochzeiten eingeladen, doch das störte ihn nicht, so war es ja schon immer gewesen.

Gundas Interesse an ihm machte ihn nervös. Er war es nicht gewohnt, dass jemand fragte, wie es ihm gehe oder wie er den Tag verbracht habe. Er antwortete, wie er es von zu Hause kannte, schroff und mit knappen Worten. Es dauerte bis zum Frühling, bis er sie unbeholfen zu einem Spaziergang aufforderte und ihr Blumen mitbrachte, irgendwelche Wildkräuter, die er am Wegesrand gepflückt hatte, weil er gehört hatte, dass eine Frau umworben werden wollte. Nach dem ersten Spaziergang begann er, sie zu begehren. Er wollte sie besitzen, so wie in seiner Vorstellung Männer Frauen besaßen. Doch Gunda, das spürte er, würde nicht so einfach kuschen. Sie war die älteste Tochter des Bauern und würde eines Tages den Hof erben. Sie war kein Mäuschen, dem man nach Belieben Befehle erteilen konnte. Wenn ihr etwas nicht passte, ging sie. Nein, wenn er Gunda besitzen wollte, würde er dafür sorgen müssen, dass sie nicht verschwinden konnte. Er würde sie fesseln müssen.

Morten wusste nicht, woher dieser Gedanke plötzlich in ihm aufgetaucht war, aber er kam ihm weder absonderlich noch fremd vor. Seit er denken konnte, war die Vorstellung, dass Männer Frauen fesselten, für ihn völlig normal. Wie ein erlegtes Rentier, um es nach der Jagd zur Hütte zu schleifen, oder ein ausgerissenes Schaf, das er zurück in den Stall bringen musste. Frauen, das waren für ihn fremde Geschöpfe, die er genauso wenig verstand, wie er einen Elch oder einen Hund verstand. Selbst wenn er glaubte zu wissen, was in einem Tier vorging – es blieb ihm doch immer fremd.

Seit er angefangen hatte, sie zu begehren, sah er, wenn er an Gunda dachte, keine stolze Frau mehr vor sich, die wusste, was sie wollte, sondern eine Frau mit Gundas Gesicht und ihrem Geruch und ihrer Stimme, doch mit einem Blick, der ihn erregte, sobald er daran dachte: ängstlich und flehend. Bei jeder Begegnung mit ihr indes zerplatzte dieses Traumbild, mit jedem Lachen, mit jedem energischen Nein, mit jedem sanften Schlag, mit dem sie seine Hand von ihrem Knie schob. Bis er sie eines Abends küsste, nach dem Dorffest, als sie sich auf dem Hof ihres Vaters hinter den Schuppen zurückgezogen hatten. Ihre Lippen schmeckten süß von dem Streuselkuchen, den sie gegessen hatten, und ihr Geruch nach Schweiß und Frau erregte ihn. Was hätte er in diesem Moment für ein Seil gegeben! Aber er hatte ja noch seinen Gürtel. Als sie ihm mit den Fingern durchs Haar strich, packte er ihre Arme mit einer Hand und presste sie über ihren Kopf an die Schuppenwand. Er vergrub sein Gesicht in ihrem Haar, drückte sich mit dem ganzen Körper an sie, spürte ihre Wärme, roch ihren Schweiß und ihren leichten Bieratem, ertastete die weichen Brüste. Er verstärkte den Griff um ihre Handgelenke und begann, seine Gürtelschnalle zu lösen und das Leder herauszuziehen. Sie versuchte, sich ihm zu entziehen, doch er war stärker. Sie wandte den Kopf ab, sagte etwas zu ihm, das er in seiner Erregung nicht verstand. Ihre Bewegungen wurden hektischer, ihre Stimme lauter, aber er ließ nicht von ihr ab, sondern begann, am ganzen Körper bebend, den Gürtel um ihre Handgelenke zu schlingen.

Bis ein jäher Schmerz am Schienbein ihn aus seinem Rausch riss. Es folgte ein Stoß in seinen Schritt. Er ließ von Gunda ab und krümmte sich zusammen. Keuchend schnappte er nach Luft, wusste kaum, wie ihm geschah.

„Wage es nie wieder, mich anzufassen!" Blaue Augen funkelten ihn zornig an, die zur Faust geballte Hand war nur wenige Zentimeter von seinem Gesicht entfernt. „Meine Eltern haben mich gewarnt, und sie hatten recht!"

Eine blonde Haarsträhne hatte sich gelöst und hing ihr in die Stirn, und Morten sackte zusammen, machte sich klein, empfand Scham, ohne zu wissen, wessen er sich schämte. Wortlos kehrte er Gunda den Rücken zu und rannte nach Hause, die Hose mit der Hand zusammenhaltend. Den Gürtel ließ er liegen, im Gras hinter der Scheune.

Er zog sich zurück, kapselte sich ab, suchte nach Ausflüchten, um nicht ins Dorf zu müssen, und streifte stattdessen tagelang allein durch den Wald. Sein Vater schien zu ahnen, was geschehen war, und drängte ihn nicht. Es gab niemanden, mit dem Morten darüber hätte sprechen können, was am Abend des Dorffestes geschehen war, und er erfuhr auch nie, was Gunda ihren Leuten erzählt hatte.

Doch im Herbst hörte er, dass Gunda geheiratet hatte. Haakon, den ältesten Sohn eines Bauern aus dem Dorf. Zur Hochzeit wurden weder Morten noch sein Vater eingeladen.

An nichts davon dachte er jetzt, als die Frau nur wenige Schritte entfernt vor ihm stand, das Beil noch in der Hand. Lediglich ein leises mulmiges Gefühl kroch in ihm hoch, als könnte er es nicht fassen, dass jetzt der Moment gekommen war, in dem sein lebenslanges Sehnen ein Ende hatte. Unvermittelt ergriff ihn die Angst vor der Erfüllung seines Traumes.

Er schaute auf das Seil in seiner Hand. Seine Fingerknöchel waren weiß, so fest hielt er es umklammert. Noch stand die Frau auf der anderen Seite des Baumstammes. Sie würde ihn sofort bemerken, wenn er sich ihr mit einer Schlinge in der Hand nähern würde. Nein, er musste sie dazu bringen, das Seil um das Stammende zu binden, damit sie ihm den Rücken zukehrte. Hektisch begann er, das Seil aufzuwickeln, wobei er fieberhaft nachdachte. Er würde ihr ein Ende des Seils überlassen und ihr dann, sobald sie abgelenkt war, die Schlinge um den Hals werfen und zuziehen, und dann …

Die Frau stellte das Beil neben der Hüttenwand ab, dann packte sie den abgehackten Baumstumpf und zerrte ihn fort. Stück für Stück ruckte sie den schweren Stamm zur Seite, mit einer Kraft, die er ihr gar nicht zugetraut hatte.

Verdammt.

„Warte", rief er und eilte auf sie zu. „Wir nehmen das Seil, dann können wir den Stamm leichter fortziehen."

„Ich hab's gleich", presste sie zwischen zusammengebissenen Zähnen hervor. Sie holte noch einmal tief Luft, und schon lag der Stamm einen guten Meter von der Hüttenwand entfernt. Weit genug, um keinen Schaden mehr anrichten zu können.

Schwer atmend stützte sie die Hände auf die Knie, den Blick zu Boden gerichtet. Sie bemerkte ihn nicht, als er näher kam, das Seil griffbereit in den Händen.

Jetzt.

Er musste den Überraschungsmoment und ihre Erschöpfung ausnutzen. Das Seil hing locker zwischen seinen leicht erhobenen Händen durch. Für eine Schlinge hatte er keine Zeit gehabt, es musste auch so gehen. Noch zwei Schritte trennten ihn von ihr. Jetzt richtete sie sich langsam auf und hob die Hand, um sich eine widerspenstige Haarsträhne aus der Stirn zu wischen.

Und entdeckte ihn.

Sah das Seil zwischen seinen Händen.

Legte fragend den Kopf schräg.

Für einen Moment schien alles stillzustehen, die Welt, die Zeit, das Leben. Es war einer dieser Momente, in denen sich nichts regte, kein Laut zu hören war, kein Muskel zuckte. Ein Moment, in dem man unwillkürlich dachte, er sei einer der wichtigsten Wendepunkte im Leben, als müsse jetzt etwas geschehen, das alles veränderte.

Ein ohrenbetäubender Schrei zerriss die Luft, dann sauste ein dunkler Schatten knapp über seinen Kopf hinweg. Unwillkürlich zuckte er zusammen und riss die Hände schützend zum Kopf. Das Seil fiel zu Boden. Wenige Meter vor ihm stürzte sich der Bussard auf eine unvorsichtige Maus im Gras, packte sie mit seinen scharfen Krallen und erhob sich mit einem weiteren Schrei hoch in die Luft.

Die Frau verfolgte den majestätischen Raubvogel mit ihrem Blick. Auch sie stand in geduckter Haltung neben dem Baumstamm.

„Wow", sagte sie und richtete sich langsam wieder auf. „Das war ja cool." Geschäftig griff sie nach dem Beil und sah sich auf der Lichtung um, während sie das Beil in ihrer Rechten locker hin- und herschwingen ließ. „Das war's, oder? Dann können wir jetzt ja aufbrechen."

Sie stieg auf den Baumstamm und sprang zu ihm herunter. Sie stand direkt vor ihm, so nah, dass er die dunklen Sommersprossen auf ihrer Nase erkennen konnte, so nah, dass ihr Atem fast seine Wange streifte. Mit einem Blick, den er nur schwer deuten konnte, hielt sie ihm das Beil hin, eine stumme Aufforderung, das Werkzeug wegzuräumen und seine Sachen zu packen.

Langsam griff er nach dem Beil. Für den Bruchteil einer Sekunde hielten beide das Werkzeug fest, ihm schien, als zögere sie, ihm die gefährliche Waffe zu überlassen. Doch in diesem Moment brach die Sonne zwischen den Wolken hervor, die Strahlen tauchten alles in einen warmen, honigfarbenen Schimmer, und auf ihr Gesicht trat ein Lächeln.

„Bestes Wanderwetter", sagte sie. Er war sich nicht sicher, ob nicht ein leiser Spott in ihren Worten mitschwang.

Sie wandte ihm den Rücken zu. Wie gelähmt stand er da und sah ihr nach, wie sie um die Hausecke verschwand. Die Hüttentür knarzte, dann rumorte sie in der Kammer.

Mit zusammengebissenen Zähnen blickte er auf das schlaffe Seil auf dem Boden und das Beil in seiner Hand. Verdammt! Er war so nah dran gewesen, und dann musste dieser verfluchte Bussard kommen und alles zerstören. Jetzt konnte er die ganze Geschichte vergessen – sie hatte ihn mit dem Seil in der Hand gesehen. Es wäre ein Wunder, wenn sie nicht zumindest ahnen würde, was er geplant hatte.

Unvermittelt holte er aus und hieb das Beil in den Fichtenstamm neben sich. Seine Schulter meldete sich mit einem heftig stechenden Schmerz, und er fluchte leise. Dieses verdammte Seil, wozu hatte er es überhaupt aus dem Schuppen geholt? Natürlich konnte man diesen lächerlichen Baumstumpen, der am Ende übrig geblieben war, auch ohne das Seil problemlos bewegen, selbst mit seinem verletzten Arm hätte er das hinbekommen. Doch er hatte sich von dieser Frau vorführen lassen wie der letzte Idiot. Sein Gesicht wurde heiß vor Scham, als er daran dachte. Unwirsch bückte er sich, um das Seil aufzuheben, dann sammelte er das Beil ein und trug beides zum Schuppen. Er verstaute das Werkzeug an seinem Platz und begann, das Seil zusammenzurollen. Er ließ sich Zeit, ließ den weichen Hanf durch die Finger gleiten. Sein Herzschlag beschleunigte sich, ihm wurde heiß. Seine Chance, die einzige Chance, die er jemals haben würde – und er gab sich so einfach geschlagen? Sein Leben lang hatte er davon geträumt, einer Frau nahe zu sein, sie zu besitzen und zu beherrschen, und jetzt, wo er seinen Traum endlich verwirklichen konnte, wollte er kneifen? Er presste die Kiefer zusammen, bis die Zähne knirschten. Die Frau war seine Beute, sie gehörte ihm.

Nichts würde daran etwas ändern. Entschlossen rollte er das Seil auf und schob es unter seine Jacke.

11

Was war denn das gerade gewesen? Verstohlen blickte sie aus dem Fenster und sah gerade noch Morten im Schuppen verschwinden. Vorhin, als er mit dem Seil zwischen den Händen auf der anderen Seite des umgestürzten Baums gestanden hatte, hatte sie einen Moment lang gedacht, er wolle damit auf sie losgehen. Oder unterstellte sie ihm da etwas, das sie sich selbst mit umgedrehtem Vorzeichen ausgemalt hatte? Als sie das Beil in der Hand gehalten hatte, bereit, den Fichtenstamm zu zerhacken, war kurz das Bild in ihr aufgeblitzt, wie sie das Beil nicht auf das Holz, sondern auf den Schädel des Mannes niedersausen ließ.

Sie erschauderte. Ihr war nicht klar gewesen, zu was für gewalttätigen Fantasien sie fähig war. Aber sie hätte es bis vor Kurzem ja auch nie für möglich gehalten, dass sie einmal einen Menschen umbringen würde.

Lange Zeit, vielleicht zu lange, hatte sie sich gegen die Vorstellung gewehrt, dass eine Trennung von Felix die einzige Lösung war. Seine zunehmend schlechte Laune, seine Unbeherrschtheiten, die ständigen Streitereien … Obwohl all das im Laufe der letzten ein, zwei Jahre überhandgenommen hatte, hatte sie immer noch gehofft, sie würden eine bessere Lösung finden. Vergeblich. Er verkaufte zwar nicht noch einmal eine Arbeit hinter ihrem Rücken, doch er schien stets darauf zu lauern, dass sie endlich fertig war und die nächste Skulptur das Gartenhäuschen verlassen konnte. Pieter hielt sich mit seiner Meinung über ihren neuen Stil auffallend zurück, während der eine oder andere Kritiker sich durchaus positiv äußerte. Doch die Sammler zeigten sich laut Felix weniger begeistert.

„Verdammt noch mal, Sina, du bist eine gefragte Künstlerin. Die Menschen erwarten etwas anderes von dir!"

Betont ruhig setzte er sein Weinglas ab. Sie aßen gemeinsam zu Abend, ein Versuch, etwas von dem wiederzufinden, was Sina eigentlich schon für verloren hielt: die Nähe, die Vertrautheit, das Wissen, zueinander zu gehören.

„Tut mir leid, aber ich kann nichts dafür, wenn irgendwelche reichen Snobs nicht damit klarkommen, dass sich mein Stil verändert hat, dass *ich* mich verändert habe. Das ist absolut nicht mein Problem."

Felix öffnete den Mund, als wollte er etwas sagen, doch dann biss er sich auf die Lippen.

„Vielleicht solltest du diesen selbst ernannten Kunstkennern mal ein paar Kritiken zu lesen geben. Und haben letzten Monat nicht drei Galerien angefragt, ob sie meine Arbeiten zeigen dürfen?"

„Berlin, Frankfurt, Bern." Er schnaubte verächtlich. „Sina, du hast in Tokio und New York ausgestellt! Merkst du denn nicht, dass du auf einen Abgrund zusteuerst?"

Sie versuchte, nicht zu zeigen, wie verletzt sie war. „Willst du wirklich, dass ich mich für den Kunstmarkt verbiege? Ich dachte, dir würde etwas daran liegen, dass meine Kunst authentisch ist. Warum gefallen dir meine Arbeiten nicht mehr?"

„Sina, darum geht es doch gar nicht, ob *mir* deine Arbeiten gefallen oder nicht. Es geht darum, dass sie nicht mehr so beachtet werden wie früher. Du bist nicht mehr so häufig in Ausstellungen vertreten, die Erlöse für deine Arbeiten gehen zurück, deine Werke werden seltener besprochen."

„Na und? Der Kunstmarkt ist unberechenbar, das sagst du doch selbst immer wieder."

„Genau deswegen ist es ja so gefährlich, etwas Neues auszuprobieren."

„Du verlangst also von mir, Kunstkitsch zu produzieren, nur um den Markt zufriedenzustellen? Sag mal, spinnst du?"

„Unsinn, das verlangt kein Mensch von dir. Aber wieso hast du überhaupt noch einmal mit diesen albernen Holzskulpturen angefangen? Ich dachte, diese Phase hättest du abgeschlossen. In meinen Augen entwickelst du dich gerade wieder zurück."

Sie spürte Wut in sich aufsteigen. „Was weißt du denn schon? Du hast doch selbst immer behauptet, von Kunst keine Ahnung zu haben. Allmählich glaube ich das auch."

„Ich habe immer noch genug Ahnung, um zu wissen, dass du nachlässt. Verdammt noch mal, Sina, willst du so enden wie Sofie? Sieh dir doch an, wie sie um jede Ausstellung betteln muss. Und wann ist das letzte Mal eines ihrer Werke in der *art* besprochen worden? Ist sie dort überhaupt jemals besprochen worden?"

„Und wenn es so wäre? Wenn ich eines Tages nur noch eine unbedeutende Künstlerin wäre – na und? Mir ist es wichtiger, *meine* Kunst zu machen. Was irgendwelche reichen Sammler oder Rezensenten dazu sagen, ist mir egal."

Felix starrte sie an und öffnete den Mund. Einen Augenblick sah es so aus, als wollte er etwas sagen, doch dann stand er wortlos auf und ließ Sina allein am Tisch sitzen.

Der Streit, der weder ihr erster noch ihr letzter war, sowie Felix' Vorwurf, sie würde sich zurückentwickeln, blieben nicht ohne Folgen. Sobald sie eine Skulptur fertig hatte, begann der Zwist von Neuem. Pieter besah sich das Werk stirnrunzelnd und richtete anschließend einen besorgten Blick auf Sina. Felix zog die Brauen hoch und seufzte demonstrativ. Und richtig, auch diese Arbeit fand in den Augen der Sammler weniger Beachtung, als sie es gewohnt war.

Der Druck, den Felix und Pieter – offen der eine, unterschwellig der andere – auf sie ausübten, begann sie zu zermürben. Immer häufiger, wenn sie allein in ihrem Atelier stand, die halbfertige Skulptur vor sich, ein Beil oder die Säge in der Hand, spürte sie, dass sie die Verbindung zu dem Holz verloren hatte. Früher brauchte sie einen Ast, ein Scheit nur anzusehen, um zu wissen oder zumindest zu ahnen, was sich darin verbarg. Falls sie sich unsicher war, berührte sie das Holz, und es verriet ihr sein Geheimnis. Jetzt jedoch blieb der Klotz immer häufiger nichts als ein lebloser Klotz, selten einmal gelang es ihr zu erspüren, was in ihm steckte und herauswollte. Vorbei war die Zeit, in der ihr die Arbeit leicht von der Hand ging, vorbei die Stunden, die wie im Flug vergingen. Tagelang hockte sie da und starrte ins Leere, schlich um den Holzklotz herum, probierte es sogar wieder mit Metall und Marmor, doch das Material fühlte sich fremd und falsch an. Prompt schnitt sie sich den Finger an einer scharfen Kante auf und konnte eine Woche gar nicht arbeiten.

Es ließ sich nicht mehr leugnen, ihre Inspiration hatte sich in die letzte Ecke ihres Ichs verkrochen und weigerte sich, wieder herauszukommen, da half kein Locken und kein Schmeicheln. Hin und wieder gelang ihr ein ansehnliches Werk, das sich in der Vitrine ganz hübsch machte und das sie aufhob, um Felix und Pieter überhaupt ein Ergebnis präsentieren zu können, doch die meisten Stunden des Tages verbrachte sie damit, aus dem Fenster zu starren und gegen ein immer stärker werdendes Gefühl der Lähmung anzukämpfen.

„Was ist mit dir los?", sprach Pieter sie eines Tages direkt darauf an, nachdem er die fertigen Skulpturen in ihrem Atelier kaum eines Blickes gewürdigt hatte. Er schaute sich um, und sie spürte, dass er dasselbe dachte wie sie: Was war nur aus der erfolgreichen, talentierten Künstlerin geworden? Erneut sah er sie an, sein Blick war ernst. Pieter Janssen war vier Jahre jünger als Felix, die grüngrauen Augen blickten unter stets leicht herabhängenden Lidern hervor. Früher hatte er immer älter gewirkt als sein Partner, doch in den letzten Jahren hatte sich das geändert. Mit seinen Falten und dem verbitterten Gesichtsausdruck, den Felix seit einiger Zeit zeigte, sah man ihm an, dass er der Ältere war.

„Das fragst du noch? Wie soll ich denn arbeiten können,

wenn ihr beide mich ständig unter Druck setzt? Wenn ihr mir unentwegt das Gefühl vermittelt, nicht mehr gut genug zu sein?" Automatisch griff sie nach dem Taschenmesser, das sie wie einen Talisman stets bei sich trug, und begann, damit herumzuspielen. Erst gestern hatte Felix wieder einmal von ihr verlangt, „etwas Vernünftiges" zu machen, seitdem weigerte sie sich, ihn zu sehen. Vermutlich hatte er Pieter angerufen, damit der „die Diva", wie er sie immer häufiger nannte, zur Vernunft brachte.

Pieter musterte sie ernst. „Wie lange soll sich diese Experimentierphase denn noch hinziehen?"

Misstrauisch sah sie Pieter an. „Wie meinst du das?"

Er seufzte. „Sina, merkst du denn nicht, dass du dich komplett in eine Sackgasse manövrierst? Du warst erfolgreich, du hast atemberaubende Kunstwerke erschaffen, mit denen du dir einen Namen gemacht hast. Dann wolltest du etwas Neues ausprobieren. Okay, dagegen ist nichts einzuwenden. Du hast dich ausprobiert, hast herumexperimentiert." Demonstrativ sah er sich im Atelier um. „Und was ist dabei herausgekommen? Sag mir ganz ehrlich: Bist du zufrieden mit dem, was hier herumsteht?"

„Nein, natürlich nicht, ich bin ja nicht blöd." Sie war wütend, weil Pieter eine so schlechte Meinung von ihr zu haben schien. „Ich weiß nicht, was ich will. Aber ich kann im Moment einfach nicht arbeiten." Sie wandte den Blick ab und schaute aus dem Fenster, hinaus in den Garten. „Diese ständigen Streitereien machen mich krank. Früher war Felix ganz anders, viel entspannter. Heute steht er permanent unter Spannung, ständig sitzt er mir im Nacken. Er lässt mir keine Luft mehr zum Atmen." Sie musste schlucken, um nicht zu weinen. Sie dachte an all die Momente in den letzten Wochen, in denen er das Gartenhäuschen betreten und sie sich innerlich versteift hatte, in denen schlagartig etwas in ihr versiegt war, als ob eine Verbindung gekappt worden war wie beim Telefon. Kein Anschluss unter dieser Nummer.

„Er macht sich Sorgen um dich."

Sie schloss die Augen. Die beiden Männer kannten sich seit ihrer Schulzeit. Wenn jemand wusste, wie es in Felix aussah, dann Pieter. Trotzdem war sich Sina sicher, dass Pieter in diesem Punkt irrte. So sehr sie sich auch wünschte, es wäre so: dass Felix an ihr gelegen war, dass sie ihm wichtig war, als Mensch, als Geliebte, als die Frau an seiner Seite. Doch so war es nicht. Er sorgte sich vor allem um ihren Ruf als Künstlerin. Und damit um seinen Ruf als erfolgreicher Kunsthändler.

Sofie, die sie noch am selben Abend besuchte, sah sie nachdenklich an, als Sina – nicht zum ersten Mal – über Felix' Veränderung klagte.

„Hat er vielleicht irgendwelche Probleme? Hat er dir etwas erzählt?"

Sina schüttelte den Kopf. „Aber er hat sich definitiv verändert. Letzte Woche habe ich ihn in der Galerie erlebt, in einem Kundengespräch ist er regelrecht ausfallend geworden. Das wäre ihm früher nie passiert." Sie lächelte schräg. „Das ist sogar Pieter aufgefallen, und das will schon was heißen."

„Aber warum? Es läuft doch alles gut oder nicht? Oder gibt es irgendwelche Probleme in der Galerie?"

Sina zuckte die Achseln. „Keine Ahnung, er hat nie etwas in die Richtung erwähnt. Ich kann mir das einfach nicht erklären." Sie ließ den Kopf sinken. Sie fühlte sich ausgebrannt und hatte das Gefühl, in einem Holzblock nie wieder etwas anderes sehen zu können als Feuerholz. „Ich kann nicht mehr arbeiten", sagte sie leise.

Sofie rückte auf dem Sofa ganz dicht an sie heran und nahm sie in den Arm. „Vielleicht solltest du eine Weile ausziehen. Dir ein anderes Atelier suchen. Abstand gewinnen."

„Felix wird ausflippen."

„Dann trenn dich von ihm."

Erschrocken hob sie den Kopf. „Wie bitte? Ich soll mich von Felix trennen?"

Sofie hob beschwichtigend die Hand. „Du hast Talent. Willst du, dass Felix alles zerstört, wofür du so hart gearbeitet hast? Du hast selbst gesagt, dass er dir die Luft zum Atmen nimmt. Das darfst du nicht zulassen!"

Ihre Gedanken überschlugen sich. Lief es also darauf hinaus, dass sie sich entscheiden musste – Felix oder ihre Kunst? Nein, das konnte nicht sein, das durfte nicht sein. Es ging ja nicht nur um ihre Ehe, Felix war ja nicht nur ihr Mann, sondern auch derjenige, der ihre Arbeiten der Welt präsentierte, der sie in Ausstellungen vermittelte und ihre Werke verkaufte. Und dann war da ihr Gartenhäuschen, die Ruhe, die sie dort umfing, der Garten. Könnte sie all das aufgeben? War sie bereit, diesen Preis zu zahlen?

Sie schüttelte den Kopf. „Ich kann nicht."

Sofie fasste sie an den Schultern und sah ihr in die Augen. „Liebst du ihn noch?"

Diese Frage hatte sie sich schon lange nicht mehr gestellt. Liebte sie ihn? Sie dachte an seine vor Zorn zusammengezogenen Brauen, seine tiefe, fast drohende Stimme. Nein. Sie dachte an sein Lachen, wenn sie auf den Verkauf einer ihrer Arbeiten anstießen. An seine atemlosen Küsse, wenn er ungestüm mit ihr über den Strand rannte. Ja. Ja, nein, sie liebte ihn, sie liebte ihn nicht.

Sofie hatte sie beobachtet, jetzt holte sie tief Luft. „Du musst dich entscheiden. So kann es jedenfalls nicht weitergehen."

Zu diesem Zeitpunkt war die gemeinsame Norwegenreise bereits geplant und gebucht. Immer wieder erwog sie, den Urlaub abzublasen, und immer wieder überlegte sie es sich anders. Seit Sofie ihr den Gedanken an eine Trennung in den Kopf gesetzt hatte, konnte sie Felix nicht mehr anschauen, ohne sich zu fragen, wie ihr Leben ohne ihn aussehen würde. Sie hätte mehr Freiraum, gewiss, aber sie wäre auch auf sich gestellt. Wie sollte das *Kunstkontor van Megen* sie noch weiter vertreten, wenn sie sich von einem der Inhaber trennte? Natürlich gab es andere Galerien, die sie mit Kusshand nehmen würden, da war sie sich sicher. Aber um welchen Preis? Nur wenige Galerien in Deutschland konnten mit Pieter und Felix konkurrieren. Und wenn die beiden ihre Arbeiten schon nicht mehr so gut verkaufen konnten …

Sie dachte an Sofie, an die Fabriketage, an den müden Blick der Freundin, wenn sie von ihren Malkursen an der Volkshochschule erzählte. An die kalten Winterabende mit heißem Tee und Wärmflasche, an den Kampf um jeden Platz in einer Ausstellung. War das das Leben, das ihr bevorstand? Lebwohl, Atelier im Gartenhaus, willkommen, Fabriketage im Industrieviertel? Sie erschauderte, nein, nein, das kam gar nicht infrage.

Sie würde den Urlaub nutzen, um sich mit Felix auszusprechen. Sie würde ihm klarmachen, dass es nicht allein darum ging, welchen Marktwert ihre Arbeiten hatten. Dass Kunst kein beliebiges Produkt war, dass ihr Herzblut in jeder einzelnen Skulptur steckte, dass sie mit jedem Werk auch ein Teil von sich fortgab, dass sie niemanden belügen wollte, ihn nicht, sich selbst nicht und noch nicht einmal irgendwelche Sammler, die sich unbedingt die Arbeiten einer zufällig angesagten Künstlerin ins Wohnzimmer stellen mussten.

In diesem Urlaub, nahm sie sich vor, würden sie sich wieder versöhnen. Sie würden zur Ruhe kommen, Zeit füreinander haben und über alles reden.

Und danach würde sie wieder arbeiten können, in ihrem Atelier im Garten.

12

Er hatte sich gerade Kaffee eingeschenkt, der bitter schmeckte, weil er zu lange auf dem Herd gestanden hatte, als die Tür zur kleinen Kammer aufging und die Frau heraustrat. Bereit zum Aufbruch, fertig in Wanderstiefeln und Jacke.

Sie musterte ihn, berechnend, wie ihm schien, als versuche sie abzuschätzen, ob eine Gefahr von ihm ausging. Das Hanfseil hatte er zum Glück bereits in seine Kammer gebracht, trotzdem hatte er das Gefühl, sie ahne etwas. Sie wirkte misstrauisch, als sei sie auf der Hut. Rechnete sie mit einem Angriff von ihm? Er musste sie in Sicherheit wiegen, sie glauben machen, vollkommen ungefährlich zu sein.

„Lass uns aufbrechen, damit wir die Alm heute noch erreichen", sagte sie. „Das Wetter ist jetzt ja kein Problem mehr." Sie klang ungeduldig und fordernd.

„Das geht nicht", sagte er ohne nachzudenken.

„Warum nicht?"

Ganz ruhig. Sie durfte keinen Verdacht schöpfen. „Der verletzte Bär treibt sich dort draußen herum. Er ist noch gefährlicher und unberechenbarer als ohnehin schon."

Demonstrativ blickte sie zum Gewehr, das er auf den Tisch gelegt hatte. „Du hast doch ein Gewehr."

„Aber es nützt mir nichts mehr." Er hob die verletzte Schulter und verzog das Gesicht stärker als nötig. „Nicht mit dem kaputten Arm."

Nachdenklich kaute sie auf der Unterlippe herum. „Ich kann schießen", sagte sie.

„Du?", platzte er heraus. Aber vielleicht war das auch gar nicht so überraschend. Einer Frau, die mit dem Beil umzugehen verstand und zupacken konnte wie ein Mann, war auch zuzutrauen, dass sie schießen konnte.

Sie nickte. „Mein Großvater hat es mir beigebracht."

Er schwankte zwischen Bewunderung und Resignation. Allmählich gingen ihm die Ausreden aus.

„Mein Arm tut höllisch weh", sagte er und verzog erneut das Gesicht. „Ich brauche Ruhe." Er kam sich albern vor bei diesen Worten, wie ein Schwächling, der beim kleinsten Kratzer zusammenklappte.

„Ich wechsle dir den Verband", sagte sie nach kurzem Zögern. Sie setzte ihren Rucksack ab, kramte darin herum und förderte ein kleines Erste-Hilfe-Set zutage.

Am liebsten hätte er laut geflucht. Stattdessen setzte er sich gehorsam auf die Bank und zog das Hemd aus.

Der Verband saß immer noch fest, nur der rotbraune Fleck verriet, dass die Wunde nachgeblutet hatte.

Wortlos beugte sich die Frau über die Schulter und zupfte die Mullbinden ab. Er sog einmal scharf die Luft ein, sagte jedoch keinen Ton. Die Wunde sah ganz gut aus, nur die Wundränder waren leicht gerötet. Die ersten Anzeichen einer Entzündung? Sina tupfte die Schulter großzügig mit Jod ab, dann bedeckte sie sie mit frischem Mull und klebte alles sorgfältig fest. Sie trat einen Schritt zurück und begutachtete ihr Werk kritisch.

Morten schielte auf den Verband und bewegte probeweise die Schulter. Der Schmerz war erträglich, trotzdem stöhnte er leise auf. Besser, er wiegte sie in dem Glauben, er sei schwer verletzt.

„Danke", sagte er und lächelte sie an. „Das hast du sehr gut gemacht. Bist du Krankenschwester?"

„Nein. Ich bin Künstlerin."

Darauf wusste er nichts zu erwidern. Künstlerin? Was war das denn für ein Beruf? Waren Künstler nicht Leute, die den ganzen Tag vertrödelten und nichts Gescheites zustande brachten? Mit schmerzverzerrtem Gesicht zog er sein Hemd an.

„Können wir denn jetzt aufbrechen?" Sie hatte ihre Erste-Hilfe-Tasche wieder im Rucksack verstaut und sah ihn ungeduldig an. „Ich muss die Polizei informieren, dass mein Mann hier draußen verunglückt ist. Ich muss nach Hause, ich kann hier nicht ewig herumtrödeln."

„Also gut", sagte er und stand langsam auf. Verdammt, verdammt. In seiner Kammer suchte er seine Habseligkeiten zusammen und verstaute das Seil im Rucksack. Er sah keine Möglichkeit, sie hier und jetzt zu überwältigen. Seit er sie im Umgang mit dem Beil und dem schweren Holzstumpf gesehen hatte, bezweifelte er, dass er sie so ohne Weiteres würde besiegen können, nicht mit seiner verletzten Schulter. Natürlich könnte er sie bewusstlos schlagen, ehe er sie fesselte, doch das kam ihm falsch vor, geradezu absurd. Sie musste bei vollem Bewusstsein sein, wenn er sie fesselte, und von Anfang an wissen, dass sie keine Chance gegen ihn hatte. Er wollte seine Macht über sie spüren und dabei die Angst in ihrem Blick sehen, statt sich mit einem leblosen Klumpen Fleisch abzumühen.

Er musste sich also eine andere Stelle für den Angriff suchen, irgendwo auf dem Weg zur Alm. Bäume und versteckte Lichtungen gab es genügend, doch noch besser war die Höhle, die sich nur wenige Hundert Meter abseits des Weges im Fels verbarg. Als Jugendlicher hatte er sie eines Tages entdeckt, der niedrige Eingang war hinter dem dichten Wachholder kaum zu erkennen gewesen, und auf dem Weg dorthin hatte er sich jede Menge Kratzer geholt. Hinter einem engen Gang weitete sich die Höhle zu einer geräumigen Kammer, in der es im Sommer kühl und im Winter geschützt war. Er hatte niemals jemandem von dieser Höhle erzählt, auch seinem Vater nicht, und manchmal zog er sich immer noch dorthin zurück. Schon früh hatte er eine Petroleumlampe, ein paar Essensrationen und eine Decke dorthin geschafft, und spätestens seit er einmal von einem Gewitter überrascht worden war und dort Schutz gefunden hatte, sorgte er dafür, dass immer genügend Vorräte für ein, zwei Tage in ihr lagerten. Jetzt war es der einzige Ort, der ihm einfiel, an dem er seinen Traum doch noch verwirklichen konnte. Dort würde sie garantiert niemand finden.

Entschlossen ging er zurück in die Wohnküche. „Lass uns aufbrechen", sagte er. Befriedigt nahm er ihre Erleichterung zur Kenntnis.

Vielleicht ahnte sie ja doch nichts.

Das Wetter war noch weiter aufgeklart, es versprach, ein schöner Tag zu werden. Schweigend folgte ihm die Frau auf dem Pfad, der von der Jagdhütte zunächst zum See führte. Morten ließ sich Zeit, obwohl er ihre Unruhe spürte, und schlenderte geradezu über den bewaldeten Hang. Er wollte herausfinden, wie eilig sie es wirklich hatte.

Am See streifte er den Rucksack ab, lehnte das Gewehr an einen Baumstamm und spritzte sich etwas Wasser ins Gesicht. Aus dem Augenwinkel beobachtete er, wie die Frau ungeduldig mit dem Fuß tippte. Nicht einmal den Rucksack setzte sie ab. Gut so. Er richtete sich auf und blickte hinaus auf den See. Ein Fischreiher erhob sich vielleicht dreißig Meter vor ihm aus dem Wasser.

„Sieh mal, dort!" Er zeigte auf den Vogel und wandte sich zu der Frau um. Sie schaute zwar in die entsprechende Richtung, zeigte aber kaum eine Reaktion. Verstohlen musterte er sie, während er vorsichtig den Rucksack wieder aufsetzte. Seine Schulter protestierte, und er bereute bereits, ihn so vollgepackt zu haben. Für das, was er vorhatte, brauchte er nicht viel. Das Seil. Ein Messer. Eine Lampe. Vielleicht noch etwas zu essen.

„Gehen wir", sagte er zu der Frau, die sich aufmerksam

umgeschaut und bereits den Wildpfad entdeckte hatte, der vom See fortführte und den er jetzt einschlug.

Schweigend liefen sie weiter. Er wollte sein übliches rasches Tempo einschlagen, doch der Schmerz in der Schulter ließ sich nicht so einfach ignorieren. Sein Gewehr musste er in der linken Hand tragen, was ihm gar nicht behagte. Überhaupt würde ihm die Waffe bei seiner Verletzung im Zweifelsfall nicht viel nutzen, das war nicht einmal eine Ausrede gewesen. Ein Schuss, höchstens, dann würde der Rückstoß seiner Schulter den Rest gegeben haben. Er konnte nur hoffen, dass sie dem Bären nicht noch einmal begegneten. Auf gar keinen Fall würde er der Frau das Gewehr überlassen. Eher würde er sterben.

Die Sonne hatte ihren höchsten Stand erreicht und verbreitete nach dem schlechten Wetter der letzten Tage eine wohltuende Wärme. An einem Bach legten sie eine kurze Rast ein, um zu trinken. Die Frau zog die Jacke aus und verstaute sie in ihrem Rucksack. Unwillkürlich fiel Mortens Blick auf ihre Brüste, straff und fest, nicht zu groß, nicht zu klein. Sein Blick wanderte weiter zu ihren muskulösen, gebräunten Armen und den kräftigen Unterschenkeln. Eine Frau, die zupacken konnte, eine Frau, wie sie sein sollte, hier draußen in der Wildnis oder auf dem Hof und der Alm. Eine Frau, wie er sie gebraucht hätte.

Gunda war so eine Frau gewesen, aber die hatte ja den Haakon geheiratet, dessen Familie zu den ärmsten im Tal gehörte. Gewiss, Mortens eigener Hof, *Gammelgården*, war auch nicht besonders groß, nur ein einfaches Wohnhaus, das wenig hermachte, ein paar Ställe, eine Werkstatt und Schuppen. Aber er besaß Land; Wälder und Almen, auf denen im Sommer die Schafe liefen. Nachdem die Mutter fort war, hatte sein Vater die Arbeit nicht mehr allein geschafft, doch einstellen wollte er auch niemanden. Ihm war die Vorstellung zuwider, Fremde auf seinem Eigentum herumschnüffeln zu lassen, wie er es nannte, sodass Morten schon als kleiner Junge mit anpacken musste. Er kannte bald nichts anderes mehr als den Wald und das Moor, und als er älter wurde, war da auf einmal Gunda, die ein Frühjahr lang um ihn warb. Wären da nicht seine Träume gewesen vom Fesseln und von den angstvollen Blicken einer Frau – wer weiß, vielleicht würde Gunda jetzt zu Hause auf ihn warten und er würde nicht dieses verfluchte Seil mit sich herumschleppen.

Kurz nach Gundas Hochzeit war der Vater gestorben, ein Unfall bei der Waldarbeit. Der Baum war beim Fällen umgestürzt, ein Pilz hatte den Stamm von innen zerfressen. Morten war dabei gewesen, hatte Tore Johansens letzten Schrei gehört und anschließend einen halben Tag gebraucht, um den Stamm, der ihn unter sich begraben hatte, zu zerlegen.

Zur Beerdigung kam das halbe Dorf, was Morten überraschte, denn sein Vater hatte nie viel Kontakt zu den Nachbarn gepflegt. Ganz allein saß er in der vordersten Kirchenbank und spürte die Blicke der Trauergemeinde im Rücken. Neugierige, lauernde, aber auch mitfühlende und nachdenkliche Blicke. Mit starrem Gesicht ließ er die Predigt über sich ergehen, folgte dem Sarg zum kleinen Friedhof und nahm die Beileidsbekundungen der Dorfbewohner entgegen. Gunda blickte ihn an, einen Moment sah es so aus, als wolle sie etwas sagen, doch dann wandte sie sich rasch ab, und Haakon, ihr Mann, nickte ihm stumm und mit ernster Miene zu.

Wenige Tage nach der Beerdigung erhielt er Besuch vom Pfarrer, einem Mann mit grauen Schläfen und blauen Augen, der von der Kanzel predigte, seit Morten denken konnte. Der Pfarrer war der einzige Mensch, vor dem sein Vater Respekt gehabt hatte, trotzdem hatte Tore Johansen sich nach dem Verschwinden der Mutter niemals wieder in die Kirche blicken lassen.

Der Pfarrer trat ein, schüttelte den frisch gefallenen Schnee von der Jacke und setzte sich an den großen Holztisch in der Wohnküche, die dem Raum in der Jagdhütte ähnelte. Dunkle Holzbalken, ein Holzofen, der zugleich als Herd diente, an den

Wänden lange Bänke um einen großen Tisch, alles ebenfalls aus Holz. An der Wand stand ein Sofa, davor ein alter Fernseher. Schweigend schenkte Morten dem Besucher Kaffee ein, schweigend saßen die beiden Männer beieinander.

Der Pfarrer musterte den jungen Johansen prüfend, ehe er sagte: „Deinen Vater habe ich jahrelang nicht in der Kirche gesehen. Ich hoffe, du nimmst ihn dir nicht zum Vorbild."

Morten wusste nicht, was er sagen sollte. Er hatte nicht vor, von nun an regelmäßig in die Kirche zu gehen. Er hatte nur noch blasse Erinnerungen an die Kirchenbesuche an der Hand seiner Mutter, an die Stunden in dem kalten Raum, an das Stillsitzen-Müssen, an das laute Beten und die strengen Worte des Pfarrers. Das Rascheln der anderen Gemeindemitglieder war ihm noch im Ohr, das leise Hüsteln, der monotone, düstere Singsang, das Klingeln der Münzen in der Kollekte. Bei Regenwetter gesellte sich zur Kälte der Geruch von nasser Wolle, im Winter wurde die Kälte so grimmig, dass das Wasser im Taufbecken gefror. Er hatte die Sonntage gehasst, und das war das einzig Gute am Verschwinden der Mutter: dass er danach nie wieder in die Kirche gehen musste. Und jetzt saß dieser Mann hier vor ihm und verlangte von ihm, dieses ungeliebte Ritual wieder aufzunehmen.

Morten sah den Pfarrer an. „Doch."

Zu seinem Erstaunen nickte dieser nur mit ernster Miene. „Ich habe auch nichts anderes erwartet. Aber ich musste es versuchen." Jetzt lächelte er sogar, was seine blauen Augen hell aufblitzen ließ.

„Ich bin nicht gekommen, um dich in den Schoß der Kirche zurückzuholen – du bist alt genug und musst wissen, was du tust." Er nahm einen Schluck Kaffee und bedachte Morten erneut mit einem prüfenden Blick.

„Dein Vater und du … man hat euch nur selten im Dorf gesehen."

Morten sagte nichts. Worauf wollte der alte Mann hinaus?

„Ich frage mich, ob du weißt, was du jetzt zu tun hast."

Irritiert sah Morten den Pfarrer an. Was meinte er damit: Was er zu tun habe? Sein Vater hatte ihm alles beigebracht, was er wissen musste. Wie man einen Baum fällt. Wie man einen Elch oder ein Rentier erlegt und ausweidet. Wie man ein undichtes Grasdach repariert. Wie man der Fährte eines Fuchses folgt. Wie man einem Schaf bei der Geburt hilft.

„Ich komme zurecht."

„Daran zweifle ich nicht. Ich nehme an, dein Vater hat dir alles beigebracht, was man über das Leben in der Wildnis braucht. Aber das Leben findet nicht nur dort draußen im Wald statt, Morten. Wie sieht es mit den anderen Dingen aus? Steuern, Abgaben, Rechnungen, die Verwaltung der Ländereien, die jetzt dir gehören? Hat dein Vater mit dir über diese Dinge gesprochen?"

Steuern sind Diebstahl. An diese Worte seines Vaters erinnerte er sich noch gut. Und nein, gesprochen hatten sie nie über solche Dinge, wie es niemals Tores Art gewesen war, viele Worte zu machen. Einmal hatte er seinem Sohn eine alte Kiste gezeigt, die er in seinem Schlafzimmer aufbewahrte. Er hatte sogar den Deckel gehoben, und Morten hatte gesehen, dass sie bis oben voll mit Papieren war.

„Wenn ich mal nicht mehr da bin", hatte Tore gesagt, „findest du hier drin alles Wichtige."

Dem Pfarrer erzählte Morten nichts von der Kiste.

„Solche Dinge sind wichtig, Morten", sagte der Pfarrer, als Morten schwieg. „Du musst dich darum kümmern."

Als Morten immer noch nicht antwortete, seufzte der alte Pfarrer. „Du musst jetzt nicht mit mir darüber reden. Aber wenn du Hilfe brauchst … ich hoffe, du weißt noch, wo du die Kirche findest." Er lächelte freundlich. „Das Pfarrhaus steht direkt daneben."

Sobald der Pfarrer gegangen war, öffnete Morten die Tür zum väterlichen Schlafzimmer. Seit Tores Tod hatte er den Raum ein einziges Mal betreten, um im Kleiderschrank des Vaters nach einem schwarzen Anzug zu suchen, er selbst besaß keinen. Auch davor hatte er das Zimmer neben der Küche nur einmal betreten – als sein Vater ihm die Kiste gezeigt hatte. Und früher? Vielleicht als Kind, in einer Zeit, in die seine Erinnerung nicht zurückreichte.

Die Vorhänge waren vorgezogen, die Bettdecke lag ordentlich auf der Matratze, der Schlafanzug am Fußende. Die Luft war kühl, trotzdem roch es nach verbrauchtem Leben. Morten blieb einen Moment in der Tür stehen und sah sich um. Betrachtete die Frisierkommode aus dunklem Eichenholz. Den Kleiderschrank. Das halbe Ehebett. Früher einmal war es das elterliche Schlafzimmer gewesen, doch als seine Mutter eines Morgens nicht mehr da war, hatte der Vater das Bett auseinandergenommen, die Hälfte der Mutter zerhackt und im Ofen verfeuert. Morten hatte als kleiner Junge daneben gesessen und zugeschaut, wie der Vater die Bretter eins nach dem anderen mit der Axt zerkleinert und gespalten und anschließend noch die Matratze auf dem Hof verbrannt hatte.

„Und wenn sie zurückkommt, wo soll sie dann schlafen?", hatte er leise gefragt, als der Vater schweigend ein Stück Eichenholz nach dem anderen in den Ofen geschoben hatte.

„Die kommt nicht mehr zurück", hatte Tore erwidert und das nächste Stück Holz ins Feuer geworfen.

Das halbe Ehebett stand mitten im Raum, links und rechts ein hoher Nachtschrank, von denen einer einst Mortens Mutter gehört haben musste. An der Wand gegenüber dem Fenster ein kleiner Tisch, davor ein Schemel. Auf der Tischplatte lagen, fein säuberlich aufgereiht, ein paar Stifte und ein kleiner Notizblock. Das war alles, was sein Vater sich als Büro zugestanden hatte.

Beinahe andächtig näherte Morten sich dem Bett und ging in die Knie. Langsam senkte er den Kopf und spähte unter das Bett. Die Kiste sah genauso aus, wie er sie in Erinnerung hatte: grob aus Fichtenholz gezimmert, klobig und schwer, die Griffe aus schwerem Gusseisen. Zögernd streckte er die Hand aus und zog die Kiste vorsichtig hervor. Sie schleifte leise über die Holzdielen, also hob er sie an, um den Fußboden nicht zu beschädigen.

Die Kiste war nicht verschlossen. Langsam klappte er den Deckel auf. Papiere über Papiere, sorgfältig in von dünnen Bindfäden gehaltenen Bündeln zusammengefasst. *Holzverkäufe* las er auf einem Bündel, *Kontoauszüge* auf einem anderen, *Steuern* auf einem dritten. Es war lange her, seit Morten zum letzten Mal etwas gelesen hatte, nicht einmal eine Zeitung gab es auf *Gammelgården*. Er hatte Mühe, die handschriftlichen Zettel des Vaters zu entziffern, auf denen Tore fein säuberlich seine Einnahmen und Ausgaben, seine Angaben zur Steuer und die Beiträge zur Genossenschaft aufgeführt hatte. Er legte die Bündel beiseite und holte weitere Papiere aus der Kiste. Seine Geburtsurkunde. Morten Tore Johansen, geboren am 24. 5. 1952 auf *Gammelgården*. Alte Zeugnisse, sein Abschlusszeugnis aus der Schule, Pachtverträge, Kaufverträge über Ländereien und Wälder, deren Daten bis ins neunzehnte Jahrhundert zurückreichten, die Heiratsurkunde seiner Eltern. Tore Willem Johansen, 13. 7. 1925 auf *Gammelgården*, und Anna Lisa Johansen, geb. Eriksen, 22. 6. 1934 in Oslo.

Verständnislos starrte Morten auf die Urkunde. Seine Mutter stammte aus Oslo? Das hatte er nicht gewusst. Er hatte stets angenommen, sie sei in irgendeinem der Dörfer hier in der Umgebung aufgewachsen. Neugierig geworden, suchte er weiter, nach Briefen, nach Urkunden, nach irgendetwas, das ihm mehr über seine Mutter verraten würde, doch er fand nichts. Achselzuckend legte er die Heiratsurkunde beiseite. Seine Mutter war fort, daran konnte er jetzt auch nichts mehr ändern.

Schließlich konzentrierte er sich auf die Papiere jüngeren Datums, die Steuerbescheide, die Rechnungen über Holzverkäufe, die Kontoauszüge. Die Zahlen darauf verwirrten ihn, denn sie waren groß. Natürlich kannte er den Wert des Geldes, er fuhr schließlich einmal in der Woche ins Dorf, um einzukaufen, doch so große Summen waren ihm noch nie begegnet.

Er versuchte, eine Beziehung herzustellen zwischen dem, was sein Vater ihm einmal in der Woche zum Einkaufen mitgegeben hatte, und dem, was er allein im letzten Jahr für den Holzverkauf bekommen hatte. Er rechnete, er rechnete lange, denn er war nicht geübt darin, doch am Ende kam er zu dem Schluss, dass er jeden Tag, ach was, jede Stunde einkaufen fahren könnte, und das Geld wäre immer noch nicht aufgebraucht.

Langsam lehnte er sich gegen das Bett und schloss die Augen. Hieß das, dass sein Vater ein reicher Mann gewesen war? Denn da waren ja nicht nur die Holzverkäufe, da waren auch die Ländereien, Wälder vor allem, die sein Vater und vor ihm der Großvater im Tal zusammengekauft hatten. Tore hatte nie viele Worte darüber verloren, trotzdem hatte Morten schon immer gewusst, dass praktisch das halbe Tal ihnen gehörte. Doch das hatte keinerlei Bedeutung für ihn gehabt, denn sein Vater hatte ihn gleichzeitig gelehrt, dass der Wald und das Land niemals den Menschen allein gehörten, sondern immer auch den Tieren, die in ihm und von ihm lebten, den Elchen und Rentieren, den Füchsen und Hasen, den Fischen und Vögeln und Bibern. Genauso gut hätte der Vater sagen können: Uns gehört die Luft, die wir atmen. Oder: Uns gehört das Wasser, das wir trinken.

Morten dachte lange darüber nach, was es zu bedeuten hatte, dass all dieser Reichtum jetzt an ihn, den Sohn, gefallen war. Änderte sich dadurch etwas? Würde er den Wald von nun an mit anderen Augen betrachten, jetzt, wo er wusste, wie viel er wert war? Doch was bedeutete es schon, den Wert seines Besitzes in Geld, in Zahlen ausdrücken zu können? Der Wald war mehr als das Geld, das es gekostet hatte, ihn zu kaufen, oder die Gewinne durch den Verkauf des Holzes. Der Wald, das war die Stille, das waren die Vögel am Morgen und die Elchkuh, die in der Dämmerung mit ihren Kälbern zum See ging. Der Wald, das waren die Beeren im Spätsommer und das frische Birkengrün im Frühjahr. Der Wald, das war die

Abwesenheit von Menschen, das war die Ruhe, die sich über seinen Geist legte, das war das klare Wasser in den Bächen und das Schwirren der Mücken im Sommer.

Im Winter nach dem Tod des Vaters verkroch Morten sich und mied andere Menschen so gut es ging. Häufiger als sonst war er auf Skiern unterwegs, folgte den Fährten der Elche und Rentiere, starrte auf den gefrorenen See. Sein Vater war tot, seine Mutter fort. Das Einzige, das ihm geblieben war, war der Wald.

13

Es war überraschend warm geworden, die Sonne schien, und vom See wehte ein lauer Wind herüber. Die Luft schmeckte nach Sommer. Doch Sina konnte weder das schöne Wetter noch die Landschaft genießen, den lichten Wald, die im Unterholz ruhenden Felsen, die Schmetterlinge, die auf den Lichtungen über den Wildblumen flatterten. Immer wieder sah sie Felix' Gesicht vor sich, die weit aufgerissenen Augen, den toten Blick. Und immer wieder dachte sie an den Moment, als ihre Hand seinen Rücken berührt hatte, an den leichten Druck, den sie ausgeübt hatte, an seinen Schrei und die Stille, die darauf folgte

Der Wildpfad, dem sie folgten, führte nur ein kurzes Stück am See entlang, dann bog er scharf ab, fort vom Wasser und direkt auf den *Lille Skardet* zu, den Taleinschnitt zwischen den beiden Gipfeln des *Gråhøgda*. Bald hatten sie die Baumgrenze erreicht, die Landschaft wurde karger und unwirtlicher. Verwitterte Felsen ragten wie Inseln aus einem Meer aus Flechten und Moosen, hier und da kämpfte eine knorrige Fjellbirke ums Überleben. Der Starkregen der letzten Nacht hatte den Weg ausgespült und an manchen Stellen nur die nackten Felsen übrig gelassen.

Allmählich geriet Sina ins Schwitzen. Sie konzentrierte sich auf den Mann vor sich. Offensichtlich versuchte er, seine verletzte Schulter zu entlasten, indem er leicht zur Seite geneigt lief. Er musste Schmerzen haben, doch er gab sich Mühe, sich nichts anmerken zu lassen. Vermutlich, dachte sie, war es unter seiner Würde, einer Frau gegenüber Schwäche zu zeigen.

Was für ein seltsamer Kauz! Ihr fiel wieder der Moment ein, als sie den Baumstamm beiseitegewuchtet und sich aufgerichtet hatte. Wie er mit dem Seil in der Hand vor ihr gestanden hatte, die Arme leicht erhoben! In der ersten Sekunde hatte sie gedacht, er wollte ihr das Seil um den Hals schlingen, doch dann hatte sich dieser Raubvogel im Sturzflug auf die Maus gestürzt, und Morten hatte dagestanden wie ein begossener Pudel, wie ein Schuljunge, den man gerade getadelt hatte. Den Baum hatte er damit wegschaffen wollen … So ein Blödsinn, das hatte sie auch so hinbekommen, und er hätte es auch geschafft, zumindest wenn er nicht verletzt gewesen wäre. Nachdenklich musterte sie den Mann vor sich. Sie wusste nichts über ihn. Konnte es sein, dass seine ganze Freundlichkeit und Hilfsbereitschaft nur vorgetäuscht waren? Was, wenn er nur den richtigen Moment abpasste, um über sie herzufallen?

Unsinn. Wenn er ihr etwas antun wollte, hätte er in der Hütte mehr als genug Gelegenheit dazu gehabt. Warum hätte er damit warten sollen, bis sie hier durch diese Mondlandschaft irrten? Er war etwas merkwürdig, das schon, aber er würde sie sicher zu dieser Alm bringen. Mit seiner Hilfe würde sie in wenigen Tagen wieder zu Hause sein. Es konnte gar nicht anders sein.

Kein Wort war seit der letzten Pause zwischen ihnen gefallen, schweigend kämpften sie sich voran. Endlich blieb Morten stehen und schirmte die Augen mit der Hand ab. Über ihnen ragte eine steile Felswand empor, mindestens fünfzig Meter grauer Granit, abweisend und unbezwingbar. Der Pfad bog scharf nach rechts ab, nicht weit von ihrem Standort entfernt verlor er sich unterhalb des *Lille Skardet* in einem Geröllfeld. Die kleineren Felsbrocken und Steine sahen aus wie frisch aufgeschüttet.

Sie drehte sich zu Morten um, den Mund bereits geöffnet, um ihrer Verärgerung freien Lauf zu lassen, doch etwas an seinem Blick ließ sie innehalten. Stirnrunzelnd starrte er auf das Geröllfeld. Vorsichtig lehnte er das Gewehr an einen Felsen, ließ den Rucksack von der Schulter gleiten, holte eine Wasserflasche hervor, schraubte sie auf und nahm einen Schluck.

Sina warf einen erneuten Blick auf die schroffe Felswand und die Steinwüste vor ihnen.

„Bist du sicher, dass hier der Weg ist?"

„Vor zwei Tagen war hier noch ein Weg", erwiderte er. „Der Regen muss den Erdrutsch ausgelöst haben." Mit einem Kopfnicken deutete er auf das Geröll.

„Aber dahinter geht der Weg weiter?"

„Ja." Er zeigte nach oben.

Skeptisch legte Sina den Kopf in den Nacken. Weiter oben, jenseits des Geröllfeldes, entdeckte sie die Andeutung eines Pfades, schmal und steil, wie gemacht für Ziegen und Schafe.

„Und da geht's zur Alm?"

„Ja."

„Also dann." Sie schickte sich an loszugehen und holte Luft, um Kraft zu schöpfen für den anstrengenden Aufstieg.

Morten packte sie am Arm. „Nein. Wir können nicht über das Geröllfeld. Zu gefährlich."

Zweifelnd blickte Sina über die so friedlich im Sonnenlicht daliegenden Felsbrocken. Die meisten von ihnen waren grau, doch hier und da schimmerte weißes Gestein auf, wie Schaumkronen auf dem Meer. Vereinzelt lugten sogar Wildblumen aus dem Geröll hervor, zäh und widerspenstig reckten sie sich der Sonne entgegen. Was sollte daran gefährlich sein?

Sie schüttelte Mortens Hand ab und lief den Pfad entlang, bis sie das Geröllfeld erreichte. Dann tat sie ein paar Schritte in das Geröllfeld hinein. Die lockeren Steine boten ihren Wanderstiefeln wenig Halt, sie würde verdammt vorsichtig sein müssen, aber so schlimm konnte es doch nicht sein.

Sie hörte ein leises Poltern. Gerade noch rechtzeitig schaute sie nach oben und sah ein paar Steine den steilen Abhang herunterrutschen. Mit großen Sprüngen lief sie zurück zu

Morten. Beim letzten Schritt rutschte sie aus und stürzte, ein scharfer Schmerz durchzuckte ihr Knie. Hinter ihr rollten immer noch Steine den Abhang hinunter. In der Stille klang das Geräusch bedrohlich, wie eine Warnung des Berges, ihn nicht zu unterschätzen.

Morten hatte die ganze Zeit nichts gesagt, hatte nicht versucht, sie aufzuhalten. Jetzt sah er sie nur an, den Mund zu einem spöttischen Grinsen verzogen.

„Ich kenne den Berg, er kann tückisch sein", sagte er, und es schien fast, als freue er sich darüber.

Sie spürte Wut in sich aufsteigen, Wut und Verzweiflung. Warum hatte sie auf diesen Mann gehört? Warum war sie gestern nicht dem Pfad über den *Storskardet* gefolgt? Dann stünde sie jetzt nicht hier in dieser Sackgasse. Frustriert setzte sie den Rucksack ab und ließ sich auf einen Felsen sinken. Sie rollte ihre Hose hoch, um ihr schmerzendes Knie zu untersuchen. Mehr als eine leichte Rötung und eine leichte Schürfwunde waren nicht zu erkennen, sie konnte das Knie auch noch gut bewegen. Glück gehabt. Sie rollte die Hose wieder herunter und war froh, dass Morten keinen hämischen Kommentar abgab.

„Und jetzt?", fragte sie. Sie sah sich bereits den ganzen Weg zurückgehen, vorbei an der Jagdhütte und über den *Storskardet*. Sie schätzte die Strecke auf mindestens dreißig Kilometer. Ausgeschlossen, dass sie die Alm auf diesem Weg heute noch erreichen würden.

Morten hatte eine kleine Dose aus seinem Rucksack hervorgeholt und kaute an einer Handvoll Trockenobst. Er ließ sich Zeit mit der Antwort, wartete, bis sein Mund leer war, und wischte sich über die Lippen. Dann deutete er mit einer Kopfbewegung in die andere Richtung, fort vom Geröllfeld.

„Dort entlang kommt man auch zur Alm. Es ist kein richtiger Weg, wir müssen auch etwas mehr klettern, aber es geht." Er warf einen prüfenden Blick auf ihren Rucksack. „Möglicherweise musst du etwas von deinem Gepäck zurücklassen, aber das könnte ich dir später nachschicken." Er lächelte sie an, gut gelaunt, wie ihr schien. Mitgefühl war offenbar ein Fremdwort für ihn. Sie spürte erneut Zorn in sich aufsteigen.

„Schaffen wir es dann heute noch zur Alm?", fragte sie.

„Ja."

„Worauf warten wir dann noch?" Entschlossen stand sie auf und ließ die Schultern kreisen, ehe sie wieder nach ihrem Rucksack griff.

Morten war die Ruhe selbst, was sie fast wahnsinnig machte. Mit bedächtigen Bewegungen verstaute er die Dose, schulterte den Rucksack und griff nach dem Gewehr. Ohne ein weiteres Wort schlug er den Pfad in die Richtung ein, aus der sie gekommen waren. Immer wieder blieb er stehen, ließ den Blick über den Boden und die Felswand schweifen, die sich rechts von ihnen erhob. Auch Sina hielt die Augen offen, doch sie sah nur eine weite, leere Ebene vor sich, baumlos und still. Unter ihnen lag der vom Wald eingefasste See, die Baumwipfel bewegten sich kaum im Wind. Morten orientierte sich immer noch, offensichtlich nutzte er diesen Weg nur selten. Ungeduldig wartete Sina, bis er endlich abbog, obwohl sie an der Stelle keinen Pfad erkennen konnte. Hoffentlich wusste der Mann, was er tat.

Auch ohne Weg kamen sie gut voran. Die Flechten und Moose bildeten ein weiches Polster, auf dem es sich angenehm lief. Unerschütterlich ragte der *Gråhøgda*, der Graue Berg, neben ihnen auf, als wollte er sie daran erinnern, wie klein und unbedeutend sie waren. In schattigen Einschnitten entdeckte Sina Schneereste vom letzten Winter, oder vielleicht auch von der letzten Eiszeit. An sonnigen Stellen dagegen, geschützt vor Wind und Kälte, gediehen Wacholder und Heidekraut, Zwergbirken und hin und wieder sogar ein paar Heidelbeeren. Morten führte sie dicht an der Felswand entlang, auch wenn der Boden hier stark abschüssig und das Gehen anstrengend war. Ihr Knie meldete sich mit einem leichten Stechen zurück.

In einem Felsbecken hatte sich ein kleiner, durch eine frische Quelle gespeister See gebildet. Sina war froh, als Morten eine erneute Pause einlegte. Die Schmerzen im Knie hatten weiter zugenommen, sodass sie fast humpeln musste.

Sie schöpfte frisches Wasser aus dem winzigen See und wusch sich das erhitzte Gesicht, danach trank sie von dem eiskalten, klaren Nass. Nachdem sie sich auf ein weiches Moospolster gesetzt hatte, rollte sie erneut das Hosenbein hoch. Das Knie war rot und geschwollen.

Aus ihrem Rucksack kramte sie einen dünnen Schal hervor, tauchte ihn in das kalte Wasser und wickelte ihn um das Knie. Sie spürte Mortens Blick auf sich und hob den Kopf.

„Tut es sehr weh?", fragte er, und sie schüttelte den Kopf, obwohl das Knie pochte und brannte.

„Und deine Schulter?", fragte sie und versuchte ein Lächeln. Zwei Halbinvaliden hier in der Wildnis. Ein schönes Paar gaben sie ab!

Automatisch wanderten ihre Gedanken zu Felix. Wie oft hatten sie diesen Spruch gehört: *Was für ein schönes Paar!* Felix und sie hatten in der Tat beide gut ausgesehen und gut zueinander gepasst. Felix war ein leidenschaftlicher Sportler und Abenteurer gewesen, Marathon, Segeln, Rudern … Er liebte es, sich an der frischen Luft zu bewegen. Der Vorschlag für die Kanutour war natürlich von ihm gekommen, in einem der seltenen Momente im letzten Jahr ohne Streit.

„Das wird uns guttun. Ruhe, Wasser, etwas Bewegung … und dazu so viel Holz, wie du dir nur wünschst!"

Damit hatte er sie zum Lachen gebracht, zum ersten Mal seit Langem. Die Stimmung zwischen ihnen war gut, nachdem es ihm gelungen war, eine ihrer älteren Arbeiten zu verkaufen, die eine Weile in der Hamburger Kunsthalle gezeigt worden war.

Wie Felix ausgerechnet auf Norwegen verfallen war, wusste sie nicht. Die Idee war eines Tages da gewesen, und sie hatte nicht weiter nachgefragt. Vielleicht, weil es so zu Felix passte:

dieses Unberechenbare, Überraschende, immer wieder Neue. Sie waren in den USA und in Ungarn gewesen, in Indonesien und Italien, in Feuerland und Frankreich. Warum also nicht Norwegen? Wie immer kümmerte Felix sich um alles, er organisierte die Flugtickets, den Mietwagen, das Kanu, die Unterkünfte. Ein neues Zelt musste her, dazu Schlafsäcke, Isomatten, Outdoorkleidung, Wanderstiefel, kurz, eine komplett neue Ausstattung. Vom Feinsten, natürlich, denn Felix van Megen gab sich niemals mit dem Zweitbesten zufrieden.

Doch auch die Reisevorbereitungen konnten die Spannungen zwischen ihnen nicht aufheben. Mehr als einmal warf Felix ihr vor, alles aufs Spiel zu setzen, was sie sich erarbeitet hatte, und Sina hatte das Gefühl, sich an seiner Seite nicht weiter entfalten zu können. Schlecht gelaunt gingen sie sich aus dem Weg und ignorierten einander. Oder fauchten sich gegenseitig an.

Eines Abends, wenige Wochen, nachdem Sofie ihr geraten hatte, sich von Felix zu trennen, betrat sie das Wohnzimmer und hatte sofort das Gefühl, irgendetwas würde nicht stimmen. Irritiert sah sie sich um. Die Möbel standen am selben Platz wie am Morgen. Die Wolldecke lag noch genauso unordentlich auf dem Sofa. Durch das Panoramafenster fiel helles Sonnenlicht in den fast saalartigen Raum. An den Wänden Werke von Künstlerkollegen, überall auf den Regalen und kleinen Stelen standen Skulpturen und Plastiken, von denen sie die meisten selbst erschaffen hatte.

Und dann wusste sie es. *Wind im Wald,* eine frühe Arbeit von ihr, war verschwunden. Es war nicht irgendeine Arbeit, sondern ihr Geschenk für Felix zum ersten gemeinsam gefeierten Geburtstag. Auf der schlichten Säule stand nun eine Glasvase mit frischen Blumen aus dem Garten.

Ihre Nackenhaare stellten sich auf, und sie spürte Felix' Anwesenheit, ehe sie ihn sah oder hörte. Er roch aufdringlich nach Aftershave, kam langsam näher und legte ihr sanft die Hände auf die Schultern.

„Ich wollte es dir schon früher sagen, aber es musste schnell gehen", sagte er leise und legte seine Wange an ihre, während sie immer noch die Säule anstarrte. „Hugo Leclerque war hier, hat die Plastik gesehen und sich sofort in sie verliebt."

Sie schüttelte seine Hände ab und drehte sich zu ihm um. „Es war ein Geschenk. Ein Geschenk für *dich!* Wie konntest du es wagen, sie zu verkaufen!" Und noch dazu an Hugo Leclerque, einen unsympathischen Frankokanadier, der wenig von Kunst verstand, aber stinkreich war.

„Liebes, Hugo ist ein wichtiger Kunde von uns, und du weißt doch, wie diese Leute sind: wie Kinder. Man darf ihnen nichts ausschlagen, sonst werden sie trotzig. Ich wollte ihn nicht als Kunden verlieren."

Ungläubig sah sie ihren Mann an. „Geht es dir wirklich immer nur ums Geld? Ist das alles, was für dich zählt?"

„Es geht mir nicht nur um das Geld, aber was sollte ich denn machen? Glaub mir, ich hätte die Plastik am liebsten behalten, aber dann hätte Hugo sich einen anderen Kunsthändler gesucht."

„Na und? Soll er doch. Es gibt genügend andere. Wir sind auf solche Leute nicht angewiesen. Verdammt noch mal, Felix, ich habe *Wind im Wald* für dich geschaffen, da stecken meine Gefühle für dich drin. Ich hatte geglaubt, es würde dir etwas bedeuten!"

„Das tut es auch. Aber manchmal muss man eben Opfer bringen."

Sie spürte, wie ihr der Boden unter den Füßen fortgerissen wurde. Sie wollte sich irgendwo festhalten, doch in dem großen Raum gab es nichts, die Wände, die Möbel, alles, was Sicherheit und Halt geben könnte, war zu weit entfernt. Felix hielt sie fest, als ihre Beine einknickten, doch er konnte nicht verhindern, dass sie zu Boden sank.

Als sie am nächsten Tag in ihrem Atelier stand und wie gelähmt den Holzklotz auf der Werkbank anstarrte, stieg eine

Angst in ihr auf, die sie nie zuvor empfunden hatte. *Wind im Wald* war eine ihrer besten Arbeiten, aber sie war nie für die Öffentlichkeit bestimmt gewesen. Was war nur in Felix gefahren? In diesem Moment wusste sie, dass etwas in ihr zerbrochen war, dass sich etwas verändert hatte und es nie wieder so sein würde wie früher.

Felix oder die Kunst.

Sie konnte nicht beides haben, doch sie weigerte sich anzuerkennen, dass sie wählen musste. Es musste für sie einfach eine Zukunft mit Felix geben, es konnte doch nicht alles vorbei sein, ihre Liebe, ihre Träume, ihr gemeinsames Leben.

Eine Zukunft ohne Felix hieße auch: Eine Zukunft ohne dieses Atelier. Ihr Gartenhäuschen, ihr Refugium, den Ort, an dem sie die Ruhe hatte, die sie zum Arbeiten brauchte.

Langsam drehte sie sich um die eigene Achse. Das Atelier war hell und freundlich, groß genug, um sie nicht einzuengen und ihrer Kreativität Raum zu geben. Sie liebte diesen Ort, sie liebte den Blick in den Garten, sie liebte das Rauschen des Windes in den Bäumen und den Geruch der nahen Elbe. All das würde sie vermissen, und sie würde weiß Gott was dafür geben, um dieses Ende abzuwenden.

Norwegen. Felix und sie allein, ungestört und ohne Druck von außen. Dort würde sich zeigen, wie viel sie noch miteinander verband oder ob ihre Liebe endgültig erloschen war.

Es war ihre letzte Chance, und sie würde sie nutzen.

14

Die Frau lehnte am Felsen und hatte die Augen geschlossen. Das rechte Hosenbein hatte sie hochgerollt, um ihr verletztes Knie zu kühlen. Selbst schuld, er hatte sie schließlich gewarnt, das Geröllfeld zu betreten. Aber jetzt würde er ein umso leichteres Spiel mit ihr haben.

Behutsam griff er in seinen Rucksack und zog das Seil heraus. Er wandte sich ab, damit die Frau nicht sah, wie er das Seil aufwickelte und die vorbereitete Schlinge weitete.

Jetzt, jetzt war es endlich so weit.

Die Frau hatte sich immer noch nicht gerührt.

Er schaute sich ein letztes Mal um. Sobald er sie gefesselt hatte, würde er sie in die Höhle dort hinter dem Felsvorsprung bringen. Die baumlose Ebene war leer, nur in der Ferne sah er eine kleine Gruppe Rentiere vorüberziehen. Am blauen Himmel über ihnen kreiste ein Bussard.

Morten stand auf, die Schlinge in der Hand. Seine Schulter pochte und fühlte sich heiß an, doch das ignorierte er mit aller Macht. Die Frau öffnete die Augen und streckte sich. Ohne ihn anzuschauen, ließ sie den Blick über die Ebene schweifen. Sie ahnte nichts.

Mit einem Schritt war er über ihr, warf ihr die Schlinge um den Hals und zog kräftig am Seil. Im letzten Moment hatte sie sich umgedreht und machte Anstalten auszuweichen, doch es war zu spät. Mit beiden Händen umklammerten sie ihren Hals und versuchte, etwas zu sagen, doch die Schlinge war bereits zu eng zugezogen. Nach wenigen Sekunden begann sie zu röcheln, die Augen traten hervor, und ihre Bewegungen wurden kraftloser. Sie blickte in seine Richtung, ohne ihn wirklich zu sehen.

Er wollte sie nicht töten, also musste er das Seil lockern, damit sie nicht erstickte. Er machte noch einen Schritt auf sie zu und beugte sich zu ihr hinunter. Ihre Haare waren weich, der Nacken fest und warm, als er mit zittrigen Fingern die Schlinge lockerte. Sofort hörte er sie vernehmlich nach Luft schnappen, doch sie wirkte immer noch benommen. Ehe sie wieder voll zur Besinnung kam, fesselte er ihre Hände mit dem losen Seilende. Vor Aufregung bebten seine Finger, das Blut rauschte in seinen Ohren, und ihm schwindelte. Sein Mund war trocken, und er musste schlucken.

Jetzt schlug sie die Augen auf, ihr Blick war klar, und sie funkelte ihn mit einer Mischung aus Furcht und Zorn an.

„Was zum Teufel soll das?", sagte sie, doch sie war heiser, und ihre Worte, die selbstbewusst klingen sollten, kamen nur als ein klägliches Krächzen heraus. Ohne das Seil aus der Hand zu lassen, zog er einen Lappen aus der Tasche und stopfte ihn ihr in den Mund, als sie gerade erneut etwas sagen wollte. Mit großen Augen starrte sie ihn an. Jeglicher Zorn war aus ihrem Blick verschwunden.

Er zog am Seil, sodass sie den Zug am Hals und den Händen spürte, und zwang sie so auf die Beine. Sie versuchte, sich den Knebel aus dem Mund zu reißen, doch Morten zog kräftig am Seil, bis ihre Arme gestreckt waren. Er setzte seinen Rucksack auf, nahm das Gewehr und lief los, die Frau hinter sich herziehend.

Immer wieder drehte er sich um, er konnte sich kaum sattsehen. Dieser Blick, von dem er sein Leben lang geträumt hatte. Der Anblick ihrer gefesselten Hände. Die Tränen in den Augen, die Angst, die aus ihnen sprach.

Er hätte schreien können vor Glück.

Doch zuerst musste er die Frau in die Höhle bringen. Zehn

Meter über felsigen Boden, die letzten Schritte waren kaum zu bewältigen, wenn man sich nirgends festhalten konnte. Die Frau sträubte sich, sie blieb stehen und bockte wie eine störrische Ziege, doch er ruckte nur einmal am Seil, und die Schlinge um ihren Hals zog sich zusammen. Panik flackerte in ihrem Blick auf, und er musste ein Aufkeuchen unterdrücken.

Seit er sie überwältigt hatte, hatte er kein Wort zu ihr gesagt, doch das war auch nicht nötig. Sie begriff auch so, was er von ihr verlangte. Ungeduldig half er ihr über die Felsen bis zum Eingang der Höhle. Er holte seine Taschenlampe aus dem Rucksack, nahm sie in den Mund und kroch voran. Seine Beute zerrte er hinter sich her. Wenn er das Gefühl hatte, sie würde Widerstand leisten, zog er einmal kräftig am Seil, bis er sie würgen hörte und sie hastig hinterhergekrochen kam.

In der Höhle entzündete er die Petroleumlampe. Ihr warmer Lichtschein warf unruhige Schatten auf die gratigen Wände. Streng genommen war es gar keine richtige Höhle, sondern ein Hohlraum, der durch mehrere große Felsblöcke gebildet wurde, die der Gletscher während der letzten Eiszeit übereinandergeschichtet hatte. Hier im Inneren sah man noch deutlich die einzelnen Quader, dazwischen jede Menge Hohlräume, in denen sich Wasser sammelte oder Tiere hausten.

Mit hektischen Bewegungen sah die Frau sich um. Als etwas Dunkles, Handtellergroßes in einer der kleinen Nischen verschwand, schrie sie gedämpft in ihren Knebel und versuchte erneut, sich von den Fesseln zu befreien.

Nach kurzem Zögern schlug er sie ins Gesicht.

Sie stieß einen erstickten Schrei aus und begann zu weinen. Bittend hob sie den Kopf, sah ihn an. Er starrte sie an, und ihre Bewegungen erstarben. Er spürte ihre Angst, er roch sie, er sah sie und meinte fast, ihre Furcht mit den Händen greifen zu können. Sie war eine Frau, sie war die Frau, von der er immer geträumt hatte, und er würde sie nie wieder gehen lassen.

Er kannte dieses Bild. Die schmalen Handgelenke, vom Seil

zusammengebunden, die weit aufgerissenen, bittenden Augen, in denen sich im trüben Licht der Petroleumlampe Tränen sammelten. Er erinnerte sich an ihr Weinen, an das klatschende Geräusch der Schläge, an ihre erstickte Stimme, *der Junge, um Gottes willen, der Junge steht dort und sieht alles,* und an die tiefe Stimme des Vaters, dann lerne er wenigstens, wie man mit solchen Frauenzimmern wie ihr umzugehen habe. Das Poltern auf der dunklen Kellertreppe, die schwere Tür, die ins Schloss fällt, und die raue Hand des Vaters auf der Schulter, die ihn zur Stiege hinauf in seine Dachkammer führt. *Geh ins Bett, Junge.*

Er schüttelte den Kopf, als könne er die Erinnerung abwerfen wie eine zu eng gewordene Haut, doch die Frau vor ihm ließ es nicht zu. Sie hatte dieselben braunen Augen und glatten Haare wie seine Mutter, doch seine Mutter hatte ihre Haare stets zu einem Knoten hochgesteckt getragen. Langsam hob er den Arm und strich der Frau die Haare aus dem Gesicht. Mit einer Hand wickelte er sie hinter ihrem Kopf zusammen und steckte sie notdürftig fest. Ihr neuer Anblick erschreckte ihn, einen Moment lang fühlte er sich zurückversetzt an den Tag, bevor seine Mutter verschwand. Der Vater war nach Hause gekommen, Zorn und Gefahr strahlten von ihm ab wie Hitze von einem Ofen. Polternd hatte er die Tür zur Küche aufgestoßen, hatte die Mutter stumm betrachtet, ehe er zum Jungen sagte: „Geh, füttere die Kühe."

Die Mutter hatte ihm zugenickt, geh, und ihn angesehen, ein letztes Mal, was er aber nicht gewusst hatte, nicht gewusst haben konnte. Draußen im Stall hatte er den Lärm aus dem Haus gehört, ein Krachen, als würde ein Stuhl umfallen, ein Klatschen wie bei einer Ohrfeige, dann verhaltene Schreie, vermischt mit Weinen und bittenden, klagenden Lauten.

Der kleine Morten fütterte die Kühe, vier an der Zahl, dann trieb er auch noch die Gänse und Hühner in ihre Gehege, gab dem Hund zu fressen und verschloss den Werkzeugschuppen. Er war fünf Jahre alt, doch er wusste, was er zu tun hatte. Erst als es dunkel wurde und kalt und der Vater ihn immer noch nicht ins Haus gerufen hatte, stieß er zögernd die Tür zur Küche auf. Sie war leer, doch die Kellertür stand offen. Das flackernde Licht der Petroleumlampe erhellte die steile Stiege. Er stand oben an der Treppe, ohne dass er hätte sagen können, wie er dorthin gekommen war, und sah seine Mutter. Ihre Hände waren gefesselt, die Wangen von den Schlägen gerötet. Sie kniete vor seinem Vater auf dem Boden, eine Schlinge lag um ihren Hals, das Seil führte zum niedrigen Deckenbalken.

Wie lange hatte er dort gestanden, bis die Mutter ihn entdeckte und der Vater ihn fortschickte? *Geh ins Bett, Junge.*

Am nächsten Tag war die Mutter fort.

Morten blickte in die braunen Augen, sah die Tränen, die von der Ohrfeige gerötete Wange, die Schlinge um den Hals. Die Frau vor ihm hatte die gefesselten Hände schützend vor das Gesicht gehoben, wie seine Mutter sich vor den Schlägen des Vaters zu schützen versucht hatte, doch sie rührte sich nicht, sie flehte nicht um ihr Leben, sondern sah ihn nur stumm an, Angst, aber auch Verwirrung im Blick.

Seine Erregung war verflogen, und er spürte kaum, wie das Seil seinen Händen entglitt. Mit aufgerissenen Augen wich er zurück, bis er an die Felswand stieß, tastete hinter seinem Rücken, bis er den Höhlenausgang gefunden hatte, bückte sich und kroch so schnell er konnte hinaus. Draußen empfing ihn helles, warmes Sonnenlicht, das ihn im ersten Moment blinzeln ließ. Mit rudernden Armbewegungen kletterte er in halsbrecherischem Tempo den steilen Zugang zur Höhle hinab, und sobald er halbwegs festen Boden unter den Füßen hatte, rannte er los. Fort, nur fort. Er stolperte über vorstehende Felsen, sprang wieder auf und rannte weiter, stürzte erneut und landete schmerzhaft auf der verletzten Schulter. Er schrie auf, vor Schmerz und Angst und Trauer, dann krümmte er sich zusammen wie ein Kind, umklammerte seinen Oberkörper und schluchzte tonlos.

Er wusste nicht, wie lange er so auf dem nackten Boden gelegen hatte, doch irgendwann nahm er die Kälte wahr, die ihm durch Hose und Jacke in die Knochen kroch, und richtete sich auf. Er brauchte einen Moment, um sich zu orientieren. Die Höhle lag vielleicht hundert Meter hinter ihm, der Pfad, der zur Jagdhütte führte, war noch weiter entfernt. Die Landschaft war genauso leer und unberührt wie zuvor, bevor er die Frau überwältigt und in die Höhle gebracht hatte.

Die Frau!

Er dachte an ihren Anblick in der Höhle, an ihre Augen, an die Ähnlichkeit mit seiner Mutter, und erschauderte. Als kleiner Junge hatte er lange gehofft, sie würde eines Tages zurückkehren, auch wenn der Vater gesagt hatte, sie sei für immer fortgegangen. Später, als er älter wurde, hatte er nur noch selten an sie gedacht. Nur einmal, nach dem Tod des Vaters, hatte der Pfarrer ihn gefragt, ob er je wieder etwas von seiner Mutter gehört habe, und erst durch ihn hatte er erfahren, dass sie damals seinem Vater davongelaufen war, nach Amerika, wie es hieß, mit ihrem Geliebten, einem jungen Ingenieur, der am Bau eines der Wasserkraftwerke in der Gegend beteiligt gewesen war. Diese Geschichte hatte zumindest der Vater damals erzählt, und im Tal hatte man sie wohl geglaubt. Schließlich stammte Anna Lisa aus Oslo, und vermutlich hatte man sich schon immer gewundert, was so eine in die norwegische Provinz verschlagen haben mochte. Vom Pfarrer hatte Morten zum ersten Mal gehört, dass seine Mutter davongelaufen war, und er hatte es geglaubt, warum auch hätte er an den Worten des Mannes zweifeln sollen? Damals hatte er sich nicht an die Bilder erinnert, die er heute so lebendig vor Augen hatte, an die Szene im Keller, an die gefesselte und geschlagene Mutter, an die Schlinge um ihren Hals, an ihr Bitten und Flehen und an die schroffen Worte des Vaters, *geh ins Bett, Junge.*

Wie hätte seine Mutter davonlaufen können, wie hätte sie aus dem Keller entkommen können, mit einer Schlinge um den Hals?

Ihm war, als hätte er seine Mutter wiedergefunden, zumindest für einen kurzen Moment, und er begriff, dass sie ihn nie verlassen hatte, dass sie nicht freiwillig fortgegangen war. Sie war fort gewesen, doch jetzt war sie wieder da und wartete auf ihn. Energisch erhob er sich und klopfte sich Hose und Jacke sauber. Er musste zurück, zurück zu der Frau, die ihm mehr geschenkt hatte, als sie je ahnen würde: die Erinnerung an seine Mutter.

Er setzte sich wieder in Bewegung in Richtung Höhle. Vor dem Eingang blieb er lauschend stehen. Nichts. War sie womöglich schon tot? Hatte er die Schlinge zu fest angezogen, und sie war erstickt?

„Hallo?", rief er zögernd.

Nichts.

„Sina?"

Er lauschte erneut, hörte aber immer noch nichts.

Seine Taschenlampe, seinen Rucksack – alles hatte er bei seiner überhasteten Flucht vorhin in der Höhle zurückgelassen. Vorsichtig schob er sich durch den dunklen Gang, an dessen Ende ein schwacher Lichtschein schimmerte.

In der Höhle richtete er sich langsam auf. Die Petroleumlampe tauchte die Kammer immer noch in ein warmes Licht. Sein Rucksack lag auf dem Boden, seine Habseligkeiten waren auf dem felsigen Untergrund verstreut. Das Seil lag in der Ecke, daneben der Lappen, der ihm als Knebel gedient hatte.

Er drehte sich einmal um die eigene Achse, als könnte sich Sina irgendwo versteckt haben, dabei wusste er genau, dass es keine Nische, keinen Felsvorsprung gab, der groß genug wäre, um einen erwachsenen Menschen zu verbergen. Sie hatte es geschafft, sich zu befreien, und jetzt war sie auf dem Weg zur Alm, zurück in die Welt. Sie war einfach ohne ihn aufgebrochen, um allen Menschen zu erzählen, was er getan hatte. Er würde dastehen wie ein Monster, wie ein Verbrecher, und man würde ihn vor Gericht stellen und verurteilen und einsperren wie einen Kriminellen.

Das durfte er nicht zulassen, er musste sie einholen. Töten konnte er sie nun nicht mehr, wie könnte er die Frau töten, die wie seine Mutter war? Er könnte ihr Geld bieten, davon besaß er mehr, als er je verbrauchen würde, und würde sie bitten, niemandem zu erzählen, was in der Höhle passiert war. Vielleicht würde er ihr sogar von damals erzählen, von dem Keller und den Eltern, damit sie begriff, besser womöglich als er selbst, was mit ihm geschehen war.

Hastig suchte er seine Sachen zusammen und stopfte alles in den Rucksack, auch das Seil und den Lappen. Am Ausgang der Kammer schaute er sich ein letztes Mal um, und erst jetzt fiel ihm auf, dass noch etwas fehlte.

Sie hatte sein Gewehr mitgenommen.

15

Sie hatte noch einmal Glück gehabt, unverschämtes Glück, wenn man bedachte, wie naiv und vertrauensselig sie gewesen war. Einfach mit diesem Waldschrat durch die Wildnis zu laufen und sich darauf zu verlassen, dass er sie in Sicherheit bringen würde. Selbst nachdem er an der Jagdhütte so offensichtlich mit dem Seil herumgespielt hatte, hatte sie die Warnsignale ignoriert. Wie dämlich konnte man eigentlich sein?

Aber sie hatte Glück gehabt.

Dabei hatte sie schon geglaubt, das sei es jetzt gewesen, und sie würde in dieser kalten, feuchten Höhle sterben. Unwillkürlich griff sie sich an den Hals, der immer noch empfindlich und wund war. Nur mit Mühe schaffte sie es, die Tränen zurückzudrängen, doch einen Schluchzer konnte sie nicht unterdrücken. Sie konnte es sich nicht erlauben, jetzt zusammenzubrechen, sie musste zusehen, dass sie fortkam.

Nie zuvor in ihrem Leben hatte sie Todesangst empfunden. Anfangs hatte sie noch an so etwas wie einen dummen Scherz geglaubt oder an ein Versehen, einen Unfall oder was auch immer man sich so einredet, wenn man das Grauen nicht wahrhaben will. Die Schlinge um ihren Hals, die sich immer enger zuzog, das Gefühl, zu ersticken, die Dunkelheit, die sie hinabzureißen drohte … Dann die Gewissheit: Das war kein Missverständnis, keine Kostprobe eines äußerst befremdlichen Humors. Der Mann meinte es ernst.

Ihre Hände waren gefesselt, der Lappen in ihrem Mund schmeckte salzig, als der Mann sie vorwärtsgezerrt und in die Höhle geschleift hatte. Sie merkte rasch, dass sie den Knebel leicht ausspucken könnte, doch irgendwie schaffte sie es, dem Drang nicht nachzugeben, um diesen Umstand später für sich nutzen zu können.

Und dann war alles ganz schnell gegangen. Sie hatte kaum Zeit gehabt, sich in der winzigen Kammer umzuschauen, da hatte er sie auch schon geschlagen. Er hatte sie an den Haaren gepackt, hatte sie angestarrt, als hätte er einen Geist gesehen, und war mit aschfahlem Gesicht geflüchtet. Ja, er war regelrecht aus der Höhle getürmt, als hätte sie ihm weiß der Teufel was angetan, und nicht umgekehrt.

Am ganzen Körper zitternd hatte sie einen Moment gelauscht, doch als sich seine Schritte immer weiter entfernten, hatte sie den Knebel ausgespuckt, die Schlinge gelockert und über den Kopf gezogen und den Knoten an den Handgelenken mit den Zähnen gelöst. Es war so einfach gewesen, dass sie ihrem Glück kaum traute und erneut an einen Scherz glaubte, an einen grausamen Streich; sie argwöhnte, dass der Mann mit ihr spielte, sie Hoffnung schöpfen ließ, um sie noch einmal einfangen und fesseln zu können, diesmal aber richtig.

Doch der Mann war und blieb verschwunden.

Hastig kippte sie seinen Rucksack aus, auf der Suche nach irgendetwas, das sie als Waffe verwenden konnte, doch außer einem Schal, einer Trinkflasche und einem frischen Hemd entdeckte sie nichts. Erst als sie bereits in die Hocke gegangen war, um die Höhle durch den niedrigen Tunnel zu verlassen, fiel ihr Blick auf das Gewehr, das neben dem Eingang am Felsen lehnte.

Warum hatte der Kerl die Waffe hiergelassen? So, wie er sich anstellte, schien er mit dem Ding verheiratet zu sein – und jetzt ließ er es einfach hier in der Höhle stehen? Nach einem winzigen Moment des Zögerns griff sie nach dem Lauf und nahm das Gewehr mit. Sie hatte zwar behauptet, sie könne

schießen, und es entsprach auch der Wahrheit, dass ihr Groß-
vater es ihr beigebracht hatte, doch das war mehr als zwanzig
Jahre her, und seitdem hatte sie keine Waffe mehr angerührt.
Aber vielleicht konnte es ihr auf andere Weise dienlich sein,
als Keule zum Beispiel oder als Wurfgeschoss – während der
Mann nun unbewaffnet war.

Vorsichtig und mit angehaltenem Atem kroch sie aus dem
Gang und suchte die Umgebung nach ihm ab. Sie rechnete
damit, dass er nur ihren Rucksack holen wollte, doch der
lehnte friedlich am Felsen neben dem kleinen Wasserbecken,
an dem sie zuletzt gerastet hatten, nicht weit vom Höhlenein-
gang entfernt.

Den Mann entdeckte sie erst nach einigem Suchen. Er lag
zusammengekauert, mit dem Rücken zu ihr, ein ganzes Stück
entfernt mitten auf der felsigen Ebene und schaukelte wie ein
kleines Kind hin und her. Der Wind trug ein leises, wimmern-
des Geräusch herbei, auch wenn sie sich kaum vorstellen
konnte, dass es von ihm kam. Vielleicht war er gestürzt und
hatte Schmerzen? Ohne ihn aus den Augen zu lassen, kletterte
sie zum Rastplatz hinunter. So geräuschlos wie möglich schulterte sie ihren Rucksack und hastete über die Moose und
Flechten zurück zu dem Pfad, der sie hierhergeführt hatte.
Immer wieder suchte sie Schutz hinter den Felsen und blickte
zurück zu Morten. Schließlich, als sie schon ein ganzes Stück
entfernt war, beobachtete sie, wie er sich aufrichtete und
umsah, als hätte er lange geschlafen und müsste sich erst orientieren. Er sprang auf und lief auf die Höhle zu. Ehe er sich
bückte, um durch den niedrigen Gang zu kriechen, hörte sie
ihn etwas rufen, konnte jedoch kein Wort verstehen. Dann war
er in der Höhle verschwunden.

Ihr blieb nicht mehr viel Zeit. Sie rannte los.

Am Pfad angelangt schaute sie nach links, dann nach
rechts. Rechts führte der Weg bergab zur Jagdhütte und dann
weiter, bis sie schließlich wieder an die Weggabelung käme,
von der aus sie zum *Storskardet* gelangen würde. Weit unter

sich sah sie die Baumwipfel des Waldes, der Schutz versprach. Links führte der Weg steil bergan und wurde nach vielleicht hundert Metern von dem frischen Erdrutsch blockiert, auf dem sie sich heute schon einmal verletzt hatte. Sie hatte nichts als Mortens Wort, dass dieser Pfad zur Alm führte.

Erneut schaute sie sich um. Regte sich dort nicht etwas am Eingang zur Höhle? Sie duckte sich hinter einem Felsen und kniff die Augen zusammen. Da! Vorsichtig kletterte der Mann über die Felsen, dann hielt er inne und blickte suchend in ihre Richtung. Sie war sicher, dass er sie nicht entdeckt hatte, aber sie musste so schnell wie möglich weiter.

Links oder rechts?

Bis zur Baumgrenze müsste sie mindestens einen Kilometer über die ungeschützte Ebene laufen. Es gab nichts, wohinter sie sich verstecken könnte, keine Sträucher und kaum Felsen.

Links dagegen boten Felsblöcke immer wieder Schutz vor den suchenden Blicken des Mannes. Zudem beschrieb der Pfad eine leichte Kurve und schmiegte sich stellenweise eng an die Bergflanke, sodass sie schon bald außer Sichtweite ihres Verfolgers sein würde.

Und der Erdrutsch? Der steile Pfad dahinter, von dem sie nicht einmal wusste, ob er sie ans Ziel bringen würde?

Ein letzter Blick in Richtung Höhle. Der Mann hatte den Platz erreicht, an dem er sie überfallen hatte. Suchend schaute er sich um, ihm musste auffallen, dass sie ihren Rucksack mitgenommen hatte.

Sie stützte sich auf dem Gewehr ab und lief geduckt nach links zum nächsten Felsblock. Kurze Pause, ein Blick auf den Mann, und weiter.

Zum Teufel mit dem Erdrutsch. Sie musste es versuchen.

Ihr Knie schmerzte, und die gebückte Haltung, in der sie sich fortbewegte, machte ihr die Flucht nicht gerade einfacher, doch das Adrenalin schwemmte ihre Angst fort. Der Mann hatte sie noch nicht entdeckt, da war sie sich sicher. Für ein paar Minuten hatte sie ihn sogar ganz aus dem Blickfeld verloren, als sie hinter einer Wegbiegung verschwunden war, inzwischen hatte er aber aufgeholt und sah sich suchend um.

Sina betrachtete den Pfad vor sich. Noch etwa fünfzig Meter, dann begann das Geröllfeld, das sie heute schon einmal zu überqueren versucht hatte. Ihr Herz pochte heftig, als sie die steile Bergflanke emporstarrte und nach dem Pfad suchte. Da oben, ein ganzes Stück höher als die Stelle, an der sie jetzt stand. Aber wie hoch? Sie hatte nur wenig Erfahrung im Gebirge und konnte es nicht einschätzen, es konnten fünfzig Meter sein oder auch hundert.

Sie lehnte sich an den Felsblock und versuchte, ihren Atem zu beruhigen. Ihre Kehle war rau, der Hals schmerzte. Für einen Augenblick meinte sie wieder, die Schlinge zu spüren, die sich immer enger um ihren Hals zog, und biss sich auf die Lippe, um nicht aufzuschreien. Sie musste sich zusammenreißen! Vorsichtig schob sie den Kopf um den Felsblock und spähte um die Ecke. Der Mann hatte den Pfad beinahe erreicht. Wenn sie Glück hatte, würde er sich nach rechts wenden, zum Wald und zurück zur Hütte. Wenn sie Glück hatte, wusste er nicht, wie viel Zeit verstrichen war, seit er Hals über Kopf aus der Höhle geflüchtet war.

Der Mann blieb stehen und sah sich aufmerksam um. Sina duckte sich noch tiefer hinter den Felsen und wagte nicht, sich zu rühren. Ihre Hände waren schweißnass und ciskalt. Aufmerksam betrachtete der Mann den Pfad, dann blickte er hinauf zur Sonne. Vor einer knappen Stunde hatte er sie überfallen, doch es kam ihr wie die längste Zeit ihres Lebens vor. Der Wald war weit entfernt, wenn sie diesen Weg eingeschlagen hätte, wäre sie jetzt noch längst nicht außer Sichtweite.

Der Mann zog den richtigen Schluss und wandte sich nach links. Sina holte tief Luft und blickte ein letztes Mal die steile Flanke empor. Vielleicht würde sie heute sterben, aber auf gar keinen Fall würde sie noch einmal riskieren, dass dieser Mann sie in die Finger bekam.

Sie hatte das Geröllfeld fast erreicht, als der Mann sie entdeckte und zu rufen begann, doch er war zu weit entfernt, um ihn verstehen zu können.

Direkt vor dem Erdrutsch blieb sie kurz stehen und atmete tief durch, um ihren hektischen Atem zu beruhigen. Sie zwang sich, sich nicht umzudrehen. Sie musste sich ganz auf ihre Aufgabe konzentrieren und durfte sich durch nichts und niemanden hetzen lassen.

Vorsichtig ging sie los. Immer wieder spähte sie hinauf zur Felsflanke, aus Furcht vor einem erneuten Steinschlag. Es war fast windstill, die Sonne brannte heiß auf sie herab und die hellen Steine blendeten sie, sodass sie die Augen zusammenkneifen musste. Als sie wieder einmal aufblickte, sah sie über sich am blauen Himmel einen Raubvogel kreisen. Sein schriller Schrei wurde von den schroffen Felsen zurückgeworfen.

Halb auf das Gewehr gestützt tastete sie sich über die losen Steine, jeden Moment drohte sie auszurutschen und das Gleichgewicht zu verlieren. Am liebsten wäre sie einfach losgerannt, weg, nur weg hier, doch sie zwang sich, ruhig und konzentriert einen Schritt vor den anderen zu setzen. Ihr verletztes Knie pochte schmerzhaft, hielt jedoch durch.

Tief einatmen. Linker Fuß vor. Ausatmen. Rechter Fuß vor. Ein. Links. Aus. Rechts. Sie schaute nicht mehr nach links und rechts, hielt den Blick nur noch auf wenige Meter vor sich gerichtet, versuchte, an nichts anderes zu denken als daran, heil über dieses tückische Geröllfeld zu kommen.

Einatmen, linker Fuß. Ausatmen, rechter Fuß.

Sie blieb kurz stehen, um sich zu orientieren. Sie schätzte, dass sie vielleicht die Hälfte der Strecke hinter sich gebracht hatte. Von dem Mann war nichts zu sehen, auch gerufen hatte er nicht noch einmal.

Der Hang wurde noch abschüssiger. Es war anstrengend, auf so schrägem Untergrund zu laufen, der zudem noch ständig unter den Füßen wegzurollen drohte.

Einatmen, linker Fuß. Ausatmen, rechter Fuß.

„Sina! Es tut mir leid! Warte!"

Sie zuckte zusammen und wäre beinahe ausgerutscht. Es klang, als stünde der Mann direkt hinter ihr, als bräuchte er nur den Arm auszustrecken, um sie erneut zu packen. Ihr Herz raste, ihr Schweiß roch plötzlich scharf und stechend. Sie wagte nicht, sich umzudrehen, doch sie konnte nicht verhindern, dass ihr Atem hektischer und ihre Schritte unsicherer wurden. Der rechte Fuß rutschte weg, sie konnte den Sturz gerade noch abfangen, indem sie sich auf alle viere fallen ließ. Sie riskierte einen raschen Blick zurück. Der Mann stand am Rand des Geröllfeldes, er wirkte unentschlossen, ob er ihr folgen sollte. Sie versuchte, sich zu beruhigen, dass er genauso lange brauchen würde wie sie, trotzdem breitete sich Panik in ihr aus, und sie begann, hektisch auf allen vieren weiterzukriechen. Die Steine unter ihr gerieten ins Rutschen und rollten polternd Richtung Tal, doch sie kroch weiter, krallte sich an allem fest, was sie packen konnte. Bald waren ihre Hände aufgeschürft, der linke Mittelfinger geriet zwischen zwei Steine und wurde schmerzhaft gequetscht. Ihre Nase lief, und es dauerte einen Moment, bis sie begriff, dass sie weinte.

Und dann hatte sie es geschafft. Unvermittelt war das Geröllfeld zu Ende, sie war ein Stück oberhalb des Pfads gelandet und kletterte vorsichtig über weiches, kühles Moos hinunter zum sicheren Weg. Der Rucksack zog schwer an ihren Schultern, das verletzte Knie drohte, sie endgültig im Stich zu lassen, doch sie hatte es geschafft.

Als sie auf dem Pfad stand, richtete sie sich auf und holte tief Luft. Für einen kurzen Moment fühlte sie sich unbesiegbar. Sie hatte dieses verfluchte Geröllfeld hinter sich gebracht, den Rest würde sie auch noch schaffen.

Schließlich drehte sie sich um. Der Mann stand am Rand des Erdrutsches und schien sie zu beobachten. Jetzt hob er die Hände, um sie wie einen Trichter an den Mund zu legen. Gespenstisch hallte seine Stimme durch den Taleinschnitt und über das Geröllfeld.

„Sina! Warte! Es tut mir leid, ich kann dir alles erklären."

Sie wusste nicht, ob sie Angst haben, wütend sein oder lachen sollte.

„Ich kann dir Geld geben, so viel du willst!"

Das war ja lächerlich! Woher sollte so ein Waldschrat Geld haben? Genug Geld, um sie zum Schweigen zu bringen? Einen Moment lang geriet sie tatsächlich ins Schwanken. Und wenn er die Wahrheit sagte?

Unsinn. Sobald er sie eingeholt hätte, würde er erneut über sie herfallen, und natürlich würde er sie nicht wieder laufen lassen. Er würde sie hier in der Wildnis spurlos verschwinden lassen, und niemand würde jemals ihre Leiche finden.

Da sie nicht auf sein Gebrüll reagierte, nahm er die Verfolgung wieder auf und wagte sich auf das Geröllfeld. Er befand sich ein ganzes Stück unterhalb von ihr, vielleicht hundert Meter entfernt. Vorsichtig tastete er sich über den gefährlichen Untergrund, hin und wieder lösten sich ein paar Steine und rollten talwärts.

Sina sah sich um. Der Pfad führte bergauf, fort vom Geröllfeld. Sie hatte einen Vorsprung von vielleicht fünfzehn, zwanzig Minuten. Sobald der Mann das Geröllfeld passiert hatte, würde er schneller vorankommen als sie mit ihrem verletzten Knie. Und wenn er sie eingeholt hatte …

Sie musterte das Gewehr in ihrer Hand. Das war der Abzug, dies hier musste der Sicherungshebel sein. Aber war das Ding überhaupt geladen? Sie versuchte, sich an das zu erinnern, was der Großvater ihr beigebracht hatte, doch mehr als ein paar verschwommene Bilder gab ihr Gedächtnis nicht frei. Dreizehn Jahre alt war sie gewesen, als er starb, und das war mehr als zwanzig Jahre her. Sie schaute wieder zu ihrem Verfolger und musterte den Erdrutsch genauer. Wenn jetzt noch mehr Steine herunterkommen würden, hätte der Mann keine Chance. Aber wie sollte sie das anstellen? Sie müsste in die Felswand klettern, um direkt über dem Mann einen erneuten Felssturz auslösen zu können … Völlig ausgeschlossen.

Sie sah ein, dass sie hier keine Chance gegen ihn hatte. Sie konnte nur hoffen, dass er es nicht schaffte, das Geröllfeld unbeschadet zu überqueren, aber so lange durfte sie hier nicht warten. Entschlossen drehte sie sich um und lief los.

Sie kam gut voran. Einmal kam sie an einer kleinen Quelle vorbei, aus der sie gierig trank, doch sie hielt sich nicht lange auf und eilte weiter, so schnell sie konnte. Der Blick auf das Geröllfeld war ihr schon bald versperrt, sodass sie nicht beobachten konnte, wie weit der Mann gekommen war – oder ob er bereits abgestürzt war, was sie hoffte.

Ab und zu blieb sie stehen und lauschte. Auf seine Schritte. Auf einen Schrei. Auf sein Rufen. Doch es blieb still, geradezu unheimlich still. Weit unter ihr lag der See, gesäumt vom dichten, grünen Wald. Unvermittelt musste sie an Felix denken. Er hätte diesen Ausblick geliebt, und sie hätte ihn ebenfalls genossen, wenn sie nicht auf der Flucht vor einem gefährlichen Psychopathen gewesen wäre. Doch Felix war tot, und wenn sie sich nicht beeilte, würde sie es ebenfalls bald sein. Schaudernd wandte sie sich ab und lief weiter.

Der Weg machte eine Kehre und führte wieder zurück in die Richtung, aus der sie gekommen war, auf das Geröllfeld zu. Unter ihr verlief der Pfad, den sie vor wenigen Minuten hinter sich gelassen hatte. Bis auf Moose und Flechten sowie vereinzelte Heidekräuter wuchs hier nichts mehr. Immer wieder spähte sie vorsichtig nach unten, auf der Suche nach dem Mann, doch von ihm fehlte jede Spur.

Der Pfad führte sie an den Taleinschnitt heran, in dem es weiter unten zum Erdrutsch gekommen war. Bisher hatte der Pfad sich eng an die Bergflanke geschmiegt, doch jetzt mündete er am *Lille Skardet* in eine weite, ungeschützte Ebene. Vor ihr lag eine karge Felslandschaft, rechts und links von den beiden Gipfeln des *Gråhøgda* eingefasst. Sina konnte nur hoffen, dass sie schon bald auf den Weg stoßen würde, der zur rettenden Alm führte.

Schwer atmend blieb sie stehen und entlastete das schmerzende Knie. Von ihrem Standpunkt aus hatte sie einen guten Blick über die vor ihr liegende Ebene und die Bergflanke unter sich. Auf der freien Fläche gab es kein Versteck, keine Möglichkeit, ihrem Verfolger zu entkommen. Sie blickte hinunter auf das Geröllfeld.

Mortens dunkle, unauffällige Kleidung verschmolz fast mit dem felsigen Untergrund, der dort, wo er stand, im Schatten lag. Er hatte das Geröllfeld heil hinter sich gelassen, stand am Rand des Pfades und blickte zu ihr hoch.

Unwillkürlich zuckte sie zurück. Hatte er sie entdeckt? Wie lange würde er brauchen, bis sie erreicht hatte?

Sie biss die Zähne zusammen und sah sich um, nach einem Versteck, einem Fluchtweg, nach irgendetwas, das sie als Waffe benutzen konnte. Überall lagen Felsen, aber sie waren zu klein, um sich dahinter zu verstecken, und zu schwer, um sie als Wurfgeschosse zu verwenden. Als sie jedoch probeweise gegen einen Brocken trat, schaukelte dieser leicht hin und her. Sie sah sich die Felsen in ihrer Umgebung genauer an.

Dann spähte sie über den Rand zu dem Mann hinunter. Er hatte sich wieder in Bewegung gesetzt und würde bald direkt unter ihr sein.

Entschlossen streifte sie den Rucksack ab, lehnte das Gewehr dagegen und fing an, Felsbrocken bis an die Kante zu rollen und zu schieben. Die Arbeit war anstrengend, sie geriet bald ins Schwitzen, doch Angst und ein merkwürdiges Gefühl der Euphorie trieben sie an. Zwischendurch hielt sie immer wieder Ausschau nach dem Mann, der langsam den Pfad erklomm, ohne auch nur einmal nach oben zu schauen.

Als er direkt unterhalb des ersten Felsbrockens war, holte sie tief Luft, legte die Hände an den Felsen und schob. Sobald der Felsen die Trägheit überwunden hatte, stürzte er polternd nach unten, wobei er weitere Brocken und Steine mit sich riss.

Der Mann blickte nach oben. Sina war sich nicht sicher, ob er sie entdeckt hatte, aber die Felsen, die von oben direkt auf ihn herabregneten, sah er. Hastig eilte er weiter, doch Sina war bereits beim nächsten Felsbrocken und versetzte ihm einen kräftigen Stoß. Wieder riss der große Block kleinere Steine mit sich, das Rumpeln und Poltern wurde grollend vom Fels zurückgeworfen. Der Mann rannte jetzt, die Hände schützend über den Kopf gehoben. Der nächste Felsblock stürzte ungebremst in die Tiefe, verfehlte Morten nur um wenige Zentimeter und löste erst weiter unten einen kleinen Erdrutsch aus.

Noch zwei Felsbrocken. Sina wuchtete den ersten über die Kante. Er riss kleinere Steine mit sich, doch Sina wartete gar nicht ab, sondern rannte gleich weiter zum nächsten und letzten und versetzte auch diesem einen kräftigen Stoß. Sie hatte sich gerade keuchend aufgerichtet, als sie den Schrei hörte, laut und gellend. Zitternd ließ sie sich auf die Knie sinken und spähte vorsichtig über den Rand.

Sie sah gerade noch, wie Morten im Steinhagel das Gleichgewicht verlor, einen Moment auf einem Bein stand und mit den Armen ruderte, ehe er wie in Zeitlupe umkippte und die steile Bergflanke hinabrutschte. Inmitten einer Woge aus Stein und Geröll glitt er schreiend nach unten, überschlug sich mehrmals und entschwand schließlich ihren Blicken.

Das Donnern erstarb, als der Erdrutsch zum Stehen kam. Sina lauschte angestrengt, doch außer dem Schrei des Raubvogels und dem Rauschen des Windes, der über den Pass strich, war es still.

Als sie die Alm endlich erreichte, stand die Sonne bereits tief, und die Dämmerung würde bald einsetzen. Die Hütte mitsamt mehreren Nebengebäuden lag dunkel und verlassen am Rand einer eingezäunten Weide, auf der ein paar Kühe grasten.

An der Tür warf Sina das Gewehr ins hohe Gras, ließ den Rucksack zu Boden gleiten und klopfte gegen die dunklen Holzbohlen, obwohl sie wusste, dass niemand ihr öffnen würde. Müde schloss sie die Augen und lehnte die Stirn gegen das warme Holz.

Noch war es warm, doch sobald die Sonne verschwunden war, würde die Luft rasch abkühlen. Sie musste sich beeilen und ihr Zelt aufbauen. Egal, wie erschöpft sie war, egal, wie sehr ihr Knie schmerzte.

Nachdem sie gesehen hatte, wie Morten die Bergflanke heruntergestürzt war, hatte sie sich eine kurze Pause gegönnt, hatte etwas gegessen und getrunken und die Karte aus dem Rucksack geholt. Der Pfad, der sie hierhergeführt hatte, war eingezeichnet, verlor sich jedoch irgendwo auf der Südwestflanke des *Gråhøgda*, die sie heute Nachmittag zusammen mit Morten gequert hatte. Ihre Hoffnung wurde nicht enttäuscht, bis zu dem Weg, der sie zur Alm bringen würde, war es nicht mehr weit. Schlagartig hatte ihre Anspannung nachgelassen, doch in dem Moment, als sie begriffen hatte, dass ihr Verfolger wenn nicht tot, so doch so weit außer Gefecht gesetzt war, dass er sie nicht mehr einholen würde, hatte sie ihre Erschöpfung gespürt. Sie hatte Mühe gehabt, die Hose über das geschwollene Knie zu streifen, das Essen im Rucksack zu verstauen und das Gepäck auf den Rücken zu wuchten. Jeder Schritt war eine Qual gewesen, ihr Knie protestierte und rächte sich mit wachsenden Schmerzen. Ohne das Gewehr, auf das sie sich stützte, wäre sie gar nicht vorangekommen. Mehr als einmal verfluchte sie den schweren Rucksack, doch sie wusste nur zu gut, dass sie auf das Zelt und die Nahrung angewiesen war.

Seufzend richtete sie sich auf und sah sich um. Die Hütte bildete mit zwei Nebengebäuden – vermutlich einem Stall und einer Werkstatt – eine Art Hof, auf dem es ein paar windgeschützte Stellen gab. Vor der Hütte befand sich ein Picknicktisch, ein Stückchen abseits stand das kleine Häuschen. An einem Bach in der Nähe entdeckte sie auf einem Stein eine Seifenschale mit einem Stück weißer Seife. Offensichtlich wurde diese Alm bewirtschaftet, gut möglich also, dass morgen jemand vorbeikommen würde. Sina wusste, dass es als unhöflich galt, direkt neben einer Hütte auf einem Privatgrundstück sein Zelt aufzuschlagen, aber sie war schließlich keine normale Touristin, das hier war eine Ausnahmesituation. Sie hatte ihren Mann verloren, war einem Psychopathen in die Hände gefallen und nur mit knapper Not entwischt. Niemand würde es ihr verübeln, wenn sie in dieser Situation eine Höflichkeitsregel missachtete.

Sie schaltete ihr Handy ein, doch selbst hier oben hatte sie keinen Empfang. Der Akku war so schwach, dass sie das Gerät sofort wieder ausgeschalte. Im Windschatten der Hütte baute sie das Zelt auf. Mit der Dämmerung kamen die Mücken, und sie floh in ihren Schlafsack, zu müde und erschöpft, um noch an Essen zu denken.

Ein gellender Schrei riss sie aus dem Schlaf, als die Sonne bereits auf das Zelt schien und die Luft im Inneren unangenehm stickig war. Sie brauchte einen Moment, um zu begreifen, dass sie den Schrei nur im Traum gehört hatte, ausgestoßen von einem Mann, der von einem hohen Felsen stürzte. War es Felix gewesen, den sie im Traum erneut getötet hatte, oder Morten? Oder waren die beiden Männer zu einem verschmolzen? Der Traumtote hatte Felix' Gesichtszüge gehabt, doch im Sturz hatte er ihren Namen geschrien, mit einer tiefen, kehligen Stimme wie der von Morten.

Sina rieb sich übers Gesicht und versuchte, die Bilder zu verscheuchen. Egal, wer ihr gerade im Traum wiederbegegnet war – beide Männer waren tot, und beide waren durch ihre Hand gestorben.

Zwei Tote in zwei Tagen.

Sie begann zu würgen, schälte sich hastig aus dem Schlafsack, riss den Reißverschluss auf und erbrach sich, auf allen vieren kauernd, nur wenige Meter neben dem Zelt. Das sei nur die Anstrengung, beruhigte sie sich, während sie versuchte, ihren keuchenden Atem zu beruhigen. Es hatte nichts, aber auch gar nichts damit zu tun, dass sie zwei Menschenleben auf dem Gewissen hatte.

Sie begann erneut zu würgen.

Schließlich gelang es ihr, den Gedanken beiseitezuschieben,

und der Würgereiz ließ nach. Mit zittrigen Beinen stand sie auf, strich sich die Haare aus der schweißnassen Stirn und sah sich um.

Neben einem der Nebengebäude entdeckte sie in einem Unterstand einen alten Geländewagen. War das Mortens Auto? Egal, ohne die Schlüssel würde er ihr nichts nützen.

Die Sonne schien warm auf den kleinen Hof, und allmählich erwachten Sinas Lebensgeister. Ein kurzer Blick auf ihr Handy verriet ihr, dass es acht Uhr war. Nach einer ausgiebigen Wäsche an dem kleinen Bach fühlte sie sich angenehm frisch. Ihrem Knie ging es leidlich gut, es war immer noch geschwollen, doch die Aussicht, heute auf Menschen zu treffen, auf normale, hilfsbereite Menschen, ließ den Schmerz gleich erträglicher erscheinen. In ihrem Rucksack fand sie Obst, Müsli und Trockenmilch für ein ausgiebiges Frühstück, dazu bereitete sie sich auf dem Spirituskocher einen Kaffee zu.

Sie hatte es geschafft. Sie hatte den Weg durch diese Wildnis gefunden, es war vorbei. Sie holte tief Luft, schloss die Augen und reckte das Gesicht der Sonne entgegen. Das Leben war so schön, wie es nur nach einer überstandenen Gefahr sein konnte.

16

Das Schlimmste war die Kälte.

Mehrere Stunden musste er bewusstlos an der Bergflanke gelegen haben, denn als er wieder zu sich kam, war die Sonne bereits hinter dem grauen Massiv des *Gråhøgda* verschwunden. Er lag im Schatten. Zitternd versuchte er, sich aufzusetzen, als ein scharfer Schmerz sein linkes Bein durchzuckte und er aufschrie. Schwer atmend ließ er sich zurücksinken. Ihm war schwindelig, und sein gesamter Körper fühlte sich an, als sei er in ein Mahlwerk geraten.

Was war geschehen?

Da war diese Frau gewesen, in der Jagdhütte. Sie hatten zusammen einen Fichtenstamm zerlegt. Verschwommene Erinnerungen daran, wie sie sich durch das baumlose Gelände auf den *Lille Skardet* zubewegten.

Die Höhle. Waren sie in der Höhle gewesen? Warum?

Morten sah sich um und stellte fest, dass er in eine Steinlawine geraten und mehrere Hundert Meter die Bergflanke hinabgerutscht sein musste. Ein Wunder, dass er überhaupt noch am Leben war. Vorsichtig bewegte er die Glieder. Das linke Bein schien gebrochen zu sein, und an seinem Hinterkopf ertastete er klebriges, eingetrocknetes Blut. Seine rechte Schulter schien in Flammen zu stehen, seine Jacke war zerfetzt, der Verband blutdurchtränkt.

Wo war sein Rucksack? Und sein Gewehr? Er schaute sich erneut um, sah aber weder das eine noch das andere. Er musste beides beim Sturz verloren haben. Nicht weit von sich entfernt entdeckte er im Schutz eines Felsens eine Baumgruppe aus dürren Fjellbirken und gedrungenen Kiefern. Dort würde er geschützter liegen als hier auf der freien Fläche. Er versuchte aufzustehen, doch ohne jeden Halt knickte er sofort wieder ein. Also robbte er über den kalten, felsigen Boden auf den Hain zu, auch wenn das verletzte Bein und seine Schulter bei jeder Bewegung protestierten.

Der Bär, jetzt fiel es ihm wieder ein. Der Bär hatte ihn angegriffen und verwundet. Er hatte auf ihn geschossen, doch das Tier musste sich noch irgendwo hier in der Gegend herumtreiben, verletzt und aggressiv. Morten kroch weiter, das gebrochene Bein schleifte nutzlos hinterher. Bei jeder Unebenheit hätte er aufschreien können vor Schmerz, doch er biss die Zähne zusammen und robbte weiter.

Nach einer halben Ewigkeit hatte er den Schutz bietenden Felsblock erreicht. Im Windschatten entdeckte er einen Felsvorsprung, der ihm als Dach dienen konnte, der Boden war hart, aber trocken. Jetzt musste er nur noch ein Feuer entzünden. Er hatte Glück, das herumliegende Holz war trocken genug, und das Feuerzeug steckte in seiner Hosentasche. Vorher aber musste er sich ausruhen, nur einen kurzen Moment.

Er musste erneut das Bewusstsein verloren haben, denn als er die Augen wieder aufschlug, dämmerte es bereits, und die Kälte hatte empfindlich zugenommen. Es kostete ihn seine ganze Kraft, genügend kleine Zweige, Äste und Birkenrinde zu sammeln, doch schließlich brannte vor ihm ein kleines Feuer, über dem er seine steifen, blutverschmierten Hände rieb.

Er hatte Durst. Er wusste, dass es irgendwo in der Nähe einen Bach geben musste, das leise Plätschern war das einzige Geräusch, das er neben seinem keuchenden Atem und dem Knistern des Feuers hörte. Nur reichte seine Kraft nicht aus, um dorthin zu gelangen. Er tastete am Felsen herum, fand hier und da kleine Vorsprünge mit feuchtem Moos, das er herausriss, an die aufgeplatzten Lippen presste und gierig aussog.

Er erinnerte sich noch gut an das erste Mal, als er seinen Durst mit nassem Moos gestillt hatte. Sechs Jahre alt war er gewescn, seine Mutter war seit mehreren Monaten fort, als sein Vater mit ihm in die Wildnis gegangen war, ohne Nahrung, ohne Wasser, ohne Zelt oder Schlafsack. Tore Johansen hatte seinen Sohn gelehrt, wie man im Wald überlebte, wie man Feuer machte, wie man sich trocken hielt und Wasser fand, wo es kein Wasser gab.

Wärme und Wasser, das war das Wichtigste. Wenn er es warm hatte und etwas zu trinken fand, dann würde er es schaffen. Er lehnte den Kopf gegen den Felsen und schloss die Augen. Er würde überleben. Irgendwie würde er zurück zur Alm gelangen, Gunda hatte dort ein paar Kühe stehen und kam jeden Tag herauf. Sie würde ihn ins Tal fahren, zum Arzt, der sein gebrochenes Bein behandeln würde.

Wieso war er eigentlich abgestürzt? Wie konnte er, der den Wald und den Berg kannte wie kein Zweiter, in einen Steinschlag geraten? Angestrengt versuchte er sich zu erinnern, doch sein Kopf schmerzte, und er bekam kaum einen klaren Gedanken zusammen. Da war diese Frau gewesen, und die Höhle. Er erinnerte sich, dass er sie in der Ferne gesehen hatte, unterhalb des *Lille Skardet* auf dem Pfad, der zur Alm führte. Er wollte zu ihr, aber sie lief vor ihm davon, und er wusste nicht warum.

Wer war diese Frau?

Sie war mit dem Kanu gekommen, zusammen mit ihrem Mann. Der Mann war tot, und sie wollte zur Alm. Er hatte sie begleitet. Er war mit ihr in der Jagdhütte gewesen.

Angestrengt kramte er in seiner Erinnerung. Wo war die Frau jetzt? War sie ebenfalls verunglückt? Lag sie hier irgendwo in der Nähe, schwer verletzt oder gar tot?

Das Feuer war fast heruntergebrannt. Er legte die letzten Zweige nach und starrte schläfrig in die kleinen, hell aufflackernden Flammen. Er wusste, dass er frisches Holz sammeln musste, auch wenn der Schmerz und die Müdigkeit ihn zu überwältigen drohten. Aber wenn er hier sitzen blieb, wenn er zuließ, dass er einschlief, würde er die Nacht nicht überleben.

Also kroch er los und holte frisches Holz, kleine Zweige zumeist, nur ein größerer Ast zwar dabei, zu mehr reichte seine Kraft nicht. Als das Feuer wieder heller brannte, ruhte er sich aus, manchmal nickte er auch ein, doch die Kälte riss ihn immer wieder aus dem Schlaf, die Kälte und das Brennen in seiner Schulter. Unzählige Male in seinem Leben hatte er die Flammen eines Lagerfeuers angestarrt, hatte er weitab der nächsten Ansiedlung an einem Felsen gelehnt und auf das Rascheln und Knacken in der Dunkelheit um sich herum gelauscht. Sein Vater hatte ihm beigebracht, die Sprache der Nacht zu deuten – hier ein kleines Wiesel, dort ein Baummarder oder Schneehase. Er hatte gelernt, die Geräusche eines Rentiers von denen eines Elches zu unterscheiden und die eines Baummarders von denen eines Fuchses. Tore Johansen hatte seinen Sohn oft mit hinausgenommen in den Wald, sommers wie winters, und dem Jungen hatte es gefallen. Er durfte jagen und fischen, während die anderen Jungen aus seiner Klasse auf den Höfen mit anpacken mussten. Seine Mutter hatte er zu dem Zeitpunkt schon fast vergessen, sie war fort, das war alles, was er wusste und wissen musste.

Ihr angstvoller Blick, ihre gefesselten Hände, die Schlinge um ihren Hals – wie ein Traum erschienen ihm diese Bilder, obwohl er spürte, dass sie keine Täuschung, keine Einbildung waren. Wie konnte es sein, dass er sich plötzlich erinnerte, nachdem er mehr als ein halbes Jahrhundert nicht eine Sekunde daran gedacht hatte? Und doch wusste er, dass er sich nicht irrte. Er hatte als kleiner Junge seine Mutter tatsächlich gesehen, im Keller, vor seinem Vater kniend, am Tag vor ihrem Verschwinden. Sie sei mit ihrem Liebhaber durchgebrannt, hatte der Pfarrer ihm Jahre später erzählt, doch wie konnte das sein, wie sollte seine Mutter seinem Vater entkommen sein? Er versuchte, sich an jene Nacht zu erinnern, aber er wusste nur noch, dass der Vater ihn zu Bett geschickt und am nächsten

Morgen wieder geweckt hatte. Gehört hatte er nichts, und gesehen auch nicht.

Später, als der Pfarrer mit ihm über die Mutter sprach, hatte er nichts darauf zu erwidern gewusst, als er hörte, dass seine Mutter davongelaufen sei. Sie hatte einen Liebhaber gehabt? Achselzuckend hatte er diese Neuigkeit damals zur Kenntnis genommen und nicht weiter darüber nachgedacht. Seine Mutter war fort, sie hatte ihn verlassen und war nie zurückgekehrt. Was scherte es ihn, warum sie es getan hatte oder was aus ihr geworden war?

Doch sie hatte ihn nicht verlassen. Sie war tot.

Fast erstaunt dachte Morten diesen Satz: Mutter ist tot. Und mit fast ebensolchem Erstaunen dachte er: Vater hat sie getötet. So vieles passte auf einmal zusammen. Die Zärtlichkeit, welche die Mutter nur zeigte, solange der Vater nicht in der Nähe war. Die unwirschen, schroffen Worte des Vaters. Ihre leise Stimme in seiner Gegenwart, der gesenkte Blick, die wie schützend erhobenen Arme, das laute Schallen einer Ohrfeige.

Er fröstelte, und das lag nicht allein an der Kälte.

Der angstvolle Blick, die gefesselten Hände, die Schlinge um den Hals … Dieses Bild hatte ihn sein Leben lang verfolgt, hatte eine Sehnsucht genährt, die er nie stillen konnte: eine Frau zu besitzen, sich ihrer sicher sein zu können, indem er sie fesselte und buchstäblich an sich band. Nach Gunda hatte er nie mehr versucht, sich einer Frau zu nähern. Er war allein geblieben, allein mit seinem Wald und seinem Hof, allein mit einer Handvoll Tieren. Die Menschen im Tal akzeptierten ihn, doch er hielt sich abseits, mied ihre Feste und Zusammenkünfte. Wenn nötig, half er den Nachbarn, wie man es eben tat auf dem Land, packte mit an, wenn die Tiere von den Almen getrieben wurden oder die Ernte eingebracht werden musste, doch Freunde hatte er keine gefunden, in all den Jahren nicht. Wie hätte er da eine Frau finden sollen?

Und dann war da diese Frau, vor zwei Tagen, abends am

Lagerfeuer. Sina. Er erinnerte sich wieder daran, wie das Feuer ihr Gesicht erhellt hatte, die feinen Züge, die dunklen Haare und Augen. Seine Mutter hatte ebenfalls dunkle Haare und Augen gehabt. Er besaß nur ein Bild von ihr, er hatte es in der Truhe unter dem väterlichen Bett gefunden. Das Hochzeitsbild der Eltern, das eine junge Frau, fast noch ein Mädchen zeigte, das neben dem Vater zierlich und zerbrechlich wirkte. Die Haare waren zu einem strengen Knoten hochgesteckt, der Mund mit den vollen Lippen in einem leichten Halbrund nach unten gebogen.

Sina hatte ausgesehen wie eine neuere Ausgabe seiner Mutter. Vom ersten Moment an hatte er sie begehrt, und jetzt wusste er nicht, wo sie war oder was aus ihr geworden war. Ob sie überhaupt noch lebte.

Mit der Morgendämmerung kam eine beißende Kälte. Noch einmal raffte er sich auf, um Feuerholz zu holen, doch danach war er so erschöpft, dass er immer wieder in einen unruhigen Schlummer glitt. Irgendwann wachte er von einem lauten Knacken und Poltern auf, er glaubte, ein lautes Schnauben gehört zu haben. Reglos saß er da und lauschte und schaute angestrengt in den grauen Morgen, und richtig, der Bär streifte humpelnd am Waldrand entlang. Immer wieder hob er witternd die Schnauze, doch Morten saß oberhalb von ihm im Windschatten, sodass das Tier ihn nicht aufspüren konnte.

Der Bär war mager, seine Verletzungen an der Vorderflanke und dem Hinterbein schienen sich entzündet zu haben. Torkelnd lief das Tier über auf die freie Fläche, er wirkte benommen, wie im Fieberwahn, sonst hätte er sich niemals aus der schützenden Deckung gewagt. Ziellos irrte der Koloss umher, auf der Suche nach Nahrung und Wasser, doch er war bereits vom Tod gezeichnet. Morten meinte fast, seine Verzweiflung zu spüren, seinen Hunger nach Leben, der nun nie gestillt werden würde. Er empfand Mitleid mit dem Jungtier, das niemals ein alter Bär werden würde, das niemals nach dem

Winterschlaf das erste Frühlingsgrün sehen würde, dessen Traum vom Leben endete, ehe er ihn leben durfte.

Als die Sonne hinter dem südlichen, dem kleineren Gipfel des *Gråhøgda* aufging, brach der Bär zum ersten Mal zusammen. Morten hielt den Atem an und kroch vorsichtig an den Rand der Baumgruppe, um den Bären besser im Auge behalten zu können. Das Tier stieß einen klagenden Laut aus, wohl vor Schmerz und Hunger, kam wieder auf die Beine und schüttelte seinen mächtigen Schädel, als wollte er einen Albtraum abstreifen. Dann trottete er weiter, die Schnauze dicht über dem Boden. Nach wenigen Schritten blieb er stehen, hob den Kopf und witterte. Er war keine fünfzig Meter von Morten entfernt. Als der Bär den Schädel in seine Richtung wandte und ihn aus den kleinen, geröteten Augen direkt anzustarren schien, hielt Morten den Atem an. Der Wind trug den ranzigen, fauligen Geruch zu ihm, und obwohl er wusste, dass der Bär ihn nicht wahrnehmen konnte, erschauderte er.

Das Tier wandte den Blick ab, stand einen Moment schwankend da und sackte dann langsam zusammen.

Mehrere Minuten wagte Morten nicht, sich zu rühren. Der Bär lag da wie ein Berg aus Fell, nur ein leichtes Heben und Senken des Bauches verriet, dass er noch lebte. Beim leisesten Geräusch konnte er auf Morten aufmerksam werden, und Morten wäre mit seinen Verletzungen immer noch eine leichte Beute für das todgeweihte Tier. Erst allmählich wich die Anspannung, und Morten spürte wieder den Schmerz, den er für eine Weile fast vergessen hatte. Der Felsen unter ihm war kalt, sein linkes Bein war steif, die rechte Schulter unbrauchbar. Die Sonne war inzwischen höher gestiegen, doch der kleine Birkenhain lag immer noch im Schatten. Morten zitterte vor Müdigkeit und Schwäche. So geräuschlos wie möglich setzte er sich auf, ohne den Bären aus den Augen zu lassen. Als sich ein paar kleine Steine unter seinem Stiefel lösten, zuckte der Fellberg, doch das Tier hob nicht einmal den Kopf.

Er sah sich um. Unter ihm lag der See, er konnte sogar das

Dorf am anderen Ufer erkennen. Aus einigen der Hütten stieg Rauch auf, mehrere kleine Boote waren auf dem Wasser unterwegs. Aus dem Wald hörte er Vogelgezwitscher, in den Birken über ihm rauschte leicht der Wind. Etwa hundert Meter unter ihm verlief der Pfad, der ihn zur Jagdhütte bringen würde. Dort hätte er es warm und trocken, dort warteten Essen und Trinken auf ihn. Doch dazu müsste er erst an dem Bären vorbei und anschließend mehrere Kilometer durch den Wald. Mit einem gebrochenen Bein, einer aufgerissenen Schulter und einer Kopfverletzung. Und selbst, wenn er es bis zur Hütte schaffte – Wärme und Nahrung genügten nicht, damit er überlebte. Er brauchte einen Arzt.

Sein Blick wanderte erneut über den See zum Dorf. Von dort aus würde man eine Rauchsäule über dem Wald gut erkennen können. Im Sommer war es verboten, offenes Feuer zu entzünden, obwohl es natürlich trotzdem jeder tat, der eine Nacht im Freien verbrachte. Nur bei einem größeren Feuer, am besten noch mit starker Rauchentwicklung, würden die Leute im Dorf am anderen Seeufer stutzig werden und jemanden losschicken, um nach dem Rechten zu sehen.

Mühsam stützte er sich auf die Ellenbogen und schaute sich um. Er brauchte Zweige, Äste und dazu modriges Birkenholz für starken Rauch. Mit zusammengebissenen Zähnen robbte er los.

17

Sie hatte gerade angefangen, ihr Zelt abzubauen, als sie in der Ferne Motorengeräusche hörte, die sich langsam näherten.

Lauschend richtete sie sich auf. Ob das der Besitzer der Alm war, der hier oben nach seinen Tieren schauen wollte? Schließlich packte sie weiter. Egal, wer es war, sie musste von hier weg, die Polizei informieren, Pieter anrufen, ihre Rückreise organisieren.

Noch ehe sie ihre Habseligkeiten im Rucksack verstaut hatte, näherten sich zwei staubige Geländewagen der Alm und hielten auf dem Schotterplatz vor der Hütte an. Mehrere Männer und eine Frau sprangen heraus, sie trugen robuste Kleidung und Rucksäcke. Ihre ernsten Mienen und die Funkgeräte verrieten, dass es sich nicht um einen fröhlichen Wanderausflug handelte. Die Frau entdeckte Sina und sah stirnrunzelnd zu ihr herüber. Ein Mann nickte Sina knapp zu und sagte etwas zu der Frau, dann brachen die Männer auf in die Richtung, aus der Sina gestern gekommen war.

Die Frau kam mit energischen Schritten auf sie zu.

„Hei! Hast du das Feuer gelegt?", fragte sie.

Feuer? Was für ein Feuer? Sina sah sich um. Hinter dem *Gråhøgda*, dort, wo sie gestern den Taleinschnitt passiert hatte, stieg dunkler Rauch auf.

„Ach nein, ich sehe schon", sagte die Frau, als sie Sinas Rucksack und die verstreuten Campingutensilien entdeckte.

Sie hatte graue Haare und einige Falten im Gesicht, doch ihr Körper war drahtig und geschmeidig, als würde sie jeden Tag Sport treiben. Neugierig musterte sie Sina.

„An der Bergflanke ist anscheinend ein Feuer ausgebrochen, deshalb haben wir im Dorf ein paar Leute zusammengetrommelt." Sie zog einen Schlüssel aus der Tasche, schloss die Tür zur Hütte auf und drehte sich zu Sina um. „Möchtest du einen Kaffee?", fragte sie und verschwand in der Hütte, ohne die Antwort abzuwarten.

Sina hatte den Männern nachgeschaut, die den Pfad zum *Lille Skardet* entlangeilten. Jetzt wandte sie sich um und folgte der Frau in die Hütte.

„Danke, gerne." Das Innere der Hütte ähnelte der Jagdhütte unten am See, nur wirkte alles aufgeräumter und gemütlicher. Draußen vor den Fenstern grasten friedlich die Kühe. Unschlüssig blieb Sina an der Tür stehen. Die Frau hatte bereits das Feuer geschürt und stellte gerade einen Wasserkessel auf den Ofen. Sie füllte Kaffeepulver in eine Kanne, dann stellte sie die Dose wieder ins Regal.

„Machst du hier Ferien?", fragte sie und hob die Hand, um zwei Tassen von einem grob gezimmerten Brett zu nehmen. „Ich bin übrigens Gunda."

Sina holte tief Luft. „Ja. Aber mein Mann ist vor zwei Tagen tödlich verunglückt."

Gunda hielt mitten in der Bewegung inne und wandte sich zu ihr um. „Wie bitte?" Langsam ließ sie den Arm sinken. „Was sagst du da? Wo ist es passiert?"

„Am See. Wir waren mit dem Kanu unterwegs, und am Morgen ist er von einem Felsen gestürzt, als er sich erleichtern wollte, und dann bin ich zu Fuß losgelaufen, und dann …"

Ihr wurde schwindelig, als unvermittelt die Anstrengung der letzten Tage über sie hereinbrach. Sie ging zum Tisch und ließ sich auf die Bank sinken. Erst jetzt merkte sie, dass sie am ganzen Leib zitterte. Der Gedanke, dass es vorbei und sie gerettet war, kam ihr unwirklich, beinahe absurd vor.

„Und dann bist du ganz allein vom See durch den Wald hierhergelaufen?", vollendete Gunda ihren Satz. Allerdings nicht so, wie Sina ihn gemeint hatte.

Sie war losgelaufen, und dann hatte sie Morten getroffen. Stumm sah sie die ältere Frau an. Sie hoffte, dass Morten tot war, dass er irgendwo zerschmettert am Fuß des Berges lag. Er hatte versucht, sie zu entführen, und sie konnte von Glück reden, dass sie ihm entkommen war. Trotzdem wollte sie nicht, dass irgendjemand jemals davon erfuhr, dass sie sich überhaupt begegnet waren. Gunda sah sie fragend an, und Sina nickte als Antwort.

„Ja." Sie holte tief Luft. „Dann bin ich allein hierhergelaufen."

„Wir müssen die Bergwacht informieren." Nachdenklich sah sie auf das Funkgerät, das sie auf dem Tisch abgestellt hatte. „Findest du die Stelle wieder, an der dein Mann liegt?"

Sina nickte. „Wir haben den Rastplatz, an dem es passiert ist, auf der Karte eingezeichnet." Sie machte Anstalten aufzustehen und ihren Rucksack zu holen, doch Gunda legte ihr die Hand auf den Arm.

„Lass, darum kümmern wir uns später." Sie zeigte auf das Funkgerät. „Ich kann jetzt ohnehin nicht weg, wir müssen warten, bis die Männer sich wegen des Feuers melden." Sie schloss kurz die Augen. „Aber wir müssen so schnell wie möglich die Polizei informieren."

Das Wasser auf dem Herd begann zu sieden, und Gunda stand auf. Als der Kaffee fertig war, setzten sich die beiden Frauen draußen an den Picknicktisch. Das Funkgerät nahm Gunda mit, doch bisher hatte es noch keinen Ton von sich gegeben. Schweigend schlürften sie ihren Kaffee, die Sonne wärmte angenehm.

„Wie ist das mit deinem Mann passiert?", fragte Gunda nach einer Weile. Sina erzählte ihr dieselbe Geschichte, die sie auch Morten aufgetischt hatte. Anschließend stellte Gunda ihr noch ein paar Fragen, wo sie wohne und woher sie so gut Dänisch könne, das Übliche eben, was man mit Fremden redet, wenn man zusammenhockt und die Zeit überbrücken muss.

„Hast du den Weg über den *Storskardet* genommen?", wollte Gunda wissen. „Oder bist du unten lang gelaufen, an der Jagdhütte vorbei über den *Lille Skardet?*"

„Unten, näher am See entlang."

„Und von dem Feuer hast du nichts mitbekommen?"

Sina schüttelte den Kopf. „Ich habe letzte Nacht hier oben gezeltet. Ich weiß, das gehört sich nicht, so direkt neben einer Hütte, aber es war ein Notfall."

Gunda wischte ihre Bedenken mit einer Handbewegung beiseite. „Heute früh haben wir vom Dorf aus Rauch an der Bergflanke aufsteigen gesehen, genau dort, wo du gestern entlanggekommen sein musst. Es könnte ein normales Feuer sein oder ein Notsignal von jemandem, der in Schwierigkeiten steckt. Wir sind sofort aufgebrochen."

Sina biss sich auf die Lippen. Sollte Morten den Sturz überlebt haben? Was, wenn er es tatsächlich noch geschafft hatte, ein Feuer zu entzünden? Wenn man ihn retten würde?

„Du bist unterwegs nicht zufällig jemandem begegnet?" Gunda sah sie forschend an.

Wenn Morten noch lebte, würde er dann erzählen, dass er sie getroffen hatte? Gut möglich. Aber nie und nimmer würde er damit herausrücken, was in der Höhle geschehen war. Garantiert wäre es ihm am liebsten, wenn nie ein Mensch davon erfahren würde. Und *ihr* wäre es am liebsten, wenn niemand wüsste, dass sie den Erdrutsch ausgelöst hatte, der ihn in die Tiefe gerissen hatte. Gewiss, sie hatte gute Gründe gehabt – der Mann hatte sie bedroht, sie hatte um ihr Leben gefürchtet. Aber würde man ihr die Sache mit der Höhle glauben? Sie hatte keinerlei Spuren davongetragen außer einem leichten Kratzen im Hals und den Panikattacken, die sie überkamen, sobald sie an diese halbe Stunde dachte. Eine Touristin, die behauptete, von einem Einheimischen überfallen worden zu sein – falls sein Wort gegen ihres stand, wem würde man eher

Glauben schenken? Ihr, der Fremden, oder dem Mann, den man hier kannte, der hier geboren und aufgewachsen war, der hier vermutlich Familie und Freunde hatte? Und dann blieb auch noch die Frage, ob er vor zwei Tagen nicht vielleicht doch etwas gesehen hatte. Würde er bestätigen, dass Felix durch einen Unfall ums Leben gekommen war? Oder würde er bei der Polizei Zweifel säen an ihrer Version von Felix' Tod? Wenn ihm das gelänge, könnte die Polizei auch auf die Idee kommen, dass sein eigener Sturz kein Unfall gewesen war. Sondern dass sie versucht hatte, einen potenziellen Zeugen aus dem Weg zu räumen.

Wie viel also sollte sie erzählen? Oder sollte sie leugnen, Morten je begegnet zu sein? Sie blickte Gunda gerade in die Augen.

„Doch, ich habe jemanden getroffen. Morten, so hat er sich vorgestellt. Bei … bei der Jagdhütte. Er hat mich dort übernachten lassen, vorletzte Nacht."

„Er hat dich in seiner Hütte übernachten lassen?" Gundas Miene verriet Erstaunen. „Respekt, dann hast du offenbar Eindruck auf ihn gemacht. Er nimmt nur selten jemanden mit dorthin, und Frauen schon gar nicht." Sie sah Sina nachdenklich an. „Und gestern bist du dann von der Hütte hierhergekommen?"

Sina nickte langsam. „Ich bin aber erst spät aufgebrochen. Eine Fichte war auf die Hütte gestürzt, ich habe Morten geholfen, sie zu zerlegen."

Wieder sah Gunda sie verblüfft an. „Er hat sich von dir helfen lassen?"

Sie zögerte kurz. „Er war verletzt. Ein Bär hatte ihn angefallen und ihm die Schulter aufgerissen."

Gunda sah sie einen Moment an, dann stieß sie vernehmlich den Atem aus. „Okaaay", sagte sie gedehnt, als wüsste sie nicht recht, was sie von der Geschichte halten sollte. Sina verstand ihre Skepsis nur zu gut – Bären griffen normalerweise keine Menschen an. Aber wenn man Morten fand, egal ob tot oder lebend, würde man die Wunde entdecken. Vermutlich würde man auch feststellen, dass jemand ihm einen Verband angelegt hatte, genauso wie man Spuren ihrer Anwesenheit in der Jagdhütte finden würde. Besser also, sie hielt sich so weit wie möglich an die Wahrheit.

Gunda öffnete den Mund, um etwas zu sagen, doch in diesem Moment knackte das Funkgerät.

„Gunda? Wir haben Morten gefunden, er ist verletzt."

Die Frauen sahen sich an. Gunda griff nach dem Funkgerät.

„Fritjoff, könnt ihr ihn herbringen, oder soll ich die SAR alarmieren?"

„Er will keinen Hubschrauber und meint, er schafft es bis zur Alm, aber das könnte schwierig werden. Es hat einen Felssturz gegeben, der Pfad ist teilweise verschüttet. Wir versuchen es, sonst melde ich mich noch einmal."

„Und das Feuer?"

„Ist so gut wie gelöscht, es war tatsächlich ein Zeichen von Morten."

„Okay, wir warten auf euch. Aber die SAR muss sowieso kommen. Der Mann der Touristin hier bei mir ist tödlich verunglückt. Er liegt irgendwo am See."

„Wusste ich es doch, dass sie mir bekannt vorkam. Die beiden haben eins von meinen Kanus geliehen." Es knackte im Funkgerät. „Okay, wir müssen uns um Morten kümmern. Bis später."

Gunda stellte das Funkgerät wieder auf den Tisch und stand auf. „Tut mir leid, aber du hast es ja gehört. Wir müssen auf die Männer warten." Nachdenklich nippte sie an ihrem Kaffee. „Das hätte ich nie gedacht, dass wir Morten mal vom Berg holen müssen. Der Wald und die Gegend hier sind gewissermaßen sein Zuhause." Achselzuckend warf sie einen raschen Blick auf ihre Armbanduhr und stand auf. „Was soll's. Ich muss mich um die Tiere kümmern."

Mit kleinen, raschen Schritten lief die Frau auf die Weide

mit den Kühen zu. Unterwegs holte sie aus einem Schuppen einen Eimer, der offensichtlich mit etwas Leckerem gefüllt war, denn als sie damit klapperte, hoben die Tiere die Köpfe und kamen auf sie zugelaufen.

Sina machte sich daran, ihre restlichen Habseligkeiten zusammenzupacken. Die paar Essenstüten, eine Decke und der warme Pullover waren rasch verstaut. Ehe sie den Rucksack verschloss, schaute sie sich noch einmal auf dem Rasenplatz vor der Hütte um.

Neben der Hüttentür sah sie etwas Metallisches aufblitzen. Das Gewehr.

Sie hatte es gestern Abend ins hohe Gras geworfen und danach völlig vergessen. Ihr wurde schwindelig. Wie um alles in der Welt sollte sie erklären, warum sie Mortens Gewehr mit zur Hütte genommen hatte? Dass er ihr die Waffe zum Schutz gegen den Bären überlassen hatte, würde ihr niemand glauben. Sie verfluchte sich selbst. Warum hatte sie Gunda nicht die Wahrheit gesagt, warum hatte sie nichts von Mortens Überfall und ihrer Flucht erzählt?

Hektisch schaute sie sich nach einem Versteck für die Waffe um, doch in diesem Moment tauchte Gunda wieder auf. Ein kurzer Seitenblick nach rechts, und sie würde das Gewehr entdecken.

Doch Gunda blickte nach links zum *Lille Skardct*. Mit angehaltenem Atem beobachtete Sina, wie die Frau stehen blieb und die Augen mit der Hand beschirmte. Sie musste Gunda irgendwie ablenken und dann das Gewehr beiseite schaffen.

„Gehört die Alm dir?", fragte sie und hoffte, dass die Frau ihren verzweifelten Unterton nicht heraushörte.

Gunda schüttelte den Kopf. „Nein, sie gehört dem verletzten Mann, Morten. Ich habe sie nur gepachtet, er nutzt sie ohnehin nicht mehr." Sie zeigte auf den alten Geländewagen in dem Unterstand neben dem Schuppen. „Das ist sein Wagen. Er stellt ihn meistens hier ab, wenn er auf dieser Seite des Seeufers unterwegs ist." Sie seufzte vernehmlich. „Morten ist ein seltsamer Kauz, ein absoluter Eigenbrötler." Erneut starrte sie in die Richtung, aus der die Männer mit dem Verletzten kommen mussten.

„Wenn die Männer wiederkommen, werden sie hungrig sein. Ich schmiere ein paar Brote", sagte sie schließlich und ging auf die Hüttentür zu. Sina hielt erneut den Atem an. Ein Blick in die falsche Richtung, und sie würde das Gewehr entdecken. Doch Gunda verschwand ohne ein weiteres Wort in der Hütte.

Jetzt.

So schnell ihr schmerzendes Knie es zuließ, humpelte Sina zur Hütte und hob das Gewehr auf. Ein letzter Blick durch das kleine Fenster ins Hütteninnere. Keine Spur von Gunda, aber es klang, als würden Türen geöffnet und wieder geschlossen. Entschlossen lief sie auf Mortens Geländewagen zu. Sie hatte Glück, der alte Landrover war unverschlossen. Leise öffnete sie die hintere Tür, legte das Gewehr auf die Rückbank, warf eine Decke darüber und verschloss die Tür so leise wie möglich wieder. Sie hastete zurück, holte einmal tief Luft und betrat die Hütte.

„Ich helfe dir", sagte sie und machte sich daran, Unmengen von Brot mit Butter zu beschmieren.

Immer wieder spähte sie aus dem winzigen Fenster in Richtung *Lille Skardet*. Die Brote waren längst fertig, frisches Wasser stand in Krügen bereit, heißer Kaffee wartete auf dem Ofen. Einen der Geländewagen hatten sie mit Kissen und Decken in einen improvisierten Krankentransporter verwandelt. Als alles getan war, tranken Gunda und sie noch mehr Kaffee und blickten schweigend zum kleinen Pass.

Doch sie mussten noch gut zwei Stunden warten, bis endlich die Silhouetten der Männer auftauchten, die sich langsam den ausgewaschenen Pfad entlangquälten. Mortens Bein war notdürftig mit zwei dünnen Birkenstämmen geschient, an der Schulter und am Kopf hatte er frische Verbände. Zwei Männer stützten ihn von links und rechts, wobei sie ihn eher zu tragen schienen. Alle waren verschwitzt, die Gesichter waren vor Anstrengung und vielleicht auch von der Sonne gerötet. Man bugsierte Morten auf einen eiligst aus der Hütte herausgetragenen Stuhl und hob das verletzte Bein vorsichtig auf einen Schemel. Morten hatte die Augen geschlossen und atmete schwer.

Gunda schenkte ein Glas Wasser ein und reichte es dem Verletzten. Sie musste ihm beim Trinken helfen. Sina war aufgesprungen und trug die Brote und den Kaffee ins Freie.

Den Männern war die Erschöpfung, aber auch die Erleichterung anzusehen, was Sina ihnen nicht verdenken konnte. Sie mochte sich nicht vorstellen, wie heikel es gewesen sein mochte, den Verletzten sicher über das Geröllfeld zu bringen. Mit Schaudern dachte sie daran, wie sie sich erst gestern selbst den Weg über die losen Steine gebahnt hatte. Schweigend nahmen sie sich zu essen und zu trinken, drei von ihnen setzten sich an den Picknicktisch. Hin und wieder streiften neugierige Blicke Sina, die im Schatten der Hütte stand, bis einer der Männer auf sie zukam. Es war Fritjoff, der Mann, der Felix und ihr ein Kanu vermietet hatte.

„Das mit deinem Mann tut mir leid", sagte er.

„Danke", sagte Sina leise und senkte den Kopf. Möglichst unauffällig versuchte sie, Morten im Blick zu behalten. Noch hatte er sie nicht entdeckt, doch sie fürchtete sich vor dem Moment, in dem sie in seine blauen Augen blicken würde. Augen so tief, dass man meinen könnte, darin zu versinken.

Doch noch mehr fürchtete sie sich vor dem, was er erzählen könnte. Oder vielleicht schon erzählt hatte.

„Ist er schwer verletzt?", fragte sie Fritjoff leise mit einer Kopfbewegung in Mortens Richtung.

„Er wird es überleben, er ist ein zäher Bursche. Aber er muss so schnell wie möglich ins Krankenhaus. Die Schulterwunde hat er sich übrigens nicht beim Sturz zugezogen. Gunda", rief er, „Morten hat den Bären erledigt, hat aber leider auch was abbekommen."

Gunda sah kurz zu Sina hinüber. Sie stand neben Morten, der mit geschlossenen Augen dasaß und leise stöhnte. Sein Gesicht war leichenblass, die Stirn mit Schweißperlen bedeckt.

„Das hat Sina mir schon erzählt", sagte Gunda.

„Du kennst Morten?", fragte Fritjoff erstaunt.

„Ich bin ihm vorgestern begegnet", sagte sie und trat langsam an den Tisch, ohne Morten aus den Augen zu lassen. „Er hat mich in seiner Hütte übernachten lassen. Abends kam der Bär und hat mich bedroht. Morten hat auf ihn geschossen, wurde aber selbst noch verletzt."

Wie in Zeitlupe drehte Morten den Kopf in ihre Richtung und öffnete die Augen. Sie spürte mehr, als dass sie es sah, wie die anderen Männer verwunderte Blicke wechselten. Morten hat eine Frau in seine Hütte gelassen?

Der Verletzte starrte sie an, als hätte er ein Gespenst gesehen. Seine Augen waren glasig vom Fieber. Er öffnete den Mund, als wollte er etwas sagen, doch Sina sprach rasch weiter.

„Ich habe seine Wunde verbunden, und gestern habe ich ihm geholfen, eine Fichte zu zerlegen, die auf die Hütte gefallen war. Gegen Mittag bin ich dann aufgebrochen."

Morten blinzelte ein paarmal, als wollte er die Benommenheit vertreiben, dann sah er sie an. Einen Moment lang waren seine Augen so klar und blau wie bei ihrer ersten Begegnung.

„Morten ist noch in der Hütte geblieben. Er hat mir nur den Weg über den *Lille Skardet* erklärt."

Es war totenstill, niemand rührte sich. Irgendwo in der Ferne blökte ein Schaf.

„Danach habe ich ihn nicht mehr gesehen."

Sie sah Morten an, ihre Blicke schienen sich ineinander zu verhaken. Falls er sich wunderte, warum sie nichts von der Höhle und seinem Überfall und dem Erdrutsch erzählte, ließ er es sich nicht anmerken. Er schaute sie nur stumm an, bis sich ein Schleier vor seine Augen zu legen schien und er erschöpft zusammensackte.

18

Er war nie krank gewesen, und jetzt das – fast einen Monat im Krankenhaus, und dann noch wochenlang zu Hause, hilflos wie ein Krüppel, der mit dem Gips nicht einmal Auto fahren durfte.

Er sei glimpflich davongekommen, das sagten sie alle. Die Ärzte in Tynset, Fritjoff, Gunda. Die Gehirnerschütterung war harmlos gewesen und hatte ihm lediglich ein paar Tage Müdigkeit und Schwindelgefühl beschert, der Wadenknochen war glatt durchgebrochen und heilte gut, die Prellungen und Abschürfungen sahen übel aus, waren aber rasch wieder vergessen. Nur die Schulterwunde hatte sich entzündet, ihr hatte er auch den langen Krankenhausaufenthalt zu verdanken.

Er war es nicht gewohnt, untätig herumzuliegen und die Decke anzustarren, doch das war das Einzige, was er im Krankenhaus tun konnte. Der Krankenpfleger brachte ihm hin und wieder Zeitschriften, mit denen er nichts anfangen konnte, und sein Nachbar im Zweibettzimmer hatte den Fernseher in Beschlag genommen und schaute sich eine Serie nach der anderen an, was ihn genauso wenig interessierte. Also lag er einfach nur da und versuchte, die Bilder zu verdrängen, die in seinem Kopf auftauchten. Das Bild seiner Mutter, die vor seinem Vater kniete, das Bild ihrer gefesselten Handgelenke. In den ersten Tagen nach dem Unfall wachte er manchmal schweißnass aus einem Traum auf, in dem seine Mutter ihn aus angstvoll aufgerissenen Augen anstarrte, als sei er es gewesen, der sie in den Keller gezerrt und gefesselt hatte. Dieser Blick, die großen Augen verfolgten ihn, während er fiebrig und nur halb bei Sinnen gegen die Entzündung in seinem Körper kämpfte. Erst als das Fieber abflaute und er wieder klarer denken konnte, traf ihn die Erkenntnis, die er bereits an der Bergflanke gehabt hatte, ein zweites Mal wie ein Schock: Der Vater hatte seine Mutter getötet, in jener Nacht, als sie verschwand. Sie war niemals fortgegangen, hatte ihn nicht verlassen.

Morten empfand den Schmerz der Trauer, den er jedoch niemandem zeigte. Zeit seines Lebens hatte er alles mit sich allein ausgemacht, warum sollte er es diesmal anders halten? Seine Eltern waren beide tot, und er selbst war inzwischen in einem Alter, in dem das eher die Regel als die Ausnahme war. Eltern starben, so war das Leben.

Doch die Trauer verging nicht, ebenso wenig wie die Bilder verschwanden. Zunächst begriff er nicht, warum er immerzu an seine Mutter denken musste, warum ihm ausgerechnet jetzt, fast sechzig Jahre später, diese Szene im Keller wieder eingefallen war. Da musste erst Gunda kommen und ihm eine Zeitung mitbringen, in der von dem tragischen Unfall am See und der trauernden Witwe berichtet wurde. Er starrte auf das Bild der Frau, eine schlechte, verschwommene Aufnahme, auf der sie nur von der Seite zu sehen war, doch es genügte, um den Damm zu öffnen und ihn einer Flut aus Erinnerungen preiszugeben. Er kannte sie, er hatte sie begehrt, er hatte sie überwältigt und gefesselt, wie sein Vater es bei seiner Mutter getan hatte.

„Stimmt es, dass du sie in deiner Jagdhütte hast übernachten lassen?", fragte Gunda ihn, als sie ihn Ende September aus dem Krankenhaus abholte. „Und dass sie dir geholfen hat, eine Fichte zu zerlegen?" Neugierig schaute sie ihn an, als könnte sie diese Geschichte nicht recht glauben.

Doch Morten nickte nur und schwieg.

Ich habe seine Wunde verbunden, und am nächsten Morgen habe ich ihm geholfen, eine Fichte zu zerlegen, die auf die Hütte gefallen war. Gegen Mittag bin ich dann aufgebrochen. Das waren ihre Worte gewesen, auf der Alm, nachdem er halbtot von den Männern gerettet worden war.

„Sina ist inzwischen wieder zu Hause in Deutschland", brachte Gunda ihn auf den neusten Stand. „Die Bergrettung hat ihren Mann gefunden. Eindeutig ein Unfall." Sie seufzte. „Die Arme. Auf diese Weise den Mann zu verlieren."

Zu Hause auf *Gammelgården* half Gunda ihm aus dem Wagen und ins Haus. Es roch nach längst erkaltetem Holzfeuer und altem Kaffee, das dunkle Holz überall war vertraut und tröstlich. Gunda hatte für ihn gekocht, jetzt heizte sie den Ofen ein und stellte den Topf auf den Herd, um das Essen aufzuwärmen.

„Ich habe dir etwas Brot und Wurst besorgt, und Käse und Milch. Kaffee ist noch genug da. Ich bring dir ab und zu was zum Essen vorbei." Sie hatte ihm den Rücken zugekehrt und rührte im Topf. „Falls du noch etwas brauchst, sag Bescheid."

Morten beobachtete die Frau, die am Herd stand und für ihn kochte. Genauso hatte auch Sina für ihn gekocht. Und davor seine Mutter, vor langer, langer Zeit. Der Duft von Bohnen und Fleisch zog durch den Raum.

Gunda füllte das Essen auf einen Teller und stellte ihn vor Morten auf den Tisch. Sie selbst nahm sich nur ein Glas Wasser und setzte sich zu ihm.

„Ich schau ab und zu mal bei dir vorbei. Wenn irgendwas ist, ruf an."

Schweigend schaufelte er die Bohnen und das Fleisch in sich hinein. Er hatte gar nicht gewusst, wie hungrig er gewesen war, hungrig nach einer vernünftigen Mahlzeit, hungrig nach der Fürsorge einer Frau. Gunda sagte nichts, doch er spürte ihren Blick und hob den Kopf. Sie sahen sich in die Augen, und einen Moment lang glaubte er, das junge Mädchen darin zu erkennen, das ihn anlächelte und mit ihm spazieren ging und ihm sagte, er sei ein schmucker Bursche. Ihre Mundwinkel zuckten leicht, als wollte sie ihn auch jetzt anlächeln, doch dann wurde sie wieder zu der Frau, die sie heute war. Der gestandenen Bäuerin, die stets wusste, was zu tun war, der Nachbarin, auf die Verlass war und die mit anpackte, wann immer es nottat.

„Danke", sagte er leise, und diesmal war sie es, die nur schweigend nickte.

Nachdem Gunda gegangen war, humpelte er mit den Krücken zur Speisekammer und kramte eine Flasche mit seinem Selbstgebrannten hervor. Er stopfte sich die Flasche in die Jackentasche und humpelte weiter zum alten Sofa. Das Haus besaß auch eine gute Stube, doch er wusste schon gar nicht mehr, wann er diese zuletzt betreten hatte. Im Sommer hielt er sich die meiste Zeit im Freien auf, und die langen Winterabende verbrachte er hier in der Wohnküche auf dem Sofa, mit Blick auf den alten Röhrenfernseher.

Doch jetzt blieb der Fernseher aus. Mit einem leisen Stöhnen ließ er sich auf das Sofa sinken, legte sein krankes Bein hoch und öffnete den Schraubverschluss der Flasche. Auf dem kleinen Regal direkt am Sofa stand immer ein Glas bereit.

Die Frau.

Sina.

Tonlos flüsterte er ihren Namen, schloss die Augen und rief sich jenen Moment ins Gedächtnis, in dem er sie zum ersten Mal gesehen hatte, an einem nassen, windigen Abend am See, als sie zusammen mit ihrem Mann das Zelt aufgebaut hatte. Er dachte an jeden Moment, in dem er sie unbemerkt beobachtet hatte, an ihre dunklen Augen, an die Art, wie sie sich bewegte. Warum war ihm nicht schon damals aufgefallen, wie sehr sie seiner Mutter ähnelte? Auch Anna Johansen hatte dunkle Haare und braune Augen gehabt, schmale, aber kräftige Finger und einen vollen Mund, dessen Lippen Süße und Weichheit versprachen.

Er dachte daran, wie Sina ihn verarztet hatte, nachdem der Bär ihn angefallen hatte. An ihren Duft, als sie sich ganz nah über ihn beugte, an ihren leisen Atem, an die Haarsträhne, die ihr ständig ins Gesicht zu fallen schien. Er hatte sie begehrt, wie er nie zuvor eine Frau begehrt hatte, und schließlich hatte er sie sich einfach genommen. Je länger die Geschehnisse am Berg zurücklagen, desto mehr Einzelheiten fielen ihm wieder ein. Wie er ihr die Schlinge um den Hals geworfen und ihre Hände gefesselt hatte. Wie er sie in die Höhle gezerrt hatte. Die Ohrfeige. Die Angst in ihrem Blick. Und dann? Er wusste noch, dass er wie von Sinnen aus der Höhle gerannt war, als ihm die Ähnlichkeit zwischen Sina und seiner Mutter ins Auge gesprungen und ihm urplötzlich die Szene im Keller wieder eingefallen war.

Morten schenkte sich noch ein Glas Schnaps ein und starrte an die Decke. Er erinnerte sich nur schemenhaft daran, dass er die Frau verfolgt hatte, dass sie vor ihm davongerannt war und er verzweifelt versucht hatte, sie aufzuhalten. Und dann hatte ihn die Steinlawine in die Tiefe gerissen, überall um ihn herum waren Steine und Lärm und Geröll gewesen, seine Schreie und der endlose Sturz und dann nichts als eine unheimliche Stille und Schmerz.

Warum hatte sie weder Gunda noch den Männern auf der Alm noch sonst jemandem von dem Überfall und der Höhle erzählt? Sosehr er auch darüber nachgrübelte, ihm fiel kein Grund dafür ein. Doch er konnte auch mit niemandem darüber sprechen, sonst hätte er zugeben müssen, was er getan hatte.

Mit einem Zug leerte er das Schnapsglas und schenkte sich nach.

Zwei Wochen musste er als Gefangener auf *Gammelgården* ausharren, erst dann würde man ihm in Tynset den Gips abnehmen. Zwei Wochen lang humpelte er auf seinen Krücken über den Hof, zwei Wochen lang stand er immer wieder am Rand der verwilderten Wiese und starrte auf den Berg und zum Wald. Inzwischen war es Herbst geworden, der Sommer in Norwegen war kurz, und er hatte einen großen Teil davon verpasst. Noch nie in seinem Leben hatte er für so lange Zeit auf den Wald verzichten müssen. Er vermisste die Stille und die Ungestörtheit, den Fuchs und den Elch, den Eichelhäher und die Wachholderdrossel. Der Wald war sein Zuhause, mehr als dieser alte Hof mit der verfallenen Scheune und dem Stall, in dem es nach Dreck und Moder stank.

Einmal öffnete er die Tür zum Keller. Oben an der Treppe blieb er stehen und schaute hinunter in den winzigen Raum, so wie er damals als kleiner Junge dort gestanden haben musste. Seit Jahren hatte er den Raum nicht mehr betreten, genauso wenig wie die gute Stube. Von der niedrigen Decke wucherten Spinnweben herab, die kalte Luft roch dumpf. Dies war nicht der Raum aus seiner Erinnerung, jede Spur seiner Mutter und ihrer Angst war schon seit Jahren verflogen. Und doch wusste er, dass es geschehen sein musste, dass hier der Vater seine Mutter getötet hatte. Mit starrer Miene machte er kehrt und verschloss die Tür hinter sich. Was für einen Grund mochte sein Vater gehabt haben, seiner Mutter das Leben zu nehmen? Stimmte es, dass sie einen Liebhaber gehabt hatte, mit dem sie vielleicht sogar davonlaufen wollte? Was auch immer der Vater seinen Nachbarn über das Verschwinden seiner Frau erzählt hatte, es musste glaubwürdig gewesen sein, sonst hätte die Polizei Nachforschungen angestellt. Oder hatte sie das? Morten war damals noch ein kleiner Junge gewesen, was wusste er denn schon, wer damals mit seinem Vater gesprochen hatte? Der Pfarrer allerdings hatte nach dem Tod von Tore Johansen keinerlei Andeutungen in diese Richtungen gemacht, also hatte vielleicht tatsächlich niemand Verdacht geschöpft, als die junge Ehefrau und Mutter von einem Tag auf den anderen verschwunden war.

Humpelnd trat Morten nach draußen auf den Hof. Von der Bank am Schuppen aus hatte man einen weiten Blick über das Tal und den Wald, am Horizont ragte der *Gråhøgda* auf, der Berg, der ihn beinahe das Leben gekostet hatte. Irgendwo dort draußen lag seine Mutter, verscharrt unter einem Baum, in einem hastig ausgehobenen Grab. Er stellte sich vor, wie sein Vater nachts die Leiche der Mutter in den alten Volvo geschafft hatte. Im Oktober war es geschehen, kurz vor Einbruch des Winters, und es musste stockfinster gewesen sein. Doch sein Vater war zäh gewesen, und jung, wie ihm einfiel, jünger als Morten heute, da war die Grube schnell ausgehoben, der schlaffe, vielleicht noch warme Körper der jungen Frau hineingelegt. Morten war sich sicher, dass der Vater kein Gebet gesprochen hatte, aber vielleicht hatte er kurz innegehalten, hatte einen letzten Blick auf seine Frau geworfen, auf die feinen Gesichtszüge, die er einmal geliebt haben musste, über alle Maßen vielleicht, denn nur dann konnte man wohl auch genügend Hass aufbringen, um jemanden zu töten. Vielleicht hatte der Vater auch geweint, nein, nein, nicht geweint, höchstens, dass die Augen etwas feucht geworden waren, und dann hatte er wieder zur Schaufel gegriffen und dunkle Erde auf seine Frau geworfen, die Frau, die er getötet hatte. Am Ende hatte er die Erde wohl noch festgetreten, mit energischen, wütenden Schritten, hatte Moos und Zweige darübergeworfen, hatte die Schaufel geschultert und war zum Auto zurückgekehrt. Der Morgen dämmerte bereits, als er nach Hause kam, sich an der Pumpe im Hof die Hände wusch und dann die steile Stiege erklomm, hoch in die Dachkammer, um seinen Sohn zu wecken. Hart packte er ihn an der Schulter und rüttelte den Jungen wach. *Aufstehen, du musst zur Schule.*

Morten blickte über das Tal zum Wald. Irgendwo dort draußen lag seine Mutter. Gewissheit darüber, was geschehen war, hatte er nicht. Aber war das nötig? Würde es seine Mutter wieder lebendig machen, wenn er irgendjemandem erzählte, was damals vor mehr als fünfzig Jahren geschehen war? Sein Vater war tot, ihn konnte niemand mehr bestrafen. Was ihm blieb, war das Wissen, dass er allein bleiben würde bis ans Ende seiner Zeit. Keine Frau würde jemals wieder für ihn kochen, keine Frau würde ihn ansehen und lächeln, nur für ihn. Keine Frau würde jemals wieder sein Begehren wecken und damit den Wunsch, sie zu besitzen und an sich zu binden.

Nur der Wald war immer da. Er würde auch noch da sein, wenn niemand mehr übrig war.

Kurz vor dem ersten Schnee war es endlich so weit, der Gips war ab, und Gunda nahm ihn mit hoch zur Alm, wo immer noch sein Geländewagen im Unterstand auf ihn wartete. Die Kühe und auch die Schafe, die den ganzen Sommer frei umhergeschweift waren, waren bereits wieder im Tal, doch Gunda wollte noch die Hütte winterfest machen.

Auf dem Vorplatz stieg Morten aus dem Wagen und holte tief Luft. Frische, klare Luft, die bereits nach Winter schmeckte. Er lief zu seinem Geländewagen, öffnete die Tür und tastete unter dem Beifahrersitz nach dem Schlüssel. Er war noch da, alles in Ordnung.

Ehe er wieder ins Tal fuhr, musste er noch einmal zum *Lille Skardet,* dorthin, wo er verunglückt war. So sehr er auch gegrübelt hatte, er konnte sich nicht erklären, wie es zu dem Unfall gekommen war. Er kannte den Berg wie kein Zweiter, er kannte die Tücken und war erfahren genug, um sich nicht zu waghalsigen Manövern hinreißen zu lassen.

Trotzdem war er abgestürzt.

Er schaute kurz durch die offene Hüttentür. Gunda kehrte die kalte Asche aus dem Ofen und hob den Kopf, als sie ihn hörte. Das Licht der Petroleumlampe malte weiche Schatten auf ihr Gesicht, ihre grauen, kurzen Haare waren zerzaust.

„Ich lauf noch mal zum *Lille Skardet*.“

Sie runzelte die Stirn.„Macht dein Bein das schon mit?“

„Ja.“ Ehe er sich zum Gehen wandte, fügte er noch hinzu: „Brauchst nicht auf mich zu warten.“

Sie nickte weder, noch schüttelte sie den Kopf, sondern sah ihm nur schweigend nach, als er die Hütte verließ.

Er schulterte den neuen Rucksack, den er sich hatte anschaffen müssen, und brach auf. Die Schulter schmerzte zwar immer noch, da der Bär den Muskel zerfetzt hatte, und er hatte auch nicht mehr so viel Kraft wie früher, doch Morten biss die Zähne zusammen und ließ sich nichts anmerken. Ein eiskalter Wind pfiff über den *Storskardet,* und er kämpfte sich weit vorgebeugt voran. Er brauchte ewig, bis er den Abzweig zum *Lille Skardet* erreichte, und dann noch einmal mindestens eine Stunde, bis der Weg immer schmaler wurde und sich schließlich eng an den Felsen schmiegte.

Schwer atmend blieb er im Windschatten des Felsmassivs stehen und trank einen Schluck Wasser aus einer Quelle. Von hier aus führte der Pfad dicht an der Felswand entlang steil bergab, machte nach etwa hundert Metern eine Kehre und wurde nach vielleicht zweihundert Metern von dem Felssturz verschüttet, den das Unwetter in jener Nacht ausgelöst haben musste, in der auch die Fichte auf die Hütte gestürzt war.

Der Pfad wurde nur selten benutzt, von Wanderern zumeist oder von ihm selbst, denn es war der kürzeste Weg zur Jagdhütte. Langsam ging er weiter, Bilder blitzten in seiner Erinnerung auf, wie er von Fritjoff und Gunnar hier heraufgeschleppt worden war, mehr getragen als gestützt. Er erreichte die Kehre und stieg weiter bergab auf den Felssturz zu. Links von ihm ging es steil hinunter, doch es war keine schroffe, kahle Wand, sondern ein Hang aus Geröll, Steinen und größeren Brocken. Als er den Felssturz erreichte, blieb er erneut stehen und setzte den Rucksack ab. Mit dem Feldstecher suchte er nach der Stelle, an der die Männer ihn gefunden hatten, etwas unterhalb einer kleinen Baumgruppe im Windschatten des Felsens, in dessen Schutz er die Nacht verbracht hatte. Dort war die schwarze Stelle, die sein Signalfeuer hinterlassen hatte. Und noch ein Stückchen weiter entdeckte er den Bärenkadaver, an dem sich alle möglichen Tiere schadlos gehalten hatten. Die freigelegten hellen Knochen hoben sich grell vom dunklen Fell ab.

Sorgfältig suchte Morten die weite Bergflanke ab, dann ließ er den Feldstecher sinken und drehte sich um. Über ihm gab es ein paar Stellen, an denen vor kurzem Gestein herausgebrochen sein musste. Er schaute wieder nach unten. Hier und dort meinte er die typischen Spuren zu erkennen, die entstanden, wenn etwas oder jemand inmitten von Steinen und Geröll einen Hang hinabrutschte. Die kleine Lawine war unweit der Stelle zum Stehen gekommen, an der er nach dem Sturz das Bewusstsein wiedererlangt hatte. Stirnrunzelnd blickte er noch einmal nach oben. Aber wie war es zu den Felsabbrüchen über ihm gekommen?

Er nahm den Rucksack und machte sich auf den Rückweg. Ungewohnt kraftlos schleppte er sich den steilen Pfad hinauf. Im Laufe der Jahre hatte er den Berg so oft erklommen, dass er jeden Stein und jedes Grasbüschel kannte. Nur deshalb und weil er so langsam unterwegs war wie nie zuvor, fielen ihm hinter der Kehre, als er sich bereits dem *Lille Skardet* näherte, die Spuren auf dem kargen Boden auf, Schleifspuren nicht unähnlich, als hätte jemand hier und da schwere Felsbrocken verschoben, bis an den Rand des Abgrunds. An einer Stelle waren ein paar Wildkräuter herausgerissen, und direkt darunter war ein Stück Fels aus der Wand gebrochen.

Unvermittelt begann sein Herz, heftig zu pochen. Er war ein Jäger, ein Spurenleser, und es fiel ihm nicht schwer, das, was er sah, zu deuten.

Diese Frau hatte versucht, ihn umzubringen.

Auf dem Rückweg zur Alm hatte er den Wind zum Glück im Rücken, sonst hätte er es wohl nicht mehr im Tageslicht geschafft. Die Dämmerung setzte gerade ein, als die kleinen, dunklen Gebäude mit den grünen Dächern endlich in Sicht kamen. Nirgends brannte Licht, auch Gundas Wagen war verschwunden.

Als er seinen alten Landrover endlich erreicht hatte, stützte Morten sich auf die Motorhaube und beugte sich keuchend vor. Seine Schulter brannte, und der Schmerz im Bein zog bis in den Fuß. Er biss die Zähne zusammen und richtete sich wieder auf. So ein paar läppische Verletzungen, und er jammerte hier herum wie ein Schwächling. Er öffnete die hintere Tür, um den Rucksack auf die Rückbank zu stellen. Er hob die Decke an, um sie beiseite zu werfen, doch dann hielt er mitten in der Bewegung inne.

Sein Gewehr.

Er hatte geglaubt, es bei seinem Sturz verloren zu haben, doch jetzt lag es friedlich hier in seinem Auto und wartete auf ihn. Wie in Trance ließ er den Rucksack zu Boden gleiten und griff nach der Waffe. Das kühle Metall lag fest in seiner Hand, das glattgeschliffene Holz war weich und warm.

Wie war es hierhergekommen? Hatte jemand aus dem Rettungstrupp es gefunden und in seinen Wagen gelegt? Aber warum hatte es ihm niemand erzählt? Alle hier wussten, dass Morten ein Jäger war, und einem Jäger war seine Waffe heilig. Niemand, der ihn kannte, hätte ihn im Ungewissen gelassen; wenn jemand aus dem Tal die Waffe gefunden hätte, hätte er davon erfahren.

Nachdenklich drehte er das Gewehr in den Händen. Der Kolben war zerkratzt, als hätte ihn jemand über einen steinigen Untergrund geschleift. Er umklammerte den Lauf und schloss die Augen. Er wusste, dass er das Gewehr dabeigehabt hatte, als er zusammen mit dieser Frau die Hütte verlassen hatte. In der Höhle, so erinnerte er sich, hatte er es an die Felswand gelehnt. Und dann? Dann war er überstürzt aus der Höhle gestürmt und hatte das Gewehr zurückgelassen.

Die Frau musste es an sich genommen haben. Sie hatte sein Gewehr gestohlen und als Wanderstock missbraucht. Und dann hatte sie versucht, ihn zu töten. Er packte den Gewehrlauf mit solcher Kraft, dass die Fingerknöchel weiß wurden. Er verfluchte den Tag, an dem er diese Frau zum ersten Mal gesehen hatte, und er verfluchte sich selbst, weil er sich ihr gezeigt und sie nicht einfach weiterhin aus der Ferne beobachtet hatte. Er sah ihr Gesicht vor sich und spürte Zorn in sich aufsteigen, maßlosen Zorn.

Doch eine Sache begriff er nach wie vor nicht. Die Frau hätte Gunda und Fritjoff und allen anderen erzählen können, was er ihr angetan hatte. Niemand hätte ihr einen Vorwurf daraus gemacht, dass sie versucht hatte, ihn zu töten. Doch sie hatte geschwiegen, hatte sein Geheimnis bewahrt.

Warum?

Warum schwieg eine Frau über ihr angetanes Unrecht?

Weil sie selbst Unrecht getan hatte.

Weil sie getötet hatte.

19

Das herrschaftliche Gebäude aus der Gründerzeit in bester Innenstadtlage wirkte einschüchternd, nur ein kleines Goldschild mit der Gravur *Bankhaus Sander* zierte den hellen Sandstein neben der imposanten Holztür. Es war Ende September, einer der letzten warmen Sommertage. Kein Windhauch regte sich. Sina blieb auf der anderen Straßenseite stehen und legte den Kopf in den Nacken, um an der Fassade emporzublicken. Letzte Woche hatte sie einen Brief von der Privatbank bekommen, bei der Felix und sie ein gemeinsames Konto besaßen. Sie hatte es bisher vermieden, sich mit ihren Finanzen auseinanderzusetzen, während ihrer Ehe hatte sich stets Felix um diese Dinge gekümmert. Doch dann hatte Theodor Sander, der Inhaber der Bank, ihr geschrieben, er wolle gerne persönlich mit ihr sprechen.

Vor gut fünf Wochen war sie aus Norwegen zurückgekehrt, und seither hatte sie nur wenige ruhige Momente gehabt. Eine Beamtin des deutschen Konsulats in Norwegen hatte ihr bei den Formalitäten im Zusammenhang mit Felix' Tod geholfen, hier in Deutschland hatte ihr dann ein Bestattungsunternehmen das meiste abgenommen, trotzdem gab es noch genug, um das sie sich kümmern musste. Die Nachricht vom Tod des bekannten Galeristen Felix van Megen hatte die Kunstwelt erschüttert, sämtliche Feuilletons hatten Nachrufe und Würdigungen gebracht, zur Beerdigung in der ersten Septemberwoche waren mehrere Hundert Menschen erschienen.

Niemand zweifelte daran, dass Felix durch einen Unfall ums Leben gekommen war. Weder die ermittelnden Beamten in Norwegen, noch der Arzt, der Felix' Tod feststellte, noch seine Freunde und Geschäftspartner in Deutschland. Bisweilen kam es Sina unheimlich vor, wie vorbehaltlos man ihrer Lüge glaubte. Das Mitgefühl und die Aufmerksamkeit, die man ihr überall entgegenbrachte, waren anfangs für sie nur schwer zu ertragen, jeden Moment fürchtete sie, als das enttarnt zu werden, was sie war: eine Mörderin. Sie schlief schlecht, in Gegenwart anderer war sie nervös und schreckhaft, und sie wagte kaum, den Menschen in die Augen zu blicken. Es gab Tage, da bereute sie zutiefst, was sie getan hatte, vor allem, wenn Felix nur in den schillerndsten Farben gezeichnet wurde, wie es bei Toten so üblich war. Auch sie selbst vergaß die Streitereien der letzten Jahre, seine verletzenden Worte, ihre Verzweiflung darüber, an seiner Seite nicht mehr arbeiten zu können. Sie hatte den Mann getötet, den sie geliebt und dem sie so viel zu verdanken hatte, und mit dieser Schuld würde sie von nun an leben müssen. Doch dann dachte sie wieder an die letzten gemeinsamen Wochen, an Felix' ständiges Drängen, an die Gemeinheiten, die er ihr noch im Urlaub an den Kopf geworfen hatte. Anders als erhofft hatten die Tage in Norwegen sie einander nicht nähergebracht, sondern die Kluft zwischen ihnen nur noch vertieft. Die Frage war nicht mehr gewesen, ob sie sich von Felix trennen sollte, sondern nur noch, was danach kommen würde.

An jenem Morgen hatte er sie schon beim Aufwachen missmutig angestarrt und wieder einmal wegen irgendeiner Nichtigkeit angeraunzt. In dem Moment, als Felix den Reißverschluss vom Zelt öffnete und ihr den Rücken zuwandte, war der Gedanke das erste Mal aufgetaucht, wie praktisch es wäre, wenn er einfach verunglückte, wenn er tot wäre und sie endlich, endlich ihre Ruhe hätte. Sie war aufgestanden und ihm gefolgt, und dann war es auch schon geschehen. Noch jetzt, Wochen danach, erinnerte sie sich an das Gefühl der

Befreiung, als sie die Stille nach seinem Schrei wahrgenommen hatte. An ihre Erleichterung, nachdem sie sich vergewissert hatte, dass er tot war. An den ersten tiefen Atemzug, den sie ganz bewusst als Witwe genommen hatte, den ersten Atemzug in Freiheit. Felix war tot, und das war gut so.

Dieser Morten hingegen lebte, und das bereitete ihr immer noch Sorgen. Letzte Woche war er aus dem Krankenhaus entlassen worden, und soweit sie wusste, hatte er ihre Aussage bestätigt. Sie hatten sich bei seiner Jagdhütte getroffen. Sie hatte dort übernachtet und war am nächsten Tag allein weitergezogen. Punkt. Doch würde er bei dieser Aussage bleiben? Oder würde er es darauf ankommen lassen und der Polizei erzählen, dass er die Leiche ihres Mannes ebenfalls gesehen hatte und dass sie es gewesen war, die den Erdrutsch ausgelöst hatte, der ihn beinahe das Leben gekostet hatte? Sina konnte sich nach wie vor nicht vorstellen, dass Morten reden würde, weil dann unweigerlich auch sein Überfall auf sie zur Sprache käme, und daran konnte er kein Interesse haben.

Energisch atmete sie einmal tief durch und verdrängte den Gedanken an diesen Sonderling. Jetzt standen wichtigere Dinge an, um die sie sich kümmern musste. Sie ging auf das beeindruckende Gebäude zu und drückte die schwere Tür auf. Im dezent beleuchteten Foyer wurde sie von einer jungen Dame im Businessdress begrüßt, die sie durch die Halle zu den Fahrstühlen führte.

„Herr Sander erwartet Sie bereits", erklärte sie, während sie Sina in die verspiegelte Kabine begleitete und den Knopf für das fünfte Stockwerk drückte.

Theodor Sander erhob sich, als Sina eintrat, und lächelte ihr freundlich, aber unverbindlich zu. Sie hatte den Mann bislang nur selten gesehen, als sie eine Unterschrift für das gemeinsame Konto mit Felix leisten musste und ein paarmal bei offiziellen Anlässen.

Mit ernster Miene schüttelte Theodor Sander ihr die Hand.

„Mein herzliches Beileid. Was für ein furchtbarer Verlust."

„Danke." Sie senkte den Blick und nahm auf einem der weichen Besucherstühle Platz. Der Schreibtisch war bis auf ein paar Blätter und einen kleinen Monitor in der Ecke leer. Das Büro war schlicht und hell gestaltet, an der Wand hing moderne Kunst, auf einer Anrichte entdeckte sie eine ihrer eigenen Skulpturen, eine ältere Arbeit, *Schiff im Sturm.*

Theodor Sander setzte sich hinter seinen Schreibtisch, legte die Unterarme auf die Tischplatte und verschränkte die Hände wie zum Gebet.

„Ich habe Sie hierher gebeten, um mit Ihnen Ihre persönliche finanzielle Lage zu besprechen. Ich weiß, dass Ihr verstorbener Gatte sich um alle geschäftlichen Belange gekümmert hat, aber ich nehme an, Sie sind über die wichtigsten Zahlen informiert?"

Sina musste zugeben, dass dem nicht so war. Da waren die Villa und das Ferienhaus in Südfrankreich, dazu Aktien und sonstige Wertpapiere – aber damit erschöpfte sich ihr Wissen um ihre finanzielle Lage bereits. Sie schüttelte den Kopf.

Theodor Sander seufzte.

„Ihr momentaner Schuldenstand beläuft sich auf rund eineinhalb Millionen Euro."

Sina glaubte, sich verhört zu haben. „Was reden Sie da? Felix hatte Schulden?" Da waren doch die Häuser, die Villa und nicht zuletzt das Vermögen, das Felix von seinen Eltern geerbt hatte.

Theodor Sander nickte stumm und beobachtete sie aufmerksam.

„Dann verkaufen Sie doch einfach das Ferienhaus und ein paar Aktien. Das müsste doch ohne Weiteres …"

„Das ist längst geschehen."

Der Satz hing in der Luft wie eine Gewitterwolke, die selbst nur der Vorbote eines Sturmes war. Leise stieg ein kaum wahrnehmbares Gefühl der Kälte in ihr auf. Sina wünschte sich fort aus diesem Büro, sie wollte nicht hören, was Theodor Sander noch zu sagen hatte.

„Sämtliche Fondsbeteiligungen, Aktien und sonstige Wertpapiere sind ebenfalls veräußert." Der Bankier sah sie unverwandt an. Als Sina das Gefühl hatte, der ganze Raum würde sich um sie drehen, wurde sein Blick mitfühlend. „Haben Sie davon etwa nichts gewusst?"

Sie schüttelte den Kopf.

Sander schien nicht recht zu wissen, was er davon halten sollte. Konnte es sein, dass eine kluge Frau, wie Sina van Megen es offensichtlich war, nichts über die Zahlungsunfähigkeit ihres verstorbenen Mannes und somit ihre eigene wusste? „Haben Sie denn nie mit Ihrem Gatten über solche Dinge gesprochen? Sie haben doch jedes Jahr die Steuererklärung unterschrieben ..."

Seine Worte verloren sich irgendwo in dem dicken Teppich, der Raum schien sich zu verzerren und wurde immer enger, während die Luft immer knapper wurde. Sina fühlte sich benommen und wünschte, in Ohnmacht zu fallen, um daraus aufzuwachen und festzustellen, dass alles nur ein Traum war. Doch sie fiel nicht in Ohnmacht, der Raum fand zu seinen normalen Maßen zurück, und Theodor Sander musterte sie leicht besorgt. Sie holte tief Luft und versuchte zu begreifen, was eigentlich los war. Felix hatte Schulden angehäuft, einen ganzen Berg Schulden. Aber sie konnte doch nicht vollkommen pleite sein, oder? Was war mit der Villa? Und der Galerie?

„Die Villa ist mit einer Hypothek belastet", erklärte Theodor Sander auf ihre Frage hin, „und die Galerie selbst verfügt über kein nennenswertes Vermögen. Das *Kunstkontor van Megen* fungiert in erster Linie als Agentur, die Werke von Künstlern und Künstlerinnen wie Ihnen vermittelt."

Sie schloss die Augen. Ihre Gedanken überschlugen sich, sie wusste kaum, was sie als Erstes fragen sollte. „Seit wann geht das so? Ich meine, wie konnte mein Mann so viele Schulden aufhäufen?"

Theodor Sander seufzte tief. „Die Finanzkrise 2008 – davon haben Sie aber schon gehört, oder?"

Finanzkrise, ja klar. Irgendeine Finanzkrise war immer, irgendjemand verlor immer Geld, irgendwelche Firmen kamen groß raus, andere verschwanden. Aber was ging sie das an, was hatte Felix damit zu tun?

„Ihr Gatte hatte gegen unseren Rat Gelder in risikoreichen Fonds angelegt. Dann kam der Zusammenbruch von Lehman Brothers, und Ihr Gatte verlor über Nacht sein Vermögen an Aktien und Wertpapieren." Der Bankier seufzte erneut. „Wir rieten ihm, es dabei zu belassen, das Ferienhaus zu verkaufen, den Gewinn konservativ anzulegen – geringe Rendite, aber auch geringes Risiko." Er schwieg. „Ihr Gatte setzte erneut auf Risiko. Und verlor erneut."

Risiko statt Sicherheit, das war der Felix, den sie kannte. Der Felix, der als junger Mann die Rallye Paris–Dakar gefahren war, der das Leben auskostete, der sich nicht bescheiden wollte und für alle, die warnend die Stimme erhoben, nur ein verächtliches Lachen übrig hatte. Felix, der es niemals nötig gehabt hatte, aufs Geld zu schauen, für den es normal war, sich alles leisten zu können. Und der ihr beigebracht hatte, gleichfalls nicht auf den Pfennig zu schauen. Wieder und wieder hatte er ihr zu verstehen gegeben, dass jederzeit genügend Mittel vorhanden seien, um sich alle Wünsche und Träume zu erfüllen. Trotzdem war das Vermögen niemals ihres gewesen, immer nur Felix'. Aus welchen Quellen es sich speiste, wie es sich zusammensetzte, was zu seiner Pflege notwendig war – sich darum zu kümmern hatte sie nie als ihre Aufgabe angesehen. Sie war Künstlerin, und Felix hatte ihr den Rahmen geboten, unbeschwert von existenziellen Sorgen zu arbeiten.

„Als alles weg war, begann er, Schulden zu machen, in dem verzweifelten Versuch, sein Vermögen wieder aufzubauen. Von uns bekam er keine Kredite, aber andere Banken hatten da weniger Bedenken." Theodor Sander machte eine Pause und fuhr dann fort: „Um die Kredite zu bedienen, griff er immer häufiger auf Ihr gemeinsames Konto zu. Es tut mir leid, aber im Laufe der Jahre hat er auch Ihr Geld verspielt."

Sina begriff zuerst nicht. Ihr Geld? Das Geld, das sie mit ihrer Arbeit verdient hatte? Wie viel mochte es gewesen sein? Sie wusste es ebenso wenig, wie sie die Höhe von Felix' Vermögen gekannt hatte. Als sie angefangen hatte, mit ihrer Kunst Geld zu verdienen, waren das für sie zwar gewaltige Summen gewesen, doch Felix hatte ihr das Gefühl vermittelt, es seien lediglich Peanuts, gerade einmal genug, um die Putzfrau für die Villa oder den Gärtner zu bezahlen. Und daran hatte sich nie etwas geändert: Felix war reich, sie verdiente nur etwas hinzu. Dass sie in den letzten Jahren ausschließlich von den Einnahmen ihrer Arbeit gelebt hatten, hätte sie sich niemals träumen lassen.

„Es tut mir leid", wiederholte Theodor Sander. „Ich kannte bereits Felix' Vater, ich habe Ihren Gatten als kleinen Jungen im Garten herumtoben sehen. Glauben Sie mir, ich habe getan, was ich konnte, um ihn davon abzuhalten, sich selbst zu ruinieren, aber ich kam nicht mehr an ihn heran."

Sina nickte langsam. Das also steckte hinter Felix' Verhalten in den letzten Jahren, hinter seiner Nervosität, seiner Gereiztheit, seiner Unberechenbarkeit. Darum hatte er ihre Werke hinter ihrem Rücken verkauft, ehe sie selbst dazu bereit war; darum hatte er sie immer wieder bedrängt, zu ihrem alten Stil zurückzukehren, zu dem Stil, mit dem sie bekannt geworden war – und der mehr einbrachte als ihre neue Richtung.

„Und jetzt? Was soll ich jetzt machen? Ich meine, Felix' Schulden …" Sie wusste, dass sie hilflos klang wie ein kleines Mädchen, und sie hasste sich dafür. Das war die Quittung dafür, dass sie sich Felix gegenüber jahrelang genauso verhalten hatte. Kein Wunder, dass er nie mit ihr über seine Geldsorgen gesprochen hatte. Über so etwas sprach man nicht mit Kindern.

Theodor Sander holte tief Luft. „Ich nehme an, Sie sind die Alleinerbin?"

Sie nickte beklommen. Es gab kein Testament, keine Kinder, keine weiteren engen Verwandten.

„Dann sind die Schulden Ihres Gatten jetzt Ihre Schulden."

„Wie bitte?" Entgeistert sah sie den grauhaarigen Endsechziger auf der anderen Seite des breiten Schreibtisches an. „Aber wie soll ich denn … wie viel? Wie soll ich eineinhalb Millionen Euro zurückzahlen?"

„Sie könnten versuchen, Geldgeber zu finden, die Ihnen und Ihrem Talent vertrauen." Theodor Sander machte eine kurze Pause. „Oder Sie schlagen die Erbschaft aus."

„Aber ich habe das Erbe bereits angenommen!" Sie dachte an das profane Schreiben vom Amtsgericht, auf das sie bereits vor einigen Wochen geantwortet hatte. Eine Formalie, wie sie damals gedacht hatte.

„Wenn Sie glaubhaft machen können, dass Sie von den Schulden Ihres Mannes nichts wussten, können Sie das Erbe immer noch ausschlagen."

„Aber dann würde ich alles verlieren! Die Villa, mein Atelier …"

Beinahe mitleidig sah Theodor Sander sie an.

„Das werden Sie so oder so. Wenn Sie meinen Rat hören wollen: Machen Sie einen sauberen Schnitt. Trennen Sie sich von dem Haus, fangen Sie ganz von vorn an. Sie sind jung, Sie sind talentiert. Machen Sie sich das Leben nicht unnötig schwer, indem Sie für die Fehler Ihres verstorbenen Gatten bezahlen."

Schweigend schaute sie aus dem Fenster hinter dem alten Bankier. Im Raum war es still, durch die Fenster drang kein Laut vom Lärm der Großstadt ins Innere.

So war das also. Aller Reichtum und Wohlstand waren dahin, sie stand vor dem Nichts.

Die nächsten Wochen durchlebte sie wie im Fieber. Mechanisch erledigte sie alle notwendigen Formalitäten, räumte mit Sofies Hilfe ihre persönlichen Sachen aus der Villa und suchte sich ein neues Atelier. Ganz in der Nähe von Sofies Fabriketage fand sie einen günstigen Raum, eine ehemalige Tischlerei, düster und staubig, doch immerhin konnte sie hier ihr Holz und ihr Werkzeug lagern. Für sich selbst fand sie eine großzügig geschnittene Wohnung, ein Kunde der Galerie überließ ihr die vier hellen Zimmer in einer guten Wohngegend zu einem günstigen Preis, doch natürlich war das kein Vergleich zu der Villa in bester Lage mit dem riesigen Grundstück und dem Gartenhaus.

Pieter war nach dem Tod seines Geschäftspartners der alleinige Inhaber des *Kunstkontors van Megen,* und selbstverständlich würde er Sina auch weiterhin vertreten, wie er ihr umgehend versicherte.

„Du hast Talent", sagte er, „das werde ich doch nicht einfach so der Konkurrenz überlassen. Egal, für was für eine Stilrichtung du dich entscheidest." Ihm gelang sogar ein kleines Lächeln, doch Sina ahnte, dass es ihm lieber wäre, sie würde zu ihrem alten, erfolgreichen Stil zurückkehren, auch wenn er sie nicht so massiv bedrängte wie Felix.

Im Moment jedoch fühlte Sina sich nicht in der Lage, überhaupt zu arbeiten, und stattete der Werkstatt nur hin und wieder einen kurzen Besuch ab. Sie fühlte sich fremd dort und glaubte nicht, an diesem Ort jemals etwas Vernünftiges zustande zu bringen. An der Decke summten uralte Neonröhren, die rohverputzten Wände waren grau und düster. Durch die staubigen Fenster sah man hinaus auf den kleinen Hinterhof mit den Mülltonnen und schrottreifen Fahrrädern, die von ihren Besitzern hier vergessen worden waren. Sie vermisste den Blick aus ihrem alten Atelier, über den weiten Rasen und die gepflegten Bäume und Sträucher. Und sie vermisste Felix' Lachen, seinen Charme, den Blick aus seinen blauen Augen. Nachts, wenn sie schlief, und tagsüber, ganz unvermittelt, sah sie sein Gesicht vor sich, durchlebte sie noch einmal diesen Moment, als sie ihm die Hand an den Rücken gelegt hatte, spürte wieder den leichten Widerstand, als sie zustieß, sanft, fast zärtlich. Sie hörte noch einmal den Schrei, in dem sie Felix' Todesangst und auch sein Wissen um das, was sie getan hatte, herauszuhören meinte. Sie spürte noch einmal ihre Euphorie, ihre Angst, die Beklommenheit, die Schuldgefühle, die Scham, die Wut. Und über nichts davon konnte sie mit einem anderen Menschen sprechen. Weder mit Sofie noch mit Pieter.

Doch sie hatte ihre Kunst.

Als sie das nächste Mal in ihr neues Atelier kam, schien zum ersten Mal eine goldene Sonne durch die staubigen Fenster. Sina sah sich um. Der Raum war gut geschnitten, die Fenster zeigten nach Norden und Osten, das große Werkstatttor führte auf den Hof. Auf dem Boden sah man noch, wo einst die Maschinen gestanden hatten, ein leichter Harzgeruch lag in der Luft. Sina riss die Türen und Fenster auf, holte einen Eimer Wasser und befreite die Fenster vom Jahre alten Staub. Sie strich die Wände und besorgte neue Lampen, holte ihr altes Sofa aus der Wohnung, stellte einen Wasserkocher und eine Handvoll Tassen ins Regal.

Auf der Werkbank lagen fein säuberlich ihre Werkzeuge ausgebreitet. Vor ihr stand ein Stück Robinie, hartes, festes Holz, das schwer zu bearbeiten war, aber die Anstrengung würde ihr guttun. Lange betrachtete sie den Holzblock, dann holte sie tief Luft und griff nach Hammer und Beitel. Sie schloss die Augen und dachte an den Moment, in dem sie Felix getötet hatte. An das leise Kribbeln, an seinen warmen Rücken unter ihrer Hand, an den letzten Moment des Zögerns, an diesen kleinen Stupser, diese fast sanfte Geste, die so klein und zugleich so gewaltig war. Ihre Angst in diesem Moment, ihre Wut, ihre Neugierde. Alle Gefühle ließ sie erneut in sich aufbranden, bis sie ganz davon erfüllt war.

Sie arbeitete wie im Rausch, Tag und Nacht. Sie ging nicht ans Telefon und suchte ihre Wohnung nur zum Schlafen und Duschen auf. Nie zuvor hatte sie so gearbeitet, nie zuvor war sie so versunken in die Bewegungen und Geräusche, die Gerüche und Berührungen, wenn sie vorsichtig über die bearbeiteten Flächen strich. Sie dachte nicht nach, es war, als wäre sie selbst ein Werkzeug, als würde etwas aus ihr herausströmen, über das sie keine Kontrolle hatte. Sie hatte keine Vorstellung davon, wo es sie hinführen würde, hatte keinen Plan von der fertigen Arbeit, doch eines Tages, für sie selbst beinahe unerwartet, war es so weit: Sie schliff eine letzte unebene Stelle glatt, trat einen Schritt zurück und besah sich ihr Werk.

Es war perfekt. Es war etwas völlig Neues, es war wild und lebendig, und jeder Zentimeter erzählte einen Teil der Geschichte. Einen Moment lang fürchtete sie, auch andere würden die Skulptur als das entschlüsseln können, was sie war: ein Geständnis, eine detaillierte Darstellung der Sekunden vor Felix' Tod. Doch natürlich erkannte niemand die geheime Botschaft, denn das Holz war ihr Freund und Verbündeter. Es würde ihr Geheimnis wahren.

20

Die Räume des Museums waren hell erleuchtet, überall standen festlich gekleidete Menschen mit Sektgläsern. Gedämpftes Gelächter und Stimmengemurmel wehten hinaus auf die Promenade. Im Mittelpunkt der Aufmerksamkeit stand eine Frau mit dunklen Haaren und braunen Augen. Sie war noch genauso schön wie in jenem Sommer vor zwei Jahren.

Sina van Megen.

Leise sprach er den Namen aus. Er schien nicht recht zu der Frau zu passen, die er kannte, zu der Frau, die mit dem Beil in der Hand die Fichte an der Hütte zerlegt hatte, zu der Frau, die seine Wunde versorgt und deren leichten Schweißgeruch er eingeatmet hatte.

Schon seit Stunden trieb er sich beim Museum herum und kundschaftete die Umgebung aus. Seinen neuen Van hatte er ganz in der Nähe, an der *Tjuvholmen allé,* geparkt, direkt an der einzigen Straße, die aus diesem Viertel herausführte. Es hatte ewig gedauert, bis sie endlich aufgetaucht war und er sie ungestört beobachten konnte. Jeder schien sie zu kennen, und sie begrüßte die Menschen mit einem Lächeln, manchmal nickte sie nur kurz, manchmal plauderte sie eine Weile mit ihnen. Sie hielt ein Sektglas in der Hand, an dem sie ab und zu nippte. Ihre weichen Lippen umschlossen das Glas, die geröteten Wangen ließen ihre Augen funkeln.

Er stand verborgen hinter zwei riesigen Metallkugeln und

beobachtete sie durch den Feldstecher. Es war kalt, ganz Norwegen lag unter einer dicken Schneedecke, und sein Bein schmerzte. Der Bruch seines Unterschenkels war zwar gut verheilt, doch seit damals reagierte das Bein empfindlich auf Kälte und Nässe. Noch schlimmer war, dass auch die Schulter ihm immer wieder Probleme bereitete, manchmal war der Schmerz so heftig, dass er keinen Schuss aus dem Gewehr abfeuern konnte. Er ließ den Feldstecher sinken und nahm einen Schluck von seinem Selbstgebrannten aus dem Flachmann, dann warf er einen Blick auf die weiß verschneite Fläche vor und hinter sich. Alles leer. Auch auf dem Wasser war alles ruhig. Das Museum lag auf einer Insel direkt am Fjord. Moderne Fassaden, breite Gehwege und überall merkwürdige Skulpturen, mit denen Morten nichts anfangen konnte – aber man konnte sich perfekt dahinter verstecken. Hatte diese moderne Kunst also wenigstens einen Nutzen. Morten schnaubte verächtlich, hob den Feldstecher und richtete ihn erneut auf Sina van Megen.

Er hatte versucht, sie zu vergessen.

Hatte die Zeitung weggeworfen, die Gunda ihm ins Krankenhaus gebracht und die er zunächst aufbewahrt hatte, um sich jederzeit ihr Bild anschauen zu können. Doch schon kurz darauf hatte er es bereut, denn in der Erinnerung begann sein Bild von ihr zu verblassen. Er wusste noch, dass ihre Haare dunkel waren, dass ihr ständig eine Strähne ins Gesicht hing und dass die Augen braun waren, so dunkel, dass die Farbe kaum zu erkennen war. Er erinnerte sich an Details, an die Grübchen links und rechts, die sich zeigten, sobald sie lächelte, an diesen kleinen Leberfleck neben dem linken Auge, aber es gelang ihm nicht, sich an ihr Gesicht als Ganzes zu erinnern. Sie sah seiner Mutter ähnlich, doch von Anne Johansen besaß er nur das alte Hochzeitsfoto in Schwarz-Weiß, das sie als junges Mädchen im streng geschnittenen Kleid zeigte. Nächtelang lag er wach und versuchte, sich an das Aussehen der Frau zu erinnern. Die Amnesie, unter der er nach der Gehirnerschütterung gelitten hatte, war vollständig abgeklungen, und alles andere wusste er noch, als sei es erst gestern geschehen. Wie er sie zum ersten Mal erblickt hatte. Wie sie ihn zum ersten Mal gesehen hatte – dieser wachsame Blick, die Unsicherheit, als sie unvermittelt in der Wildnis einem Fremden gegenübergestanden hatte. Jede Minute der zwei Tage, die er mit ihr verbracht hatte, war er in endlosen Wiederholungen immer wieder durchgegangen, nichts hatte er vergessen, weder ihren Geruch, noch ihre Stimme, noch die Art, wie sie sich bewegte. Und natürlich wusste er noch genau, was in der Höhle geschehen war. Wie er ihr die Schlinge um den Hals geworfen hatte, wie sie gezappelt hatte, als er sie durch den schmalen Gang geschleift hatte, an die Angst in ihren Augen. Nur ihr Gesicht als Ganzes hatte sich ihm entzogen, es war und blieb wie hinter einem Schleier verborgen.

Den gesamten Winter hindurch quälte er sich, schlief schlecht und war gereizt, wohl auch wegen der Schmerzen. Er zog sich noch weiter zurück, als seine Nachbarn es ohnehin von ihm gewohnt waren, lief stundenlang auf den Skiern durch den verschneiten Wald und brütete in der Jagdhütte über einer Flasche Selbstgebranntem. Im Frühjahr dann fuhr er eines Tages nach Tynset und suchte die öffentliche Bibliothek auf. In der Zeitung hatte er gelesen, dass dort ein Computer stand, den jedermann benutzen durfte, und er wusste, dass man heute mit dem Computer so gut wie jeden Menschen aufspüren konnte.

Der Anfang war hart. Morten wusste nichts über Computer, gar nichts. In der Bibliothek musste er sich von einer Angestellten zeigen lassen, was er tun musste, um jemanden im Internet zu finden. Geduldig erklärte die junge Frau ihm die einzelnen Schritte, bis er endlich Sinas Namen eintippen konnte. Kurz darauf bekam er eine lange Liste zu sehen, in der immer wieder der Name Sina van Megen auftauchte, dazu eine Reihe Bilder mit ihrem Gesicht. Eines nach dem anderen besah er sich gründlich, manche hatten kaum Ähnlichkeit mit der Frau, die er kannte, andere brauchte er nur anzuschauen, und alles war wieder da – ihr vom Lagerfeuer erhelltes Gesicht, die braunen Augen, ihr Duft, als sie sich über ihn gebeugt hatte. In diesem Moment begehrte er sie mehr als je zuvor.

Zwei Stunden hockte er an diesem Tag vor dem Computer, umgeben von gedämpftem Stimmengemurmel und gelegentlichem Kinderlachen, bis die Bibliotheksangestellte ihn bat, den Computerplatz freizugeben, da auch andere Besucher das Gerät nutzen wollten.

In den nächsten Wochen kam Morten häufig in die Bibliothek. Man kannte ihn bald und nickte ihm beiläufig zu, wenn er wortlos zum Computer ging, sich setzte und einen kurzen Moment verharrte, ehe er ihren Namen eintippte. Dann tauchten die bekannten Bilder auf, die er minutenlang anstarrte. Manchmal klickte er auf eine der unterstrichenen Zeilen, wie die Angestellte es ihm erklärt hatte, doch meistens landete er dann auf einer Seite mit viel Text, auf Deutsch oder Englisch, den er nicht verstand. Er kehrte zurück zur Seite mit den Bildern und verbrachte die Stunden damit, sie anzuschauen und zu träumen.

Eines Tages war der Computer besetzt, als er in die Bibliothek kam. Ungeduldig schlich er zwischen den Regalen herum und wartete darauf, dass der Platz frei wurde, als er jemanden auf der anderen Seite des Regals, versteckt hinter den Bücherreihen, sagen hörte:

„Ist der Stalker heute noch gar nicht hier gewesen?" Er erkannte die Stimme einer der Frauen, die hier arbeiteten.

„Keine Ahnung", sagte eine zweite Stimme, die er als diejenige der jungen Angestellten identifizierte, die ihm gezeigt hatte, wie er den Computer benutzen musste.

„Echt unheimlich, der Typ. Sieht sich immer nur Seiten an, die irgendetwas mit einer Künstlerin zu tun haben, einer Deutschen."

„Woher weißt du das?"

„Ich habe mal im Browserverlauf nachgesehen, als er weg

war. Ich sage dir, der schaut sich immer dieselben Seiten an!"
Morten hielt den Atem an.

„Du spionierst unseren Kunden nach?" Die Angestellte
klang allerdings weder empört noch schockiert.

„Normalerweise nicht. Aber dieser Typ ist doch echt unheimlich. Das ist doch nicht normal, dass er ständig herkommt
und immer nur dieselben Seiten aufruft."

„Meinst du, wir sollten das melden?" Die Frau klang leicht
besorgt.

„Wo denn? Ich meine, verboten ist das ja nicht, was er
macht. Es ist einfach nur … merkwürdig. Unheimlich."

Morten ballte die Fäuste. Das würde ihm gerade noch feh-
len, dass man ihn womöglich bei der Polizei anzeigte. Zugleich
verfluchte er sich selbst, verfluchte seine Dummheit. Natürlich
musste es auffallen, wenn er plötzlich in der Bibliothek auftauchte, nie ein Buch auslieh und stattdessen Stunden vor dem
Computer verbrachte. Dass die Frau herausgefunden hatte,
was er sich anschaute, wurmte ihn. Sina war sein Geheimnis,
das niemanden etwas anging.

Die beiden Frauen auf der anderen Seite des Regals waren
weitergezogen, er hörte nur noch ihre Stimmen, verstand aber
nicht mehr, was sie sprachen. Eine von beiden lachte schrill,
und gleich darauf umhüllte ihn wieder das gewohnte, von den
Büchern gedämpfte Rascheln und Flüstern.

So unauffällig wie möglich verließ Morten die Bibliothek.
Die Frau, die überlegt hatte, ihn irgendwo zu melden, bediente
gerade einen Kunden und bemerkte ihn nicht, doch die junge
Angestellte entdeckte ihn, als er schon fast zur Tür hinaus war.
Sie runzelte nur fragend die Stirn.

Er fuhr zum großen Parkplatz beim Supermarkt, um in
Ruhe nachzudenken. In die Bibliothek konnte er sich nie wieder wagen, aber die Vorstellung, *sie* nie wieder zu sehen, und
sei es nur auf Bildern, war unerträglich. Vermutlich gab es
noch andere öffentliche Computer, der Begriff Inter-
netcafé war ihm erst kürzlich begegnet, aber das war keine

Lösung. Anscheinend war es ein Kinderspiel herauszufinden, was er sich angeschaut hatte, also würde er garantiert nie wieder das Risiko eingehen, dass jemand ihm nachspionierte. Es dauerte eine ganze Weile, doch schließlich begriff er, dass es nur eine Lösung gab. Er würde sich einen eigenen Computer anschaffen müssen.

Es war eine der besten Entscheidungen seines Lebens. Nach der ausführlichen Beratung im Geschäft kam er nach Hause, stellte den Laptop auf den Tisch, schaltete ihn ein und klickte auf das Symbol für das Internet. Dann gab er den Namen Sina van Megen ein. Es dauerte etwas länger als in der Bibliothek, aber dann tauchten die vertrauten Bilder auf.

Sina, so oft und so lange er wollte.

Sobald er nach Hause kam, schaltete er den Computer ein und klickte eines ihrer Bilder an, bis es den kleinen Monitor ausfüllte. Gleichgültig, ob er sich einen Kaffee kochte, im Radio die Nachrichten hörte oder sein Gewehr auseinandernahm, um es zu reinigen – sie war ständig dabei. Am liebsten war ihm das Bild, auf dem sie leicht von unten in die Kamera blickte, der Blick fast scheu, die rechte Wange von den langen Haaren zur Hälfte verdeckt. Manchmal strich er mit dem Finger sanft über den Monitor, so stark war seine Sehnsucht, sie wiederzusehen, sie noch einmal zu berühren. Sie noch einmal in Besitz zu nehmen, sie zu fesseln, sie an sich zu binden, doch dieses Mal für immer. Nachts im Bett, wenn es stockdunkel war oder der helle Mond das Zimmer in weißes Licht tauchte, träumte er von ihr, egal, ob er schlief oder wachte. Immer wieder erlebte er die wenigen Minuten nach, in denen er Macht über sie gehabt hatte, vom ersten Moment bis zum letzten, als sie ihn voller Angst angestarrt hatte. Doch anderes als in der Realität rannte er in seinen Träumen nicht davon, sondern kostete diesen Moment aus, bis zur letzten Sekunde. Die Schlinge um ihren Hals. Ihre braunen Augen. Ihr dunkles Haar. Ihr leises Stöhnen. Ihren Geruch. Ihre Angst.

Er hatte schon früher davon geträumt, Frauen zu fesseln, doch das waren stets nur Träume geblieben, und es war nichts im Vergleich zu dem, was ihn jetzt Tag und Nacht verfolgte: Dieses Verlangen, das ihn immer stärker beherrschte, genährt aus den wenigen Minuten, in denen sein Traum Wirklichkeit gewesen war. Das Begehren, die Sehnsucht, das Bedauern, den Augenblick der Erfüllung verpasst zu haben, diesen Moment verschenkt zu haben, weil er davongerannt war wie ein Schuljunge, aus Schwäche, aus Angst, weil er nicht Manns genug gewesen war, seinen Traum zu leben: Eine Frau zu besitzen.

Und jetzt war es vorbei, diese Gelegenheit, die einzige, die er je gehabt hatte, er hatte sie verstreichen lassen wie ein Tölpel. Nicht dass er davongerannt war, war das Problem gewesen, entschied er, sondern dass er die Frau nicht richtig gefesselt hatte und sie sich befreien konnte. Er überlegte, wie er es das nächste Mal besser machen konnte, wie er sie so fesseln würde, dass sie keine Chance mehr hatte. Natürlich gehörten die Hände auf den Rücken, was für ein Idiot war er doch gewesen. Und die Knoten, die hatte er garantiert viel zu locker geknüpft.

Mit einem der alten Stricke aus dem Stall begann er zu üben. Stundenlang knüpfte er Knoten um einen Besenstiel, probierte mehrere Methoden aus, prüfte, wie einfach oder schwer sie zu lösen und wie schnell sie zu knüpfen waren. Bald beherrschte er mehrere Knoten fast im Schlaf, und manchmal, wenn er das weiche Hanfseil um einen armdicken Ast band, stellte er sich vor, *ihren* Arm vor sich zu haben. Selten konnte er in diesen Momenten ein Stöhnen unterdrücken.

Dann wieder gab es Tage, an denen er ihr Gesicht auf dem Monitor beinahe hasserfüllt betrachtete. Da war sie, lebendig und schön und unerreichbar für ihn. Sie war in Deutschland, und er saß hier in Norwegen. Natürlich spielte er mit dem Gedanken, zu ihr zu fahren, nach Deutschland, doch jedes Mal verwarf er diese Idee wieder. Er hatte diesen Teil Norwegens noch nie verlassen, er kannte nichts von der Welt, sprach keine andere Sprache außer seiner Muttersprache. Die Idee war vollkommen irrwitzig.

Ein gutes Jahr verstrich auf diese Weise. Es wurde wieder Winter, es wurde Frühling und Sommer. Er ging in den Wald, jagte ein paar Rentiere und Füchse, hockte schweigend in der Jagdhütte über seinem Selbstgebrannten und träumte von dem Sommer vor zwei Jahren. Bei gutem Wetter war es fast wie früher, bevor er sie getroffen hatte, doch bei Kälte und Regen meldeten sich seine Verletzungen, das Bein und die Schulter, und sein Zorn auf die Frau, der er all das zu verdanken hatte, wuchs.

Ohne sie wäre alles noch wie früher, ohne sie gäbe es keine schlaflosen Nächte, keine Schmerzen, keine Sehnsucht und keinen Zorn. Einmal suchte er die Stelle auf, an der er sie zum ersten Mal gesehen hatte. Er dachte an den Abend, an dem er den Mann und die Frau am Lagerfeuer beobachtet hatte, an seine Eifersucht auf den Mann, der so etwas Schönes besaß, an diesen kurzen Gedanken, er könnte den Mann umbringen, um die Frau für sich zu haben. Und jetzt war der Mann tot, ohne sein Zutun, doch die Frau war so unerreichbar für ihn wie zuvor.

Im Herbst, als die Tage kürzer wurden und draußen Regen und Kälte vorherrschten, saß er wieder häufiger vor seinem Computer und starrte ihr Bild an. Eines Tages entdeckte er eine unterstrichene Zeile mit ihrem Namen – auf Norwegisch. Mit klopfendem Herzen klickte er darauf.

Sina blickte ernst in die Kamera, sie schien ihn direkt anzusehen. *Deutsche Bildhauerin im Osloer Kunstviertel* lautete die Überschrift. Im Winter, so entnahm er dem Artikel, würden im *Astrup Fearnley Museet* einige Werke der bekannten Künstlerin ausgestellt werden. Sina van Megen würde bei der Vernissage im Dezember anwesend sein.

Morten stieß die Luft aus, die er angehalten hatte.

Sie würde nach Norwegen kommen.

Nach Oslo zwar, wo er auch noch nie gewesen war, aber

immerhin nach Norwegen, wo er die Sprache verstand. Wo er mit dem Auto hinfahren konnte. Wo er sie sehen konnte.

Dieses Mal, nahm er sich vor, würde er keine dummen Anfängerfehler machen. Er würde gut vorbereitet sein. Er würde sie richtig fesseln, würde sie nicht entkommen lassen, würde nicht wie ein kleiner Junge davonlaufen. Durch nichts und niemanden auf der Welt würde er sich davon abhalten lassen, diese Frau zu seinem Besitz zu machen.

21

Sie hätte nicht hierherkommen sollen. Schon vom ersten Moment an hatte sie ein schlechtes Gefühl bei der Sache gehabt. Sobald Pieter ihr von der Einladung nach Oslo berichtet hatte, hatte sich alles in ihr verkrampft, bis sie glaubte, keine Luft mehr zu bekommen.

„Nein", hatte sie gesagt. „Ich gehe nicht nach Norwegen. Auf gar keinen Fall!"

„Aber Sina, es ist ein wichtiges Museum, und es ist eine wichtige Ausstellung. Darf ich dich daran erinnern, dass du nicht mehr zu den Stars der Szene gehörst?"

Sina hatte sich auf die Lippen gebissen und rasch abgewandt. Er hatte ja recht. Seit Felix' Tod, seit das *Kunstkontor van Megen* nicht mehr auf sein Talent als Verkäufer und seine Beziehungen zu solventen Sammlern zurückgreifen konnte, waren die Erlöse für ihre Werke weiter gesunken. Gewiss, ihr Name war den meisten Kunstinteressierten immer noch ein Begriff, und sie konnte immer noch von ihrer Arbeit leben, wovon die meisten ihrer Kollegen und vor allem Kolleginnen nur träumen konnten. Doch mit einem Leben, wie sie es an Felix' Seite geführt hatte, war es vorbei. Es lag nicht an der Qualität ihrer Arbeiten, das sagte jeder – Pieter, die Kunstkritiker der Feuilletons, Sofie –, aber ihre Werke verkauften sich eben nicht mehr so gut. Die Zeiten, in denen sie auswählen konnte, wo sie ausstellte und wer ihre Werke kaufen durfte, waren vorbei.

Am Ende hatte sie sich von Pieter überreden lassen, nach Oslo zu gehen. Pieter würde sie begleiten, sie würden morgens den ersten Flieger nehmen, sich bei der Vernissage blicken lassen und gleich am nächsten Tag die Frühmaschine zurück nach Hamburg nehmen.

Seit sie norwegischen Boden betreten hatte, war sie bis an die Grenze des Erträglichen angespannt. Sie hatte Kopfschmerzen, ihre Finger waren schweißnass, und zugleich zitterte sie vor Kälte und Anspannung.

Es war die Erinnerung an Felix' Tod, die Sina quälte, denn es gab immer noch einen letzten Rest Ungewissheit, ob die norwegische Polizei ihr nicht vielleicht doch auf die Schliche gekommen war. Sie hatte, seit sie vor zwei Jahren zurück nach Deutschland gekommen war, nur noch einmal ein Schreiben aus Norwegen erhalten, in dem ihr offiziell mitgeteilt wurde, dass der Tod ihres Mannes die Folge eines Unfalls sei und alle weiteren Ermittlungen eingestellt worden seien. Weitere Ermittlungen? Hatte man damals also doch den Verdacht gehegt, es könnte womöglich nicht alles mit rechten Dingen zugegangen sein? Pieter hatte sie beruhigt, es sei vermutlich üblich, bei ungeklärten Todesfällen zunächst in alle Richtungen zu ermitteln, doch jetzt flackerte diese Angst erneut auf.

Der weitaus größte Teil ihrer Abneigung gegen die Reise nach Oslo speiste sich jedoch aus dem Gedanken an Morten Johansen. Sie hatte niemals jemandem von ihm erzählt, nicht einmal Sofie, doch seit damals verfolgte sie die Erinnerung an diese halbe Stunde, in der sie sich gefesselt in der Gewalt des Mannes befunden hatte. Vor der Reise nach Oslo wurde es noch schlimmer. Nachts wachte sie schweißgebadet und um Atem ringend aus Albträumen auf, und es lief ihr eiskalt über den Rücken, wenn sie nur an die blauen Augen dachte, mit denen er sie beobachtet hatte – im Wald, in der Hütte, in der Höhle. Sie versuchte sich einzureden, es bestünde kein Grund zur Sorge, weil dieser Waldschrat vermutlich nicht einmal wusste, dass sie überhaupt in Oslo war. Und selbst wenn –

wieso sollte er hierherkommen, ins moderne Osloer Museumsviertel, in dem er auffallen würde wie ein bunter Hund?

Unauffällig schaute sie auf die Uhr. Fast zehn Uhr. Die meisten Gäste hatten sich bereits verabschiedet, nur der Kurator der Ausstellung, der Museumsdirektor sowie ein potenzieller Käufer, der schon den ganzen Abend mit ihr flirtete, standen noch mit ihr an einem der Stehtische und leerten ihre Gläser. Als Pieter aus der Richtung der Garderobe auftauchte, ihre Mäntel über dem Arm, stieß sie einen leisen Seufzer der Erleichterung aus. Sie hatte zwar zwei Tabletten genommen, trotzdem hatte sie das Gefühl, ihr Schädel müsste platzen.

Sie ließ sich von Pieter in den Mantel helfen. Der potenzielle Käufer verzog in gespielter Enttäuschung das Gesicht. „Was, du willst schon gehen? Wir wollten noch in einen Club, nicht weit von hier, der ist wirklich gut. Hast du nicht Lust mitzukommen?" Der Mann leckte sich beinahe die Lippen, und Sina musste sich zusammenreißen, ihn nicht einfach stehen zu lassen. Auch das war neu: Sie musste nett sein zu Leuten, die sie nicht ausstehen konnte, weil sie vielleicht eine Arbeit von ihr kaufen könnten. „Du bist natürlich auch herzlich eingeladen, Pieter", fügte der Mann eilig hinzu, als niemand auf seine Bemerkung einging und sich ein unangenehmes Schweigen breitmachte.

Sina rang sich ein Lächeln ab.

„Vielen Dank, aber ich bin wirklich müde. Es war ein anstrengender Tag." Sie reichte dem Mann die Hand. *Immer schön höflich bleiben,* hatten Pieter und sie sich gegenseitig kurz von dem Abflug noch eingeschärft. Seit Felix nicht mehr da war und sich um die Kunden kümmerte, fiel diese Aufgabe ihnen zu, und sie waren beide nicht die beste Wahl für diesen Job.

Kurz darauf standen sie vor dem Museum. Direkt vor ihnen lag der dunkle Fjord, in dem sich die glitzernden Lichter der Großstadt spiegelten. Die frische, klare Luft tat ihr gut, und sie nahm einen tiefen Atemzug. Kein Mensch war zu sehen, und sie spürte, wie sie sich allmählich entspannte. Sie hatte es bald geschafft, nur diese eine Nacht, dann war sie wieder zu Hause. Ihr Hotel lag nur einen Katzensprung entfernt, sie mussten lediglich das Museum einmal umrunden. Sina hakte sich bei Pieter ein, und langsam schlenderten sie an dem modernen Gebäude entlang.

„Glaubst du, dieser Idiot kauft eine der Arbeiten?", fragte sie leise, als könnte dieser Idiot ihre Worte hören.

Pieter grinste. „Hat er bereits. Der Kurator hat es mir zum Schluss noch gesteckt."

„Schön. Dann hat sich dieser Ausflug ja wenigstens gelohnt."

Sie kamen an einer weißen Skulptur vorbei, die sie nur flüchtig betrachteten. Sie hatten bereits am Nachmittag eine ausgedehnte Führung durch das Museum erhalten, doch Sina hatte kaum einen Moment genießen können. Hinter jeder Ecke meinte sie, einen hageren Mann mit blauen Augen und derber Kleidung zu entdecken, doch natürlich war dieser Mann den ganzen Tag nicht aufgetaucht.

Als sie um die Ecke bogen, traf eine eiskalte Bö sie mit voller Wucht, und sie wandte schutzsuchend den Kopf ab. Aus dem Augenwinkel meinte sie, hinter sich eine Bewegung wahrzunehmen, doch als sie stehen blieb und sich umsah, war alles ruhig. Ihre Schritte knirschten leise im Schnee, und sie liefen schneller, um aus dem kalten Wind herauszukommen. Sie passierten eine kleine Fußgängerbrücke über einen Kanal, der zwei der drei Gebäude des Museums voneinander trennte. Mattes Eis schimmerte auf dem Wasser, in der Ferne sah man einige Lichter vom Festland aufblitzen. Sina zog den Mantelkragen fester um ihren Hals. Sie zitterte vor Kälte.

Als sie nur noch wenige Schritte vom Hotel entfernt waren, blieb Pieter stehen und klopfte tastend seinen Mantel ab.

„Mist, ich muss mein Handy im Museum liegen gelassen haben." Er sah sie an. „Ich laufe schnell zurück und hole es. Geh du schon vor ins Hotel."

Sina glaubte, zu Eis zu gefrieren. *Nein,* wollte sie schreien, *lass mich nicht allein!,* aber Pieter hatte sich bereits abgewandt und lief den Weg zurück, den sie gerade gekommen waren. *Reiß dich zusammen.* Was sollte schon groß passieren? Sie konnte bereits die hell erleuchtete Hotellobby erkennen, auch die Empfangsdame, die ihr vor Stunden einen schönen Abend gewünscht hatte, war da und unterhielt sich lächelnd mit einem Gast.

Sie trat auf die Straße.

Den dunklen Van sah sie erst, als er mit heulendem Motor auf sie zuraste. Direkt vor ihr hielt der Wagen an und versperrte ihr den Weg, die Schiebetür an der Seite wurde aufgerissen, ein Mann sprang heraus.

Blaue Augen, graue Haare, derbe Kleidung.

Sie war zu entsetzt, um zu schreien.

Den Knüppel, der auf ihren Kopf niedersauste, sah sie zu spät. Sie hörte, wie sie wimmerte, dann wurde es schwarz um sie.

Als sie erwachte, lag sie im Halbdunkeln auf dem Bauch und wurde hin und her geschüttelt. Im ersten Augenblick wusste sie nicht, was geschehen war, und versuchte, sich mit den Händen abzustützen. Aber das ging nicht, denn die Hände waren hinter ihrem Rücken gefesselt. Sie wollte etwas sagen, wollte um Hilfe rufen, doch auch das war unmöglich, weil ihr Mund von einem festen Klebeband verschlossen wurde. Sie wollte sich aufrichten, doch bei der leisesten Bewegung zog sich eine Schlinge um ihren Hals weiter zu.

Dieses Gefühl kannte sie, und sofort war die Panik wieder da. *Nein, nein, alles, nur das nicht!* In ihrem Kopf rauschte das Blut, am Hinterkopf pochte es, ein rasender Schmerz breitete sich von dort im ganzen Kopf und im gesamten Körper aus.

Und dann wusste sie wieder, was geschehen war.

Wie aus dem Nichts war er plötzlich vor ihr aufgetaucht. Mitten in Oslo, wo sie bei der Vernissage gewesen war. Pieter,

Pieter war auch dort gewesen, doch wo war er, als dieser Mann sie niedergeschlagen hatte? War er dabei gewesen und lag jetzt verletzt und hilflos in der Nacht, im eiskalten Schnee neben dem Museum?

Sie zwang sich, ganz ruhig zu atmen und sich so gut es ging zu entspannen. Das Zittern ließ nach, das Rauschen in ihrem Kopf wurde weniger. Sie lag in einer Art Lieferwagen, der sich mit gleichmäßiger Geschwindigkeit vorwärtsbewegte. Wegen der Schlinge um ihren Hals konnte sie sich kaum bewegen und war gezwungen, auf ein winziges Stück Blech direkt vor der Nase zu schauen. Der Mann hatte sie auf eine Decke gelegt und auch zugedeckt, wohl, damit man sie bei einer oberflächlichen Kontrolle nicht sofort entdeckte. Im Halbdunkel sah sie das karierte Muster der Decke, sie roch nach Holzfeuer und Staub. Das eintönige Motorengeräusch wirkte einschläfernd, und immer wieder fielen ihr die Augen zu, so sehr sie sich auch dagegen wehrte. Dann schreckte sie panisch aus dem unruhigen Schlummer auf, aber sie lag immer noch hilflos gefesselt im Halbdunkel, und sie waren immer noch unterwegs.

Es war bereits hell, als der Wagen langsamer wurde, einen weiten Bogen beschrieb und dann wieder beschleunigte. Sie schienen von einer Autobahn oder Schnellstraße abgebogen zu sein. Die Strecke wurde kurvenreicher, und Sina rutschte hin und her. Verzweifelt versuchte sie, an ihrem Platz liegen zu bleiben, um sich nicht selbst zu strangulieren. Je länger die Fahrt dauerte, desto unebener wurden die Straßen, bis sie schließlich nur noch von einem Schlagloch zum nächsten zu rumpeln schienen. Ihr war schlecht, sie fror erbärmlich, und ihre Kehle war ausgetrocknet.

Und sie hatte Angst.

Endlich hielt der Wagen an. Der Motor erstarb, doch sie wusste nicht, ob sie erleichtert sein sollte, weil sie nicht mehr hin und her geworfen wurde, oder ob sie sich jetzt erst recht fürchten musste, weil sie ihr Ziel erreicht hatten und dieser Mann nun mit ihr tun konnte, was er wollte.

Der Mann stieg aus. Sie hörte seine Schritte, die sich entfernten und kurz darauf zurückkehrten. Sie hielt den Atem an, und da wurden auch schon die hinteren Türen aufgerissen und die Decke wurde von ihr gezerrt. Helles Licht blendete sie, eiskalte Luft raubte ihr fast den Atem. Sie lag mit dem Kopf zur Tür, sodass sie den Mann kopfüber vor sich aufragen sah, eine Perspektive, die ihn seltsam verzerrt und zugleich noch bedrohlicher wirken ließ.

Er setzte sich neben sie auf die Ladefläche und sah sie an, dann hob er ihren Kopf vorsichtig, beinahe zärtlich hoch, so weit es der Strick um ihren Hals erlaubte, und hielt sie für einen Moment einfach nur fest. Seine blauen Augen waren klar und kalt wie ein Bergsee im Winter.

Ohne jede Vorwarnung riss er ihr den Klebestreifen vom Mund, und sie schrie vor Schmerz auf. Die Lippen, das Kinn, die Wangen, alles brannte wie Feuer.

„Halt den Mund." Seine Stimme war tiefer, als Sina sie in Erinnerung hatte. Sie hörte auf zu schreien, doch ihr leises Wimmern war noch zu hören. Er hob die Hand und versetzte ihr eine schallende Ohrfeige. Sie biss die Zähne zusammen und unterdrückte ein Schluchzen.

Sein Blick wanderte hinunter zu ihrem Hals, zu dem Seil, das hart und kratzend an ihrer Haut scheuerte. Er schob zwei Finger zwischen Hals und Seil und lockerte die Schlinge, bis er sie ihr über den Kopf ziehen konnte

„Ich habe dazugelernt", sagte er leise. „Diesmal wirst du mir nicht entwischen."

Er half ihr aus dem Wagen, indem er sie unter den Achseln packte und einfach zog, bis ihre Beine auf den Boden fielen. Eine dicke, festgefahrene Schneedecke. Dann stützte er sie an den Armen und führte sie auf eine Holzhütte zu. Im ersten Moment meinte sie, die Jagdhütte vor sich zu haben, doch als sie sich umschaute, stellte sie fest, dass diese Hütte von hohen Bergen umgeben in einem engen Tal lag. Die steilen, mit schneebedeckten Fichten bewachsenen Hänge gingen in der

Höhe in schroffe Felsen über. Sie entdeckte einen Schuppen und das Toilettenhäuschen, dann hatte der Mann sie schon in die Hütte geschoben. Ein kräftiger Stoß in den Rücken, und sie stolperte ein paar Schritte voran in den Raum hinein. Hastig schaute sie sich um. Auch von der Einrichtung her ähnelte diese Hütte der Jagdhütte – ein gusseiserner Herd, einfache Regale, ein großer Tisch mit einer langen Bank drum herum, dunkle Balken unter der Decke. An einem dieser Balken hing eine Schlinge.

Als der Mann sie in die Mitte des Raumes schleifte, wehrte sie sich mit aller Macht. Sie trat um sich, rammte ihm den Kopf in den Bauch, sie spuckte und biss, sobald sie ein Stückchen Haut oder Stoff erhaschte. Er brüllte auf und schlug zu, so heftig, dass ihr schwindelig wurde und sie sich einen Moment benommen an ihn lehnen musste. Dieser kurze Augenblick reichte ihm, er streifte ihr die Schlinge über den Kopf und zog das Seil straff. Die Hände auf dem Rücken gefesselt, musste sie mitten im Raum stehen bleiben, wenn sie sich nicht selbst strangulieren wollte. Dann brachte er sich außer Reichweite ihrer Füße. Sie schrie und tobte, doch bald wurde daraus ein Flehen und Betteln, bis auch das in einem unkontrollierten Schluchzen unterging.

Schweigend stand der Mann vor ihr und beobachtete sie. Schließlich erstarb auch ihr Schluchzen, und im Raum wurde es still. Nur das leise Knistern des Dochtes in der Petroleumlampe über dem Tisch war zu hören.

Sie musterten einander minutenlang. Sie fühlte sich nackt, obwohl sie immer noch ihren Wintermantel und die warmen Stiefel trug. Doch sein Blick schien jede Schutzschicht zu durchdringen, die es gab. Schließlich wandte er sich wortlos ab und ging zum Herd, wo er ein Feuer entzündete. Bald hörte sie es leise knacken und zischen, dann das Scheppern, als er die blecherne Kaffeekanne auf den Herd stellte.

Es war merkwürdig: Nichts von dem, was gerade mit ihr geschah, erstaunte sie. Sie fürchtete sich, natürlich, und sie fragte sich, ob man sie rechtzeitig finden würde, ehe dieser Mann irgendetwas Grauenvolles mit ihr anstellte, doch sie war nicht erstaunt. Dieser Raum, dieser Mann, diese Geräusche und Gerüche – obwohl es mehr als zwei Jahre her war und sie damals in einer anderen Hütte gewesen waren, kam ihr die ganze Szene so vertraut vor, als würden sie eine gemeinsam begonnene Erzählung wieder aufnehmen, bei der sie damals im Sommer unterbrochen worden waren. Ohne dass er ein Wort sagen musste, wusste sie, dass er genau das schon damals vorgehabt hatte, dass er sie vom ersten Moment an in seine Gewalt hatte bringen wollen – sie hatte vor zwei Jahren einfach nur Glück gehabt. Sie hatte es von Anfang an geahnt, es war, als wäre damals bei der Erfüllung ihres gemeinsamen Schicksals irgendetwas schiefgelaufen, was sie jetzt nachgeholt hatten – sie, indem sie zugestimmt hatte, in Oslo auszustellen, und er, indem er sie von dort entführt hatte. So hatten sie sich wiedergetroffen, jeder war dem anderen ein Stück entgegengekommen.

Energisch schüttelte sie den Kopf. Schicksal? Was für ein Unsinn! Er war ein Scheusal, das traf es eher. Dieser Mann hatte sie überfallen und entführt, und sie wollte sich nicht ausmalen, was er mit ihr anstellte, wenn sie sich nicht irgendetwas einfallen ließ. Verstohlen sah sie sich im Raum um, während der Mann am Herd stand und den Kaffee zubereitete. Sie stand genau in der Mitte, und mit der Schlinge um den Hals kam sie nicht einmal an den Tisch heran, geschweige denn an eines der Regale. Sie spähte aus dem Fenster. Schnee und Wald und Berge. Sie gab sich nicht der Illusion hin, dass hier Skiwanderer vorbeikämen. Oder der Postbote. Sie würde sich die Seele aus dem Leib schreien können, ohne dass jemand sie hörte.

Was hatte der Mann mit ihr vor? Würde er ihr wehtun? Würde er sie töten? Sich mit ihr vergnügen, tagelang, ungestört und am Ende auch ungesühnt? Sie war sich sicher, dass es ein Leichtes für ihn wäre, ihre Leiche verschwinden zu lassen, hier, in dieser menschenleeren Einöde des Winters. Ihr Magen zog sich zusammen, bis die Furcht sie wie ein kalter, schwerer Klumpen nach unten zu ziehen drohte.

Bitterer Kaffeeduft zog durch den Raum, als Morten das Pulver aufbrühte und kurz darauf mit einem dampfenden Becher in der Hand zum Tisch kam. Mit langsamen Bewegungen, die eher Anspannung als Ruhe verrieten, setzte er sich auf die Bank. Seine Hand zitterte, als er den Becher abstellte, dann betrachtete er sie von Neuem. Dieses Mal hatte sein Blick etwas Friedliches, beinahe Liebevolles. Er wirkte vollkommen harmlos.

Sie hielt den Atem an.

„Du hast deinen Mann umgebracht", sagte er ernst.

Sie starrte ihn an.

„Und du hast versucht, mich zu töten. Dafür muss ich dich bestrafen."

22

Mit einer Mischung aus Erregung, Vorfreude und Ungläubigkeit betrachtete er die Frau.

Er hatte es geschafft! Er hatte es tatsächlich geschafft, sie zu sich zu holen, so, wie er es sich in unzähligen schlaflosen Nächten ausgemalt hatte. Niemand hatte ihn beobachtet, als er sie in den Van gezerrt hatte, niemand hatte ihn verfolgt, als er in den kleinen Weg zu der abgelegenen Hofstelle eingebogen war, die sein Großvater vor vielen Jahren zusammen mit dem dazugehörigen Land gekauft hatte. In den letzten Wochen hatte er alles vorbereitet, hatte die Hütte, die seit Jahren unbewohnt war und die er selbst nur gelegentlich nutzte, winterfest gemacht, hatte Vorräte und Brennholz hergeschafft. Selbst den Van hatte er eigens für diesen Zweck gekauft, damit er die Frau unbemerkt von Oslo hierherbringen konnte.

Niemand wusste, wo sie war. Oder wo er war.

Und jetzt stand sie vor ihm. Sie trug noch den dicken Wintermantel, doch sobald es im Raum warm genug war, würde er ihn ihr ausziehen. Und nicht nur den Mantel. Bis dahin blieb ihm der Anblick der Schlinge um ihren nackten Hals.

Wie oft hatte er sich vorgestellt, sie so vor sich zu sehen. Hilflos. Wehrlos. Er sah die Angst in ihrem Blick, und seine Hose wurde eng. Er hatte Zeit, er hatte alle Zeit der Welt. Und dieses Mal war er gut vorbereitet, es bestand kein Grund zur Eile. Er konnte mit ihr machen, was er wollte, und sie würde sich ihm nicht entziehen können.

Er holte tief Luft. Erst, als er nach dem Becher mit dem inzwischen lauwarmen Kaffee griff, merkte er, dass seine Hände zitterten und die Finger eiskalt waren.

Schwer atmend stand er auf und trat auf sie zu. Ihr Gesicht war gerötet, er spürte ihre Wärme, je näher er kam. Mit halb geschlossenen Augen sog er ihren Duft ein, Schweiß, Angst und irgendein widerliches Parfüm. Er verzog das Gesicht. Er hob die Hand und strich ihr sanft über das Kinn. Sie atmete flach und zittrig, doch sie wagte nicht, etwas zu sagen. Was sollte sie auch sagen? Sie war schuldig, sie hatte getötet, und sie hatte versucht zu töten. Sie hatte eine Strafe verdient.

Darüber hatte er sich am längsten den Kopf zerbrochen: wie er sie bestrafen sollte. Durch Schmerz? Durch Schläge? Er könnte sie in einem der alten Pferche im Stall anketten, doch bei diesen Temperaturen würde sie dort keine Stunde überleben. Am wirksamsten, hatte er beschlossen, würde er sie dadurch bestrafen, dass er sie zwang, ihm zu Diensten zu sein. Sie würde für ihn arbeiten und ihm Liebesdienste erweisen müssen. Er würde sie zu seinem Dienstmädchen und seiner Hure machen, zu seinem Geschöpf, das irgendwann nichts anderes mehr kannte als ihn. Er würde sie lehren, ihm zu gehorchen und niemandem sonst.

Und wenn sie sich weigerte?

Auch darüber hatte er nachgedacht. Dann würde er sie mit Gewalt zwingen. Er war ein Mann, und er war stärker als sie. Er würde sie schlagen, immer wieder, bis sie gehorchte. Vorhin im Wagen hatte es schon funktioniert. Sie hatte geschrien, und er hatte sie geschlagen. Danach war sie ruhig gewesen.

Er stöhnte leise.

Er hatte sie geschlagen, und sie hatte ihm gehorcht. Sie hatte getan, was er wollte.

Ihm wurde schwindelig vor Glück.

So schwindelig, dass er die Frau an den Schultern packen und sich an ihr festhalten musste, wenn er nicht umfallen wollte.

Sein Herz raste.

Er hatte das Gefühl, zu ersticken.

Ein ungeheurer Schmerz durchfuhr ihn, vom Herzen ausgehend schoss ein Stechen durch den Arm bis in die Fingerspitzen.

Er schnappte nach Luft und sah die Frau an. Sah die Furcht, aber auch die Verwirrung, die Hilflosigkeit und die Hoffnung in ihrem Blick.

Wie in Zeitlupe sackte er zu Boden, ohne sie aus den Augen zu lassen. Die Frau, von der er sein Leben lang geträumt hatte.

23

Mit offenen Augen und ohne zu blinzeln starrte der Mann zu ihren Füßen sie an, vollkommen reglos lag er halb zur Seite gekippt auf den schmutzigen Holzdielen. Im ersten Moment war sie erleichtert gewesen, als er von ihr abließ und ohnmächtig wurde, doch als er sich nach mehreren Minuten immer noch nicht rührte und weder auf ihr Rufen noch auf die leichten Tritte in die Seite reagierte, dämmerte es ihr.

Der Mann war tot.

Und sie stand hilflos gefesselt in einer gottverlassenen Hütte neben ihm.

Sie kämpfte die aufsteigende Panik nieder und versuchte nachzudenken. Sie musste sich irgendwie befreien, zumindest den Hals aus der Schlinge bekommen. Sie bewegte den Hals und den Kopf, drehte, wendete und verrenkte sich, es half alles nichts. Die Schlinge hatte ausgesehen wie ein Henkersknoten, und sie rührte sich keinen Millimeter. Sie versuchte alles, sie stieg sogar auf den Leichnam, damit das Seil locker durchhing, doch auch das brachte nichts.

Dann versuchte sie es mit den Händen, doch die Finger waren nach den langen Stunden, die sie bereits gefesselt war, fast vollkommen taub. Sie zog und zerrte am Seil, ohne Erfolg. Dieses Mal hatte er seine Sache gründlich gemacht, dieses Mal würde sie ihm, genau wie er es gesagt hatte, nicht entkommen.

Stattdessen würde sie hier elendig neben ihm sterben.

Als ihr das klar wurde, begann sie zu weinen. Sie wollte es nicht, aber die Tränen sammelten sich einfach in ihren Augen und liefen ihr über die Wangen. Aus ihren Schluchzern wurde ein Wimmern und dann lautes Schreien, obwohl sie wusste, dass niemand sie hören würde. Sie schrie aus Leibeskräften, bis sie heiser war, und sie weinte, bis ihr Gesicht kalt und wund war und ihr der Rotz aus der Nase lief.

Dann kam die Müdigkeit.

Wie gerne hätte sie sich hingelegt oder zumindest auf einen Stuhl gesetzt, ach was, ein harter Hocker wäre schon die reinste Wohltat, doch sie war dazu verdammt stehen zu bleiben, wenn sie sich nicht selbst erwürgen wollte. Sie versuchte, ganz ruhig zu atmen, versuchte, so entspannt wie möglich zu stehen. Sie stellte ein Bein auf dem Leichnam ab, um es zu entlasten, dann das andere. Sie schloss die Augen und öffnete sie wieder, weil sie sonst zu sehr schwankte und das Seil unangenehm am Hals rieb.

Dann kam die Verzweiflung.

Sie würde sterben. Sie hätte niemals hierherkommen sollen, schon vor zwei Jahren nicht, als Felix sie mit dieser Reise überrascht hatte. Sie schaute hinunter auf den anderen Toten. Wie viel hatte er wirklich gesehen? Hatte er diesen leichten, fast zärtlichen Stoß beobachtet, der alles verändert hatte? Oder hatte er nur eins und eins zusammengezählt und den richtigen Schluss gezogen?

Egal. Nun würde er niemandem mehr von seinen Vermutungen oder Beobachtungen erzählen können. Doch was hatte sie jetzt noch davon?

Täuschte sie sich, oder wurde sein Gesicht bereits grau? Vielleicht lag es auch am schwindenden Tageslicht, an den schweren Schneewolken, die dicht über den kleinen Fenstern zu hängen schienen. Sie war müde, sie hatte Hunger und Durst, und ihr wurde kalt. Das Herdfeuer war längst heruntergebrannt, ihr Atem begann bereits, kleine Wolken zu bilden. Sie stampfte mit den Füßen auf und ging langsam auf der

Stelle, um sich warmzuhalten, wobei sie darauf achtete, den Kopf möglichst nicht zu bewegen.

Bis sie abrupt innehielt. Wofür strengte sie sich überhaupt an? Niemand wusste, wo sie war, niemand würde sie retten. Dieser Waldschrat hatte garantiert niemandem verraten, was er vorhatte oder wo er sich verkriechen wollte. Warum machte sie dieser Quälerei nicht einfach selbst ein Ende? Sie könnte sich mit Schwung in die Schlinge fallen lassen, damit diese sich so fest wie möglich zuzog und es schnell ging mit dem Ersticken. Doch sie wusste, dass sie das nicht fertigbringen würde, zu groß war ihre Angst – und ihre Hoffnung.

Was, wenn jemand die Entführung beobachtet hatte? Wenn die Polizei Morten bereits auf der Spur war? Wenn schon in diesem Moment ein Spezialteam unterwegs war, um sie aus den Händen dieses Wahnsinnigen zu befreien?

Also wartete sie weiter. Sie bewegte sich, um nicht zu erfrieren, und sie ruhte sich aus, um ihre Kräfte zu schonen.

Ich werde leben. Zuerst dachte sie diesen Satz nur, dann sprach sie ihn leise vor sich hin, schließlich schrie sie ihn laut hinaus.

„Ich werde leben!"

Ein spöttisches Lachen tief in ihrem Inneren blieb die einzige Antwort.

Es war kalt, eisig kalt, und finster. Die Petroleumlampe über dem Tisch war heruntergebrannt, nur fahles Mondlicht fiel in den Raum. In der Hütte und draußen im Wald war es totenstill. Nur hin und wieder schaffte sie es noch, die Füße zu heben und ein paar Schritte auf der Stelle zu tun. Die Kälte kroch durch den Mantel, durch die nasse Hose und die Schuhe. Ihre Finger spürte sie schon lange nicht mehr, die Lippen waren aufgesprungen, die Wangen wund.

Die Schlinge hingegen war zu ihrer letzten Stütze geworden. Wenn sie den Kopf so drehte, dass der Knoten in ihrem Nacken lag, und sich dann sachte zurücklehnte, zog sich die

Schlinge nur ganz wenig zu, und sie konnte sich der Illusion hingeben, kurz Halt zu finden. Dann schloss sie die Augen, ihre Atemzüge wurden ruhiger, und manchmal empfand sie in diesem Moment so etwas wie Frieden. Bald, bald hatte sie es geschafft. Sie brauchte nicht mehr zu kämpfen, warum ließ sie sich nicht einfach fallen?

Doch in dem Moment, in dem ihr Körper zusammensacken wollte, rissen die Enge und die Todesangst sie wieder aus dem Dämmerschlaf. Sie schreckte auf, schüttelte sich und bewegte den Kopf leicht hin und her, um die Schlinge wieder etwas zu lockern, ein Trick, den sie mittlerweile ganz gut beherrschte.

Morten lag im Schatten des Tisches und war nicht mehr als ein dunkler, konturloser Haufen. Einzig seine weit aufgerissenen Augen schimmerten im Halbdunkel des Raumes. Die Luft roch nach kaltem Rauch und Urin, weil sich irgendwann, vor Stunden schon, ihre Blase unwillkürlich geleert hatte. Die Flüssigkeit, zuerst angenehm warm und weich, hatte ihre Hose in ein hartes, kaltes und kratziges Gefängnis verwandelt.

Ihre Zunge war trocken und geschwollen. Seit gestern Abend, seit ihrer Entführung, hatte sie weder etwas gegessen noch getrunken. Rasende Kopfschmerzen und Übelkeit machten jeden klaren Gedanken unmöglich, einmal erbrach sie einen Fingerhut voll dünner Galle.

Sie begann zu halluzinieren. Sie hörte Felix' Stimme, nicht die schroffe, barsche, mit der er ihr am Ende Vorhaltungen gemacht hatte, sondern die weiche, liebevolle, mit der er sie einst umworben hatte. Sie sah den Bären vor dem Fenster der Hütte, wie er hereinschaute, Morten auf dem Boden und sie gefangen in der Schlinge sah und sich lachend abwandte. Sie sah ihren Großvater, der sie verständnislos anstarrte und sie fragte, warum sie nicht das Messer benutzte, das er ihr geschenkt hatte, um sich zu befreien.

Sie hatte nicht gewusst, wie lange man einfach nur still stehen konnte, doch sie wusste, dass es mit ihrer Kraft bald vorbei sein würde. Draußen war es dunkel, schwere Wolken hatten sich vor den Mond geschoben. Nur ein helles Licht geisterte über den norwegischen Nachthimmel. Sie lächelte. Ein Polarlicht. Sie hatte immer davon geträumt, einmal ein Polarlicht zu sehen, das bunte Farbenspiel über einem grenzenlosen Himmel. Dies hier musste ein kleines Polarlicht sein, ganz winzig und weiß huschte es über die dunklen Tannen, vielleicht war es ein Babypolarlicht, das bunter werden würde, wenn es wuchs und bis in den Himmel wanderte. Der Bär schien auch wiedergekommen zu sein, er brüllte und rumorte vor der Hütte herum und schlug auf das Holz ein, vielleicht hatte er damals, vor zwei Jahren, Geschmack an ihr gefunden und war jetzt zurückgekehrt, um sie endgültig zu fressen, sie und Morten, diesen Fleischkloß zu ihren Füßen. Sie gönnte es dem armen Tier, es hatte ja wahrlich genug durchgemacht.

Das kleine Polarlicht kam näher und schien direkt durch das Fenster zu spähen, genauso wie zuvor der Bär. Ihr wurde ganz warm ums Herz. Sie war nicht mehr allein, das Polarlicht war bei ihr, vielleicht auch der arme Bär. Morten, der böse Morten, war nur noch ein dunkler Schatten zu ihren Füßen, und er würde ihr nie mehr wehtun.

Sie schloss die Augen, und der Kopf wurde ihr schwer. Da war dieses Seil, es drückte etwas unangenehm, aber es schenkte ihr auch Halt, ja, so würde es gehen, so würde sie Ruhe finden, endlich Ruhe, es war vorbei, sie hatte es geschafft.

24

Schweigend betrachtete er die Frau im Kranken-
bett. In ihrem Arm steckte ein dünner Schlauch,
der sie mit Medikamenten versorgte, die rechte Hand trug
einen dicken Verband. Sie schien zu schlafen, regelmäßig hob
und senkte sich ihr Brustkorb. Die Ärzte hatten sich verhalten
optimistisch geäußert, vermutlich würde sie überleben, doch
niemand konnte ihm sagen, ob sie jemals wieder aufwachen
würde. Und was dann noch von der Sina, die er kannte – die
die Welt kannte – übrig geblieben war. Als man sie gefunden
hatte, musste sie wiederbelebt werden, niemand wusste, wie
lange ihr Gehirn nicht mit Sauerstoff versorgt worden war.

Ihre Lippen waren wund, die Wangen leicht gerötet. Am
Hals hatte sie hässliche Würgemale von der Schlinge, aus der
man sie hatte herausschneiden müssen. Doch davon abgesehen wirkte sie friedlich, als würde sie lediglich schlafen.

Pieter wandte den Blick ab. Vor dem Fenster stand eine
schneebedeckte Fichte, in der ein paar Spatzen herumflatter-
ten, auf dem Nachttisch neben dem Bett stand eine Blumen-
vase mit dem wundervollen Strauß Blumen, den er ihr mitgebracht hatte.

Die Polizei in Oslo hatte ihn gestern am späten Nachmittag
informiert, man habe Sina gefunden, in einer abgelegenen
Hütte in den Bergen, ganz in der Nähe des Sees, an dem Felix
vor zwei Jahren verunglückt war. So ganz hatte er nicht begriffen, wie man Sina so schnell gefunden hatte, nur dass sie dem

Mann, der sie entführt hatte, vor zwei Jahren offenbar schon einmal flüchtig begegnet war. Ein merkwürdiger Eigenbrötler, den man im Dorf schon immer diskret im Auge behalten hatte, irgendetwas sei da mal in der Vergangenheit vorgefallen mit einer Frau, und auch der Vater sei wohl nicht ganz koscher gewesen. Jedenfalls hatte er sich in der letzten Zeit ausgesprochen auffällig verhalten, und als dann in den Nachrichten von der Entführung der deutschen Künstlerin Sina van Megen berichtet wurde, hatten ein paar Leute eins und eins zusammengezählt. Pieter hatte das alles gar nicht interessiert, er wollte nur wissen, wie es Sina ging und wann sie wieder nach Hause konnte.

Und jetzt stand er hier vor ihr und sah sie an. Sein Blick fiel auf die dick bandagierte rechte Hand. Zwei Finger hatten die Ärzte amputieren müssen, sie waren zu lange nicht durchblutet worden. Eine Bildhauerin ohne Finger, das war wie ein blinder Maler. Selbst wenn Sina sich wieder vollständig erholen würde, mit ihrer Karriere als Künstlerin war es endgültig vorbei.

Dabei hatte alles so vielversprechend angefangen. Pieter erinnerte sich noch gut an die Werkschau der Kunstakademie, an Felix' aufgeregtes Gesicht, als er ihm die attraktive Studentin vorgestellt hatte. Sie hatte Talent, das hatte er auf den ersten Blick gesehen, und sie war jung und formbar genug gewesen, damit sie sich unter seiner Anleitung zu dem Star am Kunsthimmel entwickeln konnte, der sie geworden war. Doch leider hatte sie auch einen eigenen Kopf besessen, hatte ohne Absprache mit ihm oder Felix einen eigenen Stil entwickelt, an dem es zwar unter künstlerischen Aspekten nichts auszusetzen gab, der aber auf dem Markt längst nicht so begehrt war wie ihre alten Arbeiten. Er seufzte. Was hatten sie nicht alles versucht, sie dazu zu bewegen, wieder zu ihrem ursprünglichen Stil zurückzukehren – Zuckerbrot und Peitsche, die Verlockungen von Ruhm und Reichtum auf der einen Seite, das drohende Vergessenwerden und Verarmung auf der anderen.

Es war nichts zu machen gewesen. Sina entwickelte einen Starrsinn, den weder Felix noch er bei ihr vermutet hatten.

Von Felix' Geldsorgen hatte er nichts gewusst, aber geahnt. Dass das *Kunstkontor van Megen* ohne die alte Sina nur noch halb so viel Umsatz machte, war ihm dagegen nicht entgangen. Als sie sich beim besten Willen nicht dazu hatte überreden lassen, zu ihrem alten, einträglichen Stil zurückzukehren, hatten Pieter und Felix eines Abends bedrückt im Büro der Galerie gesessen. Nach dem vierten oder fünften Whiskey war Felix' ohnehin schon düstere Stimmung auf dem Nullpunkt angelangt.

„Wieso musste sie bloß solche Staralüren entwickeln", nuschelte der Freund. „Da gibt man sich jahrelang Mühe, baut sie als Künstlerin auf, und dann lässt die Diva einen im Stich." Er schüttelte den Kopf. „Das ist doch jedes Mal der gleiche Scheiß."

Pieter hatte stumm genickt und selbst an seinem Whiskey genippt. „So ein kleiner Unfall wäre jetzt ganz praktisch", hatte er gemurmelt.

Felix hatte den Kopf gehoben und ihn angestarrt. „Du hast es echt faustdick hinter den Ohren, mein Freund." Er hatte natürlich sofort gewusst, wovon er sprach. Nach dem Tod eines Künstlers schossen die Preise bisweilen noch einmal gewaltig in die Höhe. Vor allem wenn es sich um eine attraktive Künstlerin handelte, die durch einen möglichst tragischen Umstand ums Leben gekommen war.

Nicht lange danach hatte Felix diese Reise nach Norwegen gebucht. Um zu versuchen, sich mit Sina zu versöhnen, wie er sagte. Sie hatten nie darüber gesprochen, aber Pieter war sicher gewesen, dass mehr dahintersteckte, und hatte in jenem Sommer vor zwei Jahren ungeduldig auf Nachrichten aus Norwegen gewartet. Und dann war die Todesnachricht gekommen, doch nicht Felix, sondern Sina kehrte allein nach Deutschland zurück. Ein tragischer Unfall, so behauptete sie, und Pieter hatte nie nachgebohrt, obwohl eine Künstlerin im Gefängnis auch schon wieder einen gewissen Marktwert gehabt hätte.

Schweigend betrachtete er die Frau in dem Bett. Er hatte diesen Stern am Kunsthimmel aufsteigen und leuchten sehen, und es tat ihm weh, ihn auf diese Weise verglühen zu sehen. Er stellte sich Sina vor, sabbernd und hilflos im Rollstuhl, ohne jede Erinnerung an ihre strahlende Vergangenheit. Das hatte sie nicht verdient.

Sein Herz klopfte bis zum Hals, während er einen raschen Blick zur Tür warf und sich dann über den reglosen Körper beugte. Ihr Gesicht war warm, als er ihr die Hand über den Mund legte. Ihr warmer Atem streifte seine Finger, ehe er die Nasenlöcher zusammenpresste.

Sie war erstaunlich zäh und wehrte sich trotz ihrer Bewusstlosigkeit mit der letzten ihr zur Verfügung stehenden Kraft. Ihre Arme und Beine zuckten, ihrem Mund entfuhr ein kehliger, fast animalischer Laut. Sie war zu schwach, um die Lider zu heben, trotzdem hatte er das Gefühl, sie könnte jeden Moment die Augen aufreißen und ihn anstarren, vorwurfsvoll und voller Angst. Schließlich lag sie wieder ganz still da und regte sich nicht mehr. Noch immer sah sie aus, als würde sie nur friedlich schlafen.

Pieter trat vom Bett zurück und wischte sich eine Träne aus dem Auge.

Sina van Megen, die begnadete Künstlerin. Ihr Tod würde die Welt erschüttern, doch am Kunsthimmel würde ihr Name heller erstrahlen als jemals zuvor.

Berechnung
Thriller

Du weißt, wer du bist, doch sie glauben dir nicht.
Du weißt, du bist unschuldig, doch sie nennen dich eine Mörderin.
Du weißt, du musst sie überzeugen, oder du wirst sterben.

Die deutsche Touristin Hannah Marcks wird in den USA kurz vor ihrem Rückflug nach Europa vom FBI verhaftet. Man hält sie für die skrupellose Serienmörderin Elsa Jones, die zwölf Menschen getötet hat. Was zunächst wie eine Verwechslung aussieht, die sich rasch aufklären lassen wird, entwickelt sich zu einem Albtraum, aus dem es kein Entrinnen gibt.
Doch dann bekommt Hannah Hilfe von unerwarteter Seite und kommt einem tödlichen Geheimnis auf die Spur.

Erhältlich als E-Book und als Taschenbuch (rororo)
Das Taschenbuch hat 339 Seiten und kostet 9,99 €

Mordswald

Hamburg-Krimi

Dieser Kriminalroman enthält:
3 Tote
3 Verletzte
1 wilde Autofahrt durch Hamburg
2 Schlägereien
1 dramatische Rettungsaktion

Es geht um:
Mobbing
Datenklau
Bankenrettung
Enttäuschte Erwartungen

Im Wald wird die Leiche des 34-jährigen Informatikers Philip Birkner aufgefunden. Die Spuren am Tatort weisen auf mehrere Täter hin. Lina Svenson und Max Berg von der Hamburger Mordkommission ermitteln und stoßen bald auf mehr als nur ein dunkles Geheimnis in der Vergangenheit des Toten.

Erhältlich als E-Book und als Taschenbuch (Amazon Publishing)
Das Taschenbuch hat 394 Seiten und kostet 9,99 €

Veras Welt
Roman

Nur weil du paranoid bist, heißt das nicht, dass sie nicht hinter dir her sind.

Jedes Kind in der kleinen Stadt kennt Vera Lettner, 47 Jahre alt, misstrauisch, verschlossen und engstirnig. Ihr ereignisloses Leben verläuft in streng geregelten Bahnen, von denen sie keine Abweichungen duldet. Trotzdem fällt ihre wohlgeordnete Welt ohne ihr Zutun binnen weniger Wochen zusammen wie ein Kartenhaus. Sie verliert ihren Arbeitsplatz, der Vater muss das Haus der Familie verkaufen, um einer Zwangsräumung zu entgehen, und am Ende verbringt Vera, die sich fast im Wortlaut an das Gesetz hält, gar eine Nacht im Gefängnis. Ihre einzige Erklärung für diesen Niedergang: In der kleinen Stadt gibt es eine Verschwörung gegen sie.

Erhältlich als E-Book und als Taschenbuch (BoD)
Das Taschenbuch hat 312 Seiten und kostet 9,99 €